달까지 3킬로미터

TSUKIMADE SANKIRO
by IYOHARA Shin

月まで三キロ

달까지
3킬로미터

이요하라 신

伊与原 新

홍은주 옮김

※
비채

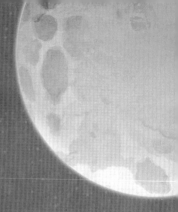

차
례

月まで三キロ

달까지 3킬로미터

"이거 아세요?"

운전사가 앞을 바라본 채 물었다.

"달은 지구에 늘 똑같은 면을 향하고 있다는 거요."

계속 지고 있다.

그렇게 생각했을 때는 대개 이미 늦었다. 도박도 인생도.

이따금 생각난 것처럼 허세를 부려보지만 다 고약한 습관 같은 것이고, 알맹이는 한없이 소심한 인간이다.

아직 젊었을 때, 여자와 데이트하려면 반드시 식당부터 사전 답사했다. 상대가 마음에 들어 할지 살펴보려는 게 아니다. 뜻밖의 사태로 허둥대다 창피한 꼴을 보이기 싫었을 뿐이다. 나는 이렇게 세련된 사람, 하고 우쭐대려는 마음도 있었다. 내가 생각해도 참 못난 녀석이다.

인생도 사전 답사를 할 수 있으면 좋을 텐데.

그랬으면 이런 꼴은…….

아니, 어차피 똑같을지도 모른다. 사전 답사를 했다고 데이트가

늘 성공했던 것은 아니다.

그러니까 오다가다 불쑥 식당에 들어가는 일은 여간해서는 없다. 조금 전 장어집도 택시 운전사가 '잘하는 집'이라며 내려주고 갔다. 하마마쓰에서 알아주는 맛집이라는데 2단 장어덮밥이 5000엔. 가격에 걸맞은 맛이었는지는 잘 모르겠다. 두 입 먹고 느닷없이 구역질이 올라왔기 때문이다. 왜 이런 뱀 같은 걸 좋아했나 생각하자 더는 목에서 넘어가지 않았다.

진땀을 흘리며 일어나 계산을 치르자, 여주인이 "입에 안 맞으셨어요?" 하고 물었다. 할 말이 없어 잔돈만 받아 쥐고 출입문으로 향했다. 손을 뒤로 뻗어 미닫이문을 닫는데 안에서 "우리 집 장어가 별로면 어디 가서 잡쳐도 별로이실 텐데" 하는 소리가 들렸다.

가을 밤바람이 축축한 몸을 서서히 식힌다.

가게는 주택가 한복판에 들어앉아 있었다. 어느 길로 어떻게 왔는지도 생각나지 않아 되는대로 걷는다. 가로등도 뜸한 길에는 인적은커녕 자동차 한 대 지나가지 않는다. 달착지근한 장어 냄새가 콧속에 들러붙어 속이 메슥거렸다.

15분쯤 걸었을까. 헤드라이트 불빛이 모퉁이를 돌아 나타났다. 택시다. 이쪽으로 다가온다. 걸음을 멈추자, 아차 하는 것처럼 택시 지붕 위의 '불빛'이 사라졌다. 아마 손님을 더 태우고 싶지 않은 모양인데 그러거나 말거나 오른손을 들었다.

그대로 지나칠 줄 알았는데 바로 옆에 멈췄다. 개인택시다. 표시기가 역시 '회송'으로 되어 있다. 운전석 창이 내려갔다.

"죄송하네요." 인상 좋은 운전사가 얼굴을 내밀며 말했다. "오늘은 이미 끝나서요."

"아아."

맥 빠진 소리가 흘러나왔다. 그대로 장승처럼 서 있자 운전사가 이쪽으로 목을 빼고 눈을 깜박거린다.

"괜찮으세요? 안색이 안 좋아 보이는데요."

"아아. 아까, 장어 먹고……"

"저런! 탈 나셨어요?"

긍정도 부정도 않는 사이 운전사가 혼자 넘겨짚고는 미간을 찡그렸다.

"난처하네."

운전사가 갑자기 핸들 위로 몸을 구부리고는, 앞 유리창 너머로 밤하늘을 올려다본다. 거의 완벽한 보름달이 나와 있었다.

운전사가 맥없는 웃음을 지으며 나를 바라보더니 조그맣게 한숨을 뱉었다. 이내 뒷좌석 문이 열린다. 무작정 올라탔다. 안쪽까지 가지 않고 조수석 뒤쪽에 앉는다.

"어떻게 하시겠어요?" 운전사가 고개를 돌려 물었다. "댁으로 가세요? 아니면 병원 응급실 쪽이 좋으실지."

"아뇨……" 조금 생각할 시간이 필요했다. "일단 역 앞으로 가주세요."

"아아, 호텔이시구나." 운전사는 또 혼자 넘겨짚고 미터기를 조작한다. "속 괴로우시면 바로 말씀하세요. 차 세우겠습니다."

택시가 조용히 달리기 시작했다. 개인택시는 대개 좋은 차가 많은 법인데, 흔치 않게 꽤 오래된 세단이다. 승차감이 나쁘지 않은 것은 운전이 세심한 덕이리라.

"이쪽에 계셨던 걸 보면 혹시 '구로카와'였나요?"

장어집 얘기일 터인데 가게 이름 같은 건 기억에도 없다.

"글쎄요…… 아마도."

"이 일대에선 장어 하면 '구로카와'니까요. 가격이 꽤 세죠? 한참 전에 한 번 가봤네요. 집사람이랑 아들 데리고."

룸미러에 운전사의 얼굴이 비친다. 50이나 60줄일 듯한데, 숱 없는 머리칼이 새하얗다. 눈가의 잔주름과 처진 눈꼬리 탓인지 무슨 말을 해도 난처하게 웃는 얼굴로 보인다.

"아무리 그래도 장어 먹고 탈이 나다니 흔한 일은 아니네요. 너무 기름졌을까요? 배 속이 잠깐 놀랐을 뿐이면 다행일 텐데요."

어느새 대로를 달리고 있었다. 다리를 건너자 도로 양쪽에 빌딩이 늘어난다. 10시 반을 넘겼지만 오가는 차가 제법 된다. 조금만 더 가면 하마마쓰역일 터다.

"어느 호텔이신가요?" 신호 대기에 걸리자 운전사가 물었다.

"아뇨……." 생각을 해보니 이 시간이면 신칸센은 없다. "역시, 도메이로."

"도메이? 고속도로를 타신다고요? 어디까지요?"

"후지산. 나루사와무라."

그 이상 구체적인 일은 생각하지 않은 채 무작정 와버렸다.

"지금부터 그런 데까지요? 그건 아무래도…….”

"얼마 들어요?”

"아뇨…….” 운전사가 머리를 긁적인다. "하마마쓰 인터체인지에서 고속 타고, 후지 인터체인지에서 빠져서 또 한참 가니까 5만 엔으로는 안 될 걸요.”

바지 주머니에 되는대로 찔러뒀던 지폐를 꺼낸다. 1만 엔짜리 세 장, 1000엔짜리 두 장. 룸미러로 보고 있던 운전사가 미터기 단추를 눌렀다.

"일단 미터기는 멈추겠습니다. 지금부터 후지산은 저도 무립니다. 양해해주세요.”

운전사는 한동안 직진해 영업이 끝난 가게를 찾아내 빈터에 차를 넣었다. 드러그스토어 주차장이다. 가게는 셔터가 내려졌고 주위는 어둡다.

셔츠 윗주머니에서 담뱃갑을 꺼내자 문이 열렸다.

"죄송합니다, 금연 차라서요.” 운전사가 말했다.

차에서 내려, 불을 붙인다. 운전사도 엔진을 걸어둔 채 밖으로 나왔다.

"어떻게 하실래요? 다른 차, 부를까요?”

고개를 젓고 1000엔짜리 두 장을 운전사 손에 쥐여준다. "거스름돈은 됐어요.”

담배는 아무 맛도 나지 않는다. 두 모금 빨아들이고 밟아서 껐다. 그 와중에 신발 깔창이 어긋났다. 동네 양품점에서 산 싸구려 인조

가죽 신발이다. 싼 게 비지떡이라더니.

운전사가 지폐를 쥔 채 실눈을 뜨고 나를 바라본다. 미심쩍게 보는 것 같기도 하고 조용히 웃는 것 같기도 하다.

"왜 이런 시간에 후지산을요?" 운전사가 물었다. "짐도 없으시고, 놀러 가시거나 일 때문도 아닌 것 같은데요."

흰 드레스셔츠에 슬랙스. 저고리도 넥타이도 가방도, 심지어 지갑도 없다. 수상하게 보는 게 당연하다.

"사전 답사예요."

무심결에 또 한 개비 물고 있었다.

"사전 답사라니, 뭘요? 나루사와무라라면 빙혈과 울창한 숲 정도밖에 없는데요. 앗."

거기까지 말하고 알아차린 모양이다. 무리해서 입꼬리를 올리고 말을 잇는다.

"설마라고는 생각하지만…… 자살 사전 답사라든가 하는 건 아니시죠?"

나도 모르게 불쑥 콧숨이 흘러나왔다. 적중이었지만, 생판 남의 입으로 '자살 사전 답사'라는 말을 듣고 보니 새삼 한심한 생각이 들었다.

"좀, 부정해주시죠?" 운전사의 뺨에 경련이 인다. "요즘 세상에 아오키가하라 숲후지산 북서쪽 숲으로, 자살 명소로 유명하다에서 자살이라니, 그런, 네?"

"그러니까 미리 둘러본다고요."

"……진심이세요?"

"됐습니다, 가보세요." 입술에 걸린 담배를 뱉어내며 말했다.

"아니, 큰일이네……." 운전사가 신음을 흘리듯 말끝을 늘렸다. "이러지 마십시다. 하고많은 날 놔두고 이런 밤에."

"이런 밤." 중얼거리듯 되풀이한다.

"그러게, 저기." 운전사가 밤하늘을 올려다보았다. "보세요, 저 멋진 달님 좀. 중추절은 어제였지만, 오늘 밤이 망望…… 만월에 가깝거든요. 월령 15.4입니다."

꼭 달이 내려다보고 있잖아요, 하는 듯한 말투다. 심각한 건지 느긋한 건지, 아무튼 묘한 남자다. 대답할 생각도 일지 않아 도로 쪽으로 발걸음을 내디뎠다.

"아, 잠깐 기다려보세요."

등 뒤에서 운전사가 소리치지만 아무래도 좋았다. 계산은 치렀다. 더 왈가왈부할 필요는 없다.

"알겠습니다. 이렇게 된 이상 할 수 없네요. 아오키가하라는 무리지만, 가까운 데 좋은 장소가 있는데 가보시지 않겠습니까?"

발이 멈췄다. 당최 무슨 말인지.

"좋은 장소요……?"

"자살에 좋은 장소요. 손님 조건에 맞는지 어떤지, 사전 답사 해보시라고요."

운전사 얼굴을 바라보았다.

대체 무슨 말을 하는 거야, 이 남자는…….

15

"요금은 됐습니다. 마침 저도 같은 방면으로 갈 참이었으니까요."

택시가 편도 3차선 국도로 들어섰다.

운전사가 이야기를 계속한다. "제일 중요한 조건은, 역시 그건가요? 되도록 남몰래 은밀히. 숲을 후보지로 생각하셨을 정도면, 알 것도 같습니다. 전철에 뛰어드는 거는 좀 어떤가 싶기든요. 남들에게 피해를 주니까요."

안내표지에 '덴류 하마기타天竜 浜北'라는 글자가 보였다. 아무래도 북쪽으로 향하는 모양이다.

운전사 말을 곧이곧대로 받아들인 것은 아니다. 어디 몸을 누인들 잠이 올 성싶지 않았다. 수면제는 떨어졌고 술 마실 기분도 아니다. 싸구려 호텔 침대에서 천장의 얼룩을 바라보느니 자동차에 흔들리는 편이 차라리 낫다 싶었을 뿐이다.

"그러시면 지금 가는 장소가 아주 딱이지 싶네요. 이 일대에선 꽤 알아주는 자살 명소인 모양입니다. 댐인데요. 덴류가와 사쿠마댐. 아세요? 뭐냐, 이다선에 사쿠마라는 역이…… 아, 그런데 손님, 어디서 오셨어요?"

"나고야요." 머리 쓰기 귀찮아서 사실대로 말했다.

"아아, 그럼 아시겠네요. 전국에서 몇 손가락 안에 드는 커다란 댐이니까요."

"기사님은, 거긴 무슨 일로?"

"저요? 저는 댐에는 볼일 없습니다. 거기 못 미쳐서예요. 같은 덴류가와 강변의 어떤 장소인데요. 그쪽 먼저 들러도 될까요?"

"뭐."

"그나저나." 운전사가 잠깐 고개를 뒤로 돌렸다. "식체는 좀 어지간하세요?"

"아아."

식체는 아니었지만, 구역질은 가라앉았다.

"이번엔 좀 그랬습니다만, 장어를 좋아하시는군요. 그러게……." 적절한 말을 찾는 것처럼 한 박자 쉰다. "**그럴 때** 일부러 '구로카와' 까지."

앞은 맞지만, 뒤는 좀 다르다.

후지산으로 향하기로 한 것은 불과 몇 시간 전 일이다. 한 이틀 전부터 언제라도 죽을 수 있을 것 같았다. 죽을 장소를 생각하는데 예전에 TV에서 본 아오키가하라 숲의 풍경이 문득 머릿속에 떠올랐다. 그러자 강박관념처럼 그곳에 한번 가봐야겠다는 생각에 사로잡혔다. 지금 생각하면 운전사 말이 백번 옳다. 자살 이콜 숲이라니, 얼굴이 달아오를 만큼 단락적이다.

요 2주는 그런 일이 많다. 생각난 일을 확인하거나 시험해보지 않으면 뭔가 못다 한 일이 남은 것 같아 극도로 불안해진다. 소심한 인간의 사고력이 떨어지면 그렇게 되는지, 아니면 그저 신경증인지.

오후 8시 전에 사카에의 '비즈니스호텔 야시로'를 맨몸으로 빠져나왔다. 말이 비즈니스호텔이지 화장실도 샤워실도 공용인 싸구려 여관이다. 장기 숙박 손님이 많은지 일주일 치를 선불하면 1박에 1900엔이다. 담배와 현금만 주머니에 쑤셔 넣고 휴대폰은 방에 두고 왔다. 배터리도 방전됐고 아직 쓸 수 있는지 어떤지도 모른다. 지난달 요금이 미납이다.

아무튼 나루사와무라까지 가볼 작정이었다. 나고야역에서 신후지역까지 표를 끊어 고다마호에 올라탔다.

신칸센이 하마나코 상어 양식이 유명한 시즈오카현의 짠물 호수를 가로지를 때 느닷없이 장어가 생각났다. 배가 고팠던 건 아니다. 식욕 따위는 사라진 지 오래다. 장어덮밥을 유난히 좋아했던 걸 떠올렸을 뿐이다. 이대로 지나가버리면 못다 한 일이 하나 늘어난다. 열차가 하마마쓰역에 섰을 때 충동적으로 뛰어내렸다. 바로 택시를 잡아타고 운전사에게 장어 잘하는 집을 물었더니 '구로카와' 앞에 내려놓고 갔다.

빨간불에서 멈추자 운전사가 차창을 내렸다. 얼굴을 밖으로 내밀고 뒤쪽 하늘을 올려다본다.

"아주 맑네." 운전사가 흡족한 것처럼 중얼거렸다.

달을 확인한 눈치다.

신호가 바뀌고 자동차 줄이 움직인다. 반대 차선의 차들이 줄어들고 있었다. 도로변의 불 꺼진 가게 사이로 저층 맨션이 제법 눈에 들어온다.

"이거 아세요?" 운전사가 앞을 바라본 채 물었다. "달은 지구에 늘 똑같은 면을 향하고 있다는 거요."

"아아······."

들어본 얘기 같았다.

"항상 같은 무늬가 보이잖아요? 달 토끼. 저 거무스름한 부분을 달의 바다라고 하는데, 용암이 퍼진 평평한 지형이거든요. 달 뒷면은 지구에서는 안 보입니다. 앞뒤가 있다니, 좀 인간스럽죠?"

앞뒤…….

유미와 이혼했다고 하자 아버지는 대뜸 "역시 앞뒤가 다른 인간이었군" 하고 말했다. 참으로 아버지다운 말이었지만, 맞는 말은 아니다. 유미는 흔히 볼 수 있는 극히 평균적인 성격의 여자다. 적당히 선량하고 당연히 타산적인, 뒤쪽 얼굴 같은 것은 없다. 그녀가 그런 결단을 하게 만든 것은 다름 아닌 나 자신이다.

결혼한 게 서른세 살 때. 벌써 15년도 전이다. 유미는 당시 스물셋이었다. 수습 디자이너로 들어온 그녀에게 먼저 반한 것은 이쪽이다. 어리광이 살짝 섞인 목소리로 소소한 것도 일일이 질문하는 모습이 귀여웠다. 이탈리안, 초밥, 닭 꼬치구이, 몇 번인가 밥을 먹자고 꾀어 사귀자고 밀어붙였다. 전문학교를 갓 졸업한 유미에게는 식당 선정부터 매너에 이르기까지 꽤나 어른으로 비쳤으리라. 치밀한 사전 답사 덕분이다.

처음 유미를 기후 본가에 데려갔을 때 아버지는 좋은 얼굴을 하지 않았다. 너무 어리네, 어딘지 들뜬 인상이네 했지만 진짜 이유는 따로 있었다. 미술계 전문학교 출신이란 것이 탐탁지 않았던 것이다. 아버지에게 디자인 따위는 공부 축에 들지 못한다. 대졸인 아들에 비해 조건이 기운다고 생각했으리라.

정 반대하면 그냥 혼인 신고만 해버릴 작정이었다. 그걸 꺼린 것은 어머니다. 하나뿐인 아들인데 결혼식은 올려줘야 하지 않느냐고 아버지를 설득했다. 결국 나고야 시내 호텔에서 나름대로 성대한 피로연을 열었다. 연미복을 입은 아버지는 시종일관 까다로운 얼굴로 신부 측 친척의 술잔을 받았다. 열 살이나 어린 신부는 확실히 아름다웠고, 친구들은 부러워서 심술을 부렸다.

당시 근무했던 곳은 도카이 지구 최대 규모의 광고대리점이다. 결혼한 이듬해에는 크리에이티브 디렉터로 승진했다. 동기 가운데 제일 빨랐다. 부담감은 있었지만 자신의 주도로 광고를 만들 수 있다는 기쁨이 더 컸다.

월급도 올랐고 나고야 시내에 3LDK _{방 세 개와 거실, 다이닝룸, 부엌을 갖춘 구조} 신축 맨션도 장만했다. 왜 덜컥 그런 걸 사야 하느냐며 아버지는 반대했다. 어차피 지원해달라고 부탁할 생각도 없었으므로 귀담아듣지 않았다. 퇴직금으로 일괄 상환할 요량으로 35년 대출을 받았다.

유미에게는 몇 년은 아이를 갖지 말자고 제안했다. 제일 큰 이유는 그녀가 아직 젊었기 때문이다. 육아로 지치게 하는 게 안쓰럽기도 했고, 한동안 둘만의 생활을 만끽하고 싶었다. 유미 본인도 굳이 서두를 것 없다고 생각하는 눈치였다.

유미도 회사를 다녔으므로 세대 수입은 풍족했다. 일은 바빴지만 외식이나 여행도 마음껏 즐겼다. 둘만을 위해 돈을 썼다. 불안은 없었다. 공사 더불어 순조로웠다.

"이거 아세요?"

운전사가 또 말했다. 어딘지 우쭐거리는 구김살 없는 목소리다.

"먼 옛날에는 달에 앞뒤가 없었답니다. 지금보다 빠르게 자전하면서 온갖 면을 골고루 지구에게 보여줬어요. 물론 그걸 본 인간은 없지만요. 까마득한 옛날, 아마 몇 십억 년도 전 일이니까요."

몇 십억 년…… 썩 와닿지 않는 이야기다. 운전사는 즐거운 것처럼 말을 잇는다.

"사람들이 곧잘 오해하는 부분인데요, 지금 달이 지구에게 같은 면만 향하는 건 자전하지 않아서가 아니에요. 달의 자전주기가 공전주기와 일치하기 때문인 거지. 달은 27.3일 만에 지구 주위를 일주하잖아요? 마찬가지로 27.3일을 들여 달 자신도 일회전합니다. 아주 천천히요. 태곳적 달은 훨씬 빠르게, 빙글빙글 자전했죠. 그런데 지구가 끼치는 조석력 거리에 따른 중력 차이에 의해 나타나는 현상으로, 밀물과 썰물은 달이 지구에 발휘하는 조석력이 원인이다 탓으로, 정확히는 조석 가속 탓으로 자전에 브레이크가 걸렸습니다. 브레이크는 달의 자전주기가 공전주기와 일치할 때까지 계속해서 걸려요. 이 현상을 조석 고정 모체 주위를 공전하는 천체가 공전과 같은 주기로 자전하는 현상이라고 하는데, 많은 위성에서 일반적으로……."

창밖으로 눈길을 던졌다. 몹시 어둡다. 편의점이며 음식점 불빛만 간간이 눈에 띈다. 건물 사이에 펼쳐지는 어둠은 논밭이리라. 길이 오른쪽으로 크게 꺾인다. 오른쪽 뒤를 돌아보자 차창 너머로 달이 보였다.

유미와의 생활에 변화가 일어난 것은 결혼 5주년 기념일이었다.

프랑스 레스토랑에서 밥을 먹고 돌아오는 길에 유미가 회사를 그만두고 아이를 갖고 싶다는 말을 꺼냈다. 서른이 되어가니까 슬슬, 하고 생각했던 것은 틀림없다. 다만 아이보다도 실은 회사를 그만둘 구실이 필요한 게 아닌가 싶기도 했다. 당시 유미는 동료 일로 불평을 흘리는 일이 잦았다. 인간관계에 지치기도 했을 테지.

석 달 뒤 유미는 퇴직했다.

그 무렵 나도 회사에 불만을 품고 있었다. 일은 잘나갔다. 굵직한 안건을 몇 개나 맡아 누구보다 회사에 공헌한다는 자부심도 있었다. 그런데 회사는 나를 제대로 평가하지 않는 것 같았다. 한마디로 급여도 직책도 미흡한 감이 있었다. 지금 생각하면 정당한 불만은 아니었다. 영업 실적이 주춤거리는 와중에도 회사는 최선의 대우를 해줬으리라. 그런 당연한 사실을 당시엔 알지 못했다.

독립을 진지하게 고려하기 시작한 계기는 광고주 사장의 한마디였다. 나고야 유수의 음식점 그룹을 이끄는 그 사장이 "자네도 슬슬 독립할 때가 되지 않았나? 우리 일은 전부 그쪽에 몰아줄 텐데"라고 호언한 것이다. 술자리에서 한 말을 곧이곧대로 믿었다. 잘 따라주던 아트 디렉터 후배를 끌어들여 은밀히 준비를 시작했다. 나이 마흔에 내 회사가 생긴다, 그런 꿈에 취해 있었다고밖에 할 말이 없다.

생활이 정신없이 바빠졌다. 한밤중에 귀가해 그대로 침대에 쓰러져버리는 나날. 유미에게는 물론 전부 이야기했다. 의논이 아니다. 독립하기로 했다고 통고했을 뿐이다. 예상보다 반대는 심하지 않았지만, 아이 갖는 데 너무 무심하다는 불평은 수시로 들어야 했다.

만반의 준비를 거쳐 반년 뒤에는 개업이 가능하리란 전망이 섰을 때 리먼 사태2008년 9월 15일 미국 투자은행 리먼브러더스 파산으로 시작된 글로벌 금융 위기가 터졌다. 지방이라지만 광고업계도 큰 타격을 받으리라는 것은 빤히 보였다. 지금은 때가 아니라고 지인들은 모두 반대했다.

멈췄어야 했다. 그러나 용기가 없었다. 겁먹은 걸로 비치기 싫었다. 불황일수록 치고 나가라. 어느 기업가의 말을 용케 찾아내, 나라면 할 수 있다고 스스로를 세뇌했다. 현실을 직시하기 무서워 눈을 감았다. 우려의 목소리를 듣기 두려워 귀를 막았다.

그저 소심한 인간이었다면, 혹은 진정한 의미로 용기 있는 인간이었다면 그때 돌아섰을 것이다. 허세를 버리지 못하는 소심한 인간이라는 고약한 본성이 내 인생의 가장 중요한 국면에 튀어나온 것이 불운이었다.

개업하고 2년은 어찌어찌 버텼다. 예의 음식점 그룹을 비롯해 예전 회사 고객들이 소소한 안건을 맡겨준 덕이다. 그것은 축의금일 뿐이었다. 어느 고객이나 최소한의 의리는 지켰다는 양 쓱 떨어져 나갔다. 익숙지 않은 영업 활동으로 동분서주했다. 무작정 찾아가 문도 두드려봤다. 어디나 광고비를 삭감하는 와중에 신규 고객을 간단히 얻을 리 만무하다. 3년째에는 거의 개점휴업 상태가 됐다. 내 입으로 말하기도 뭣하지만, 흔히 있는 일이다. 개업 때 고용한 사원 둘에게는 머리를 숙이고 나가달라고 했다. 예전 회사에서 따라온 후배만 남았다.

경영이 악화함에 따라 유미와의 관계도 식어갔다. 처음에는 그녀도 걱정하며 회사 상황을 이것저것 물었다. 그때 순순히 우는소리라도 했으면 좋았을지 모른다. 매번 부루퉁한 얼굴로 한두 마디 내뱉었을 뿐이다. 마침내 염증이 일었는지, 포기했는지, 아무것도 묻지 않게 되었다.

스트레스가 쌓여, 결혼하면서 끊었던 담배를 다시 피우기 시작했다. 영업하러 밖에 나왔을 터인데 정신을 차려보면 파친코 기계 앞에 앉아 있는 일이 늘어났다. 일도 없는데 귀가는 오밤중. 매일 밤 서서 먹는 술집에서 시간을 죽였다. 유미는 아무 말 하지 않았다. 생각해보면 이미 그 무렵엔 내심 선을 긋고 있었던 게 아닐까. 언제부턴가 "아이는 어떻게 할 생각인데?"라는 힐난도 사라졌다.

4년째를 기다리지 않고 회사를 접었다. 마지막 밤, 운명을 함께했던 후배와 둘이 텅 빈 사무실에서 캔 맥주를 마셨다. 후배는 울었다. 그나마 그의 재취업이 쉽사리 결정되어 다행이었다. 그것만은 정말 잘됐다고 지금도 생각한다.

유미가 이혼 서류를 식탁에 올려놓은 것은 그 석 달 뒤다.

새침한 얼굴로 말했다. "내 쪽은 아직 이것저것 새로 시작할 수 있어. 아이도 낳을 수 있고. 아무것도 필요 없으니까 지금 당장 도장을 찍어주면 좋겠어."

각오했던 바라 놀라지는 않았다. 다만 '내 쪽은'이라는 말만 두개골 안쪽에서 무겁게 울렸다. 정식으로 서류를 제출한 것은 결혼 10주년 기념일을 이틀 앞두고서였다.

불과 반년 후, 유미가 본가가 있는 도요하시에서 재혼한다는 소문을 언뜻 들었다. 어쩌면 이혼 전부터 그쪽과 뭔가 있었는지도 모른다. 뭐, 지금 와서는 아무래도 좋은 일이지만.

어쨌거나 그런 식으로 전부 잃었다. 남은 것은 혼자 살기에는 턱 없이 넓은, 대출금이 남은 맨션과 독립해서 진 빚. 부채는 다 합쳐서 7000만 엔 이상이었다.

광고업계 지인에게 머리를 숙이고 취직자리가 있는지 부탁은 해 봤다. 대리점, PR 회사, 기업 홍보실. 독립에 실패한 마흔 넘은 자칭 크리에이티브 디렉터를 어느 회사에서 환영할 것인가. 오라는 데는 없었다.

찬밥 더운밥을 가릴 처지는 아니다. 뭐라도 좋으니 빨리 일을 찾 아야 한다. 머리로는 아는데 마음이 도무지 따라주지 않는다. 직업 소개소에 드나들기 시작하면 지금 자신의 가치가 적나라하게 매겨 진다. 그걸 견딜 자신은 없었다. 아침마다 일과처럼 개점 전의 파친 코 가게 앞에 줄을 섰다.

하지만 저금만 허물어 쓰는 생활이 오래갈 리 없었다. 파탄은 1년 도 못 되어 찾아왔다.

"이거 아세요?"

운전사가 또 말했다. 핸들을 양손으로 쥐고 눈은 정면을 향했다.

"달이 지구에서 점점 멀어진다는 거요."

달이 멀어진다…….

멍한 머리로 거짓말 같은 이야기라고 생각했다.

"거짓말 같은 이야기죠? 그런데 정말이거든요. 달은 1년에 3.8센 티미터씩 지구에서 멀어집니다. 이론은 좀 어려운데요, 아까 얘기랑 본질적으로는 같습니다. 달도 지구에 조석력을 끼치니까 지구의 자전에 희미하게 브레이크를 건다, 그 반작용으로 달의 공전이 가속된다, 달에 작용하는 원심력이 강해져서 조금씩 공전 궤도가 커진다, 이런 말입니다."

빨간불에 걸렸다. 운전사가 창을 전부 연다. 밀려 들어온 바깥 공기에서 풀냄새가 느껴졌다.

"그러니까 태곳적 달은 더 크게 보였어요. 역시 인간은 아직 없던 시대지만요. 지금 달까지 거리는 대략 38만 킬로미터입니다. 그게, 40억 년 전보다 더 옛날, 말하자면 지구와 달이 갓 태어났을 무렵엔 그 거리가 지금의 절반 이하였어요. 지구에서 보는 달의 크기는 지금의 무려 여섯 배 이상이었죠."

운전사가 창밖으로 또 얼굴을 내밀고, 고개를 뒤로 뻗어 달을 올려다보았다.

"저거 여섯 배라고요, 여섯 배. 아마 육안으로 크레이터까지는 확실히 보일걸요. 굉장한 박력이었겠죠."

듣다 보니 처음 의문이 떠올랐다. 이 남자는 뭐하는 사람일까. 뭔데 이런 걸 꿰고 있지? 최근에 플라네타리움이라도 다녀왔나? 아니면 천문 마니아? 그 이상은 상상력이 발동하지 않는다.

자동차가 달리기 시작한다. 운전사의 목소리를 의식에서 몰아내고 차창 밖으로 눈을 돌렸다. 고속도로 고가 밑을 달린다. 짐작건대 신도메이 고속도로다. 그것을 넘자 어둠의 범위가 확 늘어났다. 너른 평지에 공장과 가옥이 드문드문 서 있다. 같은 교외라도 본가 주변과는 딴판이다. 기후시는 산이 더 많아서 도로 폭이 좁고, 부락도 한결 밀집한 편이다.

태어나 자란 곳은 기후시 북쪽 변두리, 아직 논밭이 많이 남아 있는 마을이다. 본가는 현 도로변에 있는 오래된 단층집으로, 역시 집 뒤에 논과 작은 밭을 지니고 있었다. 논은 대대로 농가였던 우리 집에 마지막으로 남은 1단약 300평이라 들었다. 아버지는 그 땅을 지키는 것이 가장의 의무라고 믿었다.

그런 아버지와 어릴 때부터 궁합이 썩 좋지 않았다.

지나 사변중일 전쟁을, 당시 일본 쪽에서 부르던 호칭이 있던 해 태어난 아버지는 고등학교를 졸업하고 공무원이 되었다. 수도국인지 수도사업부인지에서 오랫동안 근무했다.

평일은 어김없이 5시에 일어나 논밭을 둘러보고 출근한다. 퇴근해서 맥주 한 병을 반주 삼아 저녁 식사를 한다. NHK를 한 시간 시청하고 목욕한 다음 9시 반이면 잠자리에 든다. 아버지의 루틴보다 몇 걸음 앞질러 모든 것을 묵묵히 준비하는 어머니는 단란한 가족의 꿈 따위는 일찌감치 버린 듯했다. 주말에는 하루 종일 논밭에 나가 있었다. 정년퇴직할 때까지 그런 판에 박힌 나날을 되풀이했다.

가족 여행은 고사하고 가까운 공원 한 번 놀러 간 기억이 없다. 근면 성실이라면 말은 그럴듯하지만, 실상은 그저 노는 게 뭔지 모르는 사람이었을 뿐이다.

말수는 적었지만 외아들에 대한 간섭과 속박은 유난했다. 입만 열면 부정적인 말을 쏟아냈다. 적어도 내 귀에는 그렇게 들렸다. 사춘기가 되자 당연히 갈등이 생긴다. 이쪽이 하고 싶은 일은 뭐 하나 허락받지 못하고, 하고 싶지 않은 일만 강요당했다. 논일을 도와라. 고등학교는 여기. 아르바이트는 금지. 전동 바이크 따위가 왜 필요하냐. 사사건건 충돌했다.

고3 때는 대학 진학 문제로 멱살잡이까지 했다. 당신이 고졸이라 겪은 서러움도 있었는지 예전부터 입버릇처럼 좋은 대학 타령을 했다. 아버지에게 좋은 대학이란 하나뿐, 바로 지역 국립대학이다.

고향에서 국립대학을 나와, 고향에서 좋은 회사…… 가능하면 현청이나 시청에 취직한다. 그것이 아버지가 생각하는 이상적인 인생이었다. 당신 인생을 전체적으로 약간 업그레이드시킨 인생이랄까. 그길로 이끌어주는 것이 부모의 책무라고 믿는 사람이었다.

성적으로는 그것도 가능했을 터다. 그러나 내 희망은 달랐다. 아무래도 도쿄로 가고 싶었다. 도쿄의 사립대학에 지원한다고 우겨 아버지와 옥신각신했다. 내 뜻이 관철된 것은 어머니 덕분이다. "그러겠다고 공부도 저리 열심인데, 저 애 하고 싶다는 대로 해줍시다"라고 아버지에게 읍소해주었다.

오차노미즈에 있는 대학에 진학했다. 일단 입학하자, 누구나 그랬듯이 집에서 부쳐주는 돈으로 놀면서 지냈다. 마침 버블 경제 한복판이었다. 학생들도 즐거운 일에 정신이 팔려 있었고, 데이트나 옷에 주저 없이 돈을 썼다. 1학년 여름방학 때 면허를 따고, 여자애를 태워 스키장에 갈 생각에 겨울이 오기 전 혼다 프렐루드 중고를 구입했다.

강의는 뒷전이고 아르바이트에만 열을 쏟았다. 틈만 나면 파친코, 아니면 누군가의 자취 집에서 마작을 했다. 담배를 배운 것도 이 무렵이다. 기후 본가에는 거의 돌아가지 않았다. 내가 생각해도 한참 철없는 아들이었다.

나고야에 직장을 잡은 이유는 두 가지다. 하나는 도쿄에서의 구직 활동이 별 성과가 없었던 것, 또 하나는 어머니를 위해서다. 대학 3학년 때 어머니가 지병이던 심근증 수술을 받았다. 그 뒤 건강은 회복했지만, 역시 멀리 사는 것은 걱정이었다. 나고야라면 집까지 한 시간이면 갈 수 있다.

이 취직을 놓고도 아버지는 두고두고 듣기 싫은 소리를 했다. 광고대리점이란 게 영 못마땅했던 것이다. 뭔가 경박한 회사로 알고, 업무 내용을 아무리 설명해도 도무지 이해하려 들지 않았다. 끝내는 "네 딴엔 그게 멋있는 줄 알겠지만, 말하자면 친동야 기이한 옷차림으로 악기를 연주하며 돌아다니는 일본 전통의 호객꾼 우두머리 같은 거네"라고 결론을 내렸다.

취직하고 1년에 서너 번은 본가에 얼굴을 내밀었다. 결혼하고 나서는 한두 번으로 줄어들었다. 유미가 썩 내켜하지 않아서였다. 아버지가 얼굴만 보면 "아이는 아직이냐" 하고 아무렇지도 않게 물었으니 무리도 아니었다.

회사를 그만두고 독립한 사실은 아버지에게는 사후 보고였다. "생각이 한참 안이하다"라면서 미간을 찡그렸지만, 그건 그나마 괜찮았다. 회사를 말아먹고 끝내 이혼까지 한 얘기는 1년 가까이 덮어

두었다. 안 그래도 정신적으로 무너지기 직전이다. 아버지 질책까지 보태지면 정말 찌부러질 것 같았다.

마침내 저금이 바닥나자 그런 한가한 소리도 할 수 없어졌다. 떨어지지 않는 발걸음으로 본가를 찾았다. 전부 털어놓고 난생처음 아버지에게 스스로 고개를 숙였다. 아버지의 첫마디는 "창피한 녀석 같으니"였다. 얼굴도 들 수 없었다. 어머니는 충격으로 아무 말도 하지 못했다. 아버지는 싸늘한 목소리로 "하여간 집안 망신이다"라고 덧붙였다.

나고야 맨션을 정리하고 본가로 돌아왔다. 마흔넷이나 먹어 연금으로 생활하는 부모님에게 얹혀사는 자신이 진심으로 한심했다. 결국 철은 안 들고 나이만 먹었던 셈이다. 비빌 언덕이 있었기에 각오도 능력도 없는 주제에 멋대로 살 수 있었다.

"남한테 폐 끼치지 말라"가 입버릇인 아버지는 빚이라면 질색했다. 맨션은 임의 매각에 넘기기로 했다. 아버지도 두말없이 논을 내놓았다. 아버지가 어떤 기분으로 마지막 남은 논을 처분했는지는 알 길이 없다. 양쪽 다 상당히 후려친 가격일망정 반년을 넘기지 않고 팔렸다. 빚은 2500만 엔 정도로 줄었다.

집에서 꽤 떨어진 마트에 일을 구했다. 굳이 멀리 간 것은 옛 친구들과 맞닥뜨리고 싶지 않아서였다. 주 5일, 하루 여덟 시간을 일했지만 신분은 시간제 근로자다. 쉬는 날은 교통 정리 아르바이트도 했다. 파친코 가게 근처는 얼씬도 하지 않고, 수입의 대부분을 빚 상환으로 돌렸다.

긍정적으로 살기로 한 것은 아니다. 규칙적인 생활을 하는 편이 덜 불안해서였다. 스물네 시간 몸을 혹사시켜야 잡생각이 끼어들지 않는다는 걸 깨달았을 뿐이다. 어쩌면 아버지도 그랬을까. 심약함을 감추기 위해 성실함이라는 갑옷을 걸쳐야 했는지도 모른다. 소심증은 아버지의 유전자였나. 지금 와서는 그런 생각도 든다.

어머니가 갑자기 세상을 뜬 것은 이듬해였다.

"이거 아세요?"

운전사가 또 말한 것 같았다.

"저 앞에 달에서 제일 가까운 장소가 있어요."

달에서 제일 가까운 장소⋯⋯.

그렇게 들렸는데, 내 귀가 어떻게 됐나? 아니면 이상한 쪽은 저 사람이거나. 지금까지 한 얘기도 죄다 엉터리인지 모른다. 되물을 기력도 없어 멍하니 생각했다.

"해괴한 소리 다 듣는다 싶으시죠?" 운전사가 즐거운 것처럼 말을 잇는다. "그야 그렇죠. 가보시면 압니다. 실은 제가 지금 거기로 가거든요. 한 10분이면 도착합니다."

어느새 경치가 달라졌다. 도로 폭이 좁아지고 좌우에 낮은 산이 훌쩍 다가와 있다. 기후에 돌아온 것 같은 착각이 들었다.

그 밤의 일을 떠올린다. 마트 영업이 끝나갈 즈음 어머니가 쓰러졌다는 아버지 전화를 받았다. 가게 앞치마를 두른 채 어머니가 실려 간 병원으로 경자동차를 달렸다. 도착했을 때는 이미 심장이 몇

어 있었다. 심근증에서 오는 치사성 부정맥이었다. 아버지 얘기로는 목욕하고 나온 직후에 왼쪽 가슴을 누르며 쓰러져 의식을 잃었다고 했다.

장례를 치르고 몇 주일은 기억이 별로 없다. 거의 넋이 나간 상태였지 싶다. 그 뒤 몇 주일은 슬픔과 후회에 잠겼다. 어머니를 끝내 안심시켜드리지 못했다는 사실이 둔중한 통증처럼 가슴을 짓눌렀다.

아버지와 둘만의 생활이 본격적으로 팍팍해진 것은 몇 달 지나고부터다. 식사는 거의 일하는 마트에서 팔고 남은 상품으로, 식탁에 대화는 없다. 정년 후 조금씩 집안일도 하던 아버지는 어머니가 세상을 떠나면서 그나마도 완전히 손을 놓아버렸다. 매일 하던 밭일도 거의 방치 상태였다. 멍하니 NHK를 보는 시간이 늘어났다. 그러나 어머니의 죽음이 아버지에게서 앗아간 것은 기력만이 아니었다.

아버지의 건망증이 차츰 심해지는 것은 어렴풋이 느끼고 있었다. 그것이 치매라고 확신한 건 재작년 7월이었다. 일을 마치고 돌아와 아버지 방을 들여다보니 맹렬하게 더웠다. 난방이 돌아가고 있었다. 놀라서 에어컨 리모컨을 집어 들고 냉방으로 바꾸려 하자 아버지가 버럭 화를 냈다. 몇 번을 알아듣게 말해도 "아직 3월인데"라고 우겼다.

증세는 급속히 악화됐다. 당연한 일을 하지 못하고 대화도 제대로 이뤄지지 않는다. 쓰레기통을 뒤져 상하기 직전의 반찬을 먹는다. 아침 7시 반이면 작업복을 챙겨 입고 출근하려 한다. 장시간 혼자 두기 불안해서 교통 정리 아르바이트는 그만두고, 마트도 근무 시간을 줄였다.

달리 의지할 수 있는 사람은 없었다. 욧카이치시에 사는 고모……
아버지와 나이가 한참 차이 나는 동생도 시아버지 병간호에 묶인 몸
이었다. 시청에 상담해봤지만 비교적 저렴하게 입주 가능한 특별요
양 양로원 같은 공적 시설은 어디나 꽉 차서 대기자가 많다고 했다.

그러는 사이 화장실 시중이 필요해졌다. 비슬비슬 밖으로 나가서
배회하다 동네 사람 손에 끌려 돌아오는 일이 반복됐다. 급기야 집
을 비울 수 없어져 마트 일도 그만뒀다. "성실하고 일도 잘해서 내심
정직원으로 생각했는데"라며 점장이 아쉬워해준 것이 유일한 위안
이었다.

세상을 떠난 어머니를 찾아 헤매는 일도 없어지고 아들도 알아보
지 못하게 되었다. 화장실 시중을 하거나 몸을 닦아줄 때면 아버지
는 곧잘 "복지사이신가요?"라고 물었다. 아들을 자원봉사자나 공무
원쯤으로 생각하는 눈치였다.

하루 종일 아버지를 돌보는 생활. 한밤중에 소란을 피우는 일이
잦아져 잠을 제대로 잘 수 없었다. 점점 제멋대로 구는 아버지에게
이쪽도 그만 손이 거칠어진다. 아버지도 덩달아 난폭해진다. 격투
같은 나날이 2년 가까이 계속됐다. 심신이 더불어 기진맥진했다.

그리고 그 일이 터졌다. 어머니 달 기일 일본에는 기일이 든 달을 제외하고 다
달이 세상을 떠난 날짜에 고인을 기리는 풍습이 있다이라 불단 앞에 밥을 놓아드렸
다. 아버지가 그것을 손으로 집어 입에 넣으려 했다. 평소 같으면 내
버려뒀을 텐데 그날은 아침부터 유독 애를 먹여 나도 신경이 날카로

운 상태였다. 아버지 손목을 잡아 제지하려다 외려 내가 붙들렸다. 힘에 맡겨 손을 뿌리치고, 아버지 얼굴을 쳤다. 쓰러진 아버지는 소변을 흘리고 있었다. 냄새가 주변에 퍼졌다. 방바닥에 얼룩지는 오줌을 바라보고 있으니 눈물이 솟구쳤다. 무릎이 꺾이고 오열이 터졌다.

한계였다. 아버지를 버리고 사라져버리자고 생각했다. 그러나 실행할 용기는 없었다. 그나마 다행이라면 어머니 사후에 아버지가 '만일의 경우에 대비해' 남은 토지를 내 명의로 바꿔준 것이었다. 논을 팔았던 부동산 회사에 문의하자 토지와 집을 한꺼번에 사주겠다고 했다. 시장 가격에서는 상당히 먼 헐값이었지만, 바로 현금화할 수 있다면 얼마라도 좋았다. 그 돈과 아버지 예금을 고액의 입주 일시금으로 밀어 넣고, 아버지를 기후 시내 사설 양로원에 입소시켰다. 지난달, 9월 초순의 일이다.

내가 생각해도 정상적인 판단은 아니었다. 좀 더 제대로 된 방법이 있었을 터라고 남들은 말할지 모른다. 그러나 앞뒤 생각할 겨를은 없었다. 아무튼 다 내려놓고 도망치고 싶은 일념뿐이었다.

신기한 일이다. 어머니를 여의고, 아버지를 버리고, 집을 잃자 자신의 존재마저 반쯤 어디로 사라진 느낌이었다. 갈 곳도 없으면서 발이 나고야로 향했다. 흐릿한 존재인 채 도시의 혼탁함 속에 녹아버리고 싶었다. 짐은 본가 벽장에 있던 오래된 보스턴백 하나. 20만엔이 넘는 현금도 거기 쑤셔 넣었다. 전 재산이다. 사카에의 '비즈니스호텔 야시로'에 방을 잡고 번화가를 헤맸다.

2주쯤 전이다. 부동산 사무소 앞에서 무심코 물건 정보를 바라보는데 점원이 "안내해드릴까요?" 하고 말을 붙여서, 이끌리는 대로 안으로 들어갔다. 소개 신청서에 이름을 적고, 나이를 적으려다가 손이 멈췄다. 한 달 전, 마흔아홉이 됐다. 쉰 살을 목전에 두고 목욕탕 없는 싸구려 아파트를 빌려 산다. 하루살이 같은 일용직 노동일을 하면서 아직 2000만 엔 이상 남은 빚을 갚아 나간다. 그런 인생에, 무슨 의미가 있을까. 볼펜을 내려놓고 말없이 부동산 사무소를 나왔다.

더는 일을 찾을 생각이 들지 않았다. 파친코 가게 앞을 지나갔지만 시끄럽기만 했다. 전부 허무했다. 좁고 더러운 방으로 돌아와 죽을 생각을 하기 시작했다. 뭔가 못다 한 일은 없을까.

"보세요."

운전사의 목소리에 정신이 돌아왔다.

"덴류가와예요. 길 왼쪽이요."

고개를 돌리자 수목 너머로 칠흑 같은 평면이 보인다. 건너편에 오도카니 밝혀진 조명. 거기서 뻗어 나온 빛 한 줄기가 희미하게 흔들려서 그것이 수면임을 알았다.

"바로 하류에 후나기라댐이라고 있어서." 운전사가 엄지손가락으로 뒤쪽을 가리켰다. "이 일대는 물이 모입니다. 수면이 높고 강폭도 넓죠?"

확실히 그랬다. 수면이 도로에서 불과 2미터 정도 아래다. 건너편 강가까지는 100미터는 너끈히 된다. 강이라기보다는 갸름한 호숫가를 달리는 감각이다.

"이대로 강변을 따라가면 도착합니다. 거의 다 왔어요."

그렇다, 거의 다 왔다.

못다 한 일은 정말 없을까.

양로원 이용료는 아버지 연금에서 다달이 이체되게 해두었다. 아버지는 죽을 때까지 양로원에서 지낼 수 있을 것이다. 아마도.

어머니 위패와 영정 사진도 시설의 아버지 방에 두고 왔다. 아, 욧카이치시에 사는 고모의 연락처를 양로원에 전해두는 편이 좋겠지.

유미에게 몇 마디 써서 남기는 일은…… 부질없다. 행복에 물을 끼얹는 짓이다.

유미를 떠올린 까닭일까. 문득 아이가 있었다면 어땠을까 하는 생각이 스쳐 지나갔다. 같이 살건 아니건, 아이를 남기고 죽을 마음이 들었을까. 흙탕물을 마시고서라도 인생을 다시 세우려 하지는 않았을까…….

아니, 그만 됐다. 내 아이를 보듬는 게 뭔지도 모르면서 이런 상상을 한들 무슨 소용인가.

수목이 늘어선 강가의 녹지가 끊어졌다. 왼쪽에 이어지는 수면과 아스팔트 노면을 가르는 것은 낮은 가드레일뿐, 택시가 마치 검은 수면을 미끄러져 나가는 듯한 감각이다. 도로 오른편 산비탈에 신록이 몸을 내밀듯 우거져 있다.

앞쪽에 터널 입구가 보였다. 거기서부터 아마 강과 조금 멀어지는 것 같았다. 운전사가 터널 앞에서 왼쪽 방향지시등을 켠다. 왼쪽에 산길이 있는 모양이다.

택시가 차선을 변경하듯 왼쪽으로 붙어 좁은 산길로 들어갔다. 길은 여전히 강 바로 옆을 따라간다. 길이 오른쪽으로 완만하게 구부러진다. 커브 너머에 붉은 철교가 보였다.

그때.

"아, 보세요!"

운전사가 소리를 높였다. 검지로 자동차 천장을 가리키고 있다.

"보셨어요?"

"아, 아뇨."

또 달 얘기일까?

"좀 더 천천히 갈 걸 그랬군요. 차 세울 테니까, 보러 가십시다."

철교 옆까지 가자 갓길에 넓은 공간이 있었다. 택시를 세우고, 왔던 길을 되짚어 걷는다. 가로등은 없고 운전사가 회중전등으로 발밑을 비춘다. 준비가 철저한 걸 보면 몇 번 와봤는지도 모른다.

물 냄새가 난다. 이 너머 댐에 가로막힌 탓인지 물소리는 들리지 않는다. 걷다 보니 눈이 익숙해졌다. 완전한 어둠은 아니다. 달빛이 있다.

얼굴을 들었다. 정면에 보름달이 떠 있다.

차가운 금속성 빛을 내뿜는 탁한 얼음덩어리. 그렇게 보이는 건 아마 빛깔 때문이리라. 노란색보다는 푸르스름한 색에 가깝다. 애초에 달은 무슨 색이었더라…….

"달이 정말 좋네요. 슬슬 남중南中. 천체가 자오선을 지나는 일이군요." 운전사도 하늘을 올려다보며 말했다. "아침까지 비가 왔잖아요. 그 덕에 공기가 맑은 거예요, 분명."

그럴지도 모르지만, 역시 모르겠다. 여기가 달에서 제일 가까운 장소라니 당최 무슨 소린지.

50미터쯤 더 가서 운전사가 발을 멈췄다. 뒤돌아보고, 회중전등을 위쪽으로 향한다.

"보세요, 이겁니다."

기둥에 달린 파란색 금속판, 도로 안내표지다. 회중전등 불빛으로도 글자는 충분히 읽을 수 있다.

月 Tsuki 3km

달까지 3킬로미터.

분명히 그렇게 적혀 있다. 여우한테 홀린 기분이다.

"어때요, 거짓말 아니죠?" 표지를 올려다본 채 운전사가 우쭐대듯 말한다. "단 3킬로미터입니다. 틀림없이 지구상에서 여기가 제일 달과 가까워요."

그렇다면 이 운전사는 여우인가. 그 옆얼굴을 새삼 바라보았다. 운전사가 나를 바라보며 눈가에 깊은 주름을 잡는다.

"사실은 말이죠, 아까 그 철교 너머에 '쓰키'Tsuki. 일본어로 달을 뜻한다라는 이름의 부락이 있습니다. 하마마쓰시 덴류구 쓰키."

"아아."

그런 거였나.

"흔치 않은 지명이죠? 제가 하마마쓰 태생인데, 오랫동안 몰랐습니다."

운전사가 물가로 다가갔다. 가드레일에 야트막하게 걸터앉아 달을 올려다본다.

"이걸 발견한 후로 보름달이 뜨는 밤이면 반드시 여기 온답니다."

"반드시…… 달구경을 하려고요?"

"아뇨, 그냥 달구경은, 아닙니다만."

운전사 쪽으로 다가가자, 수면 위의 달이 흔들린다. 1.5미터쯤 떨어져 가드레일에 엉덩이를 걸친 후, 나도 그와 똑같이 달을 올려다보았다.

저기까지 38만 킬로미터라면 그런가 보다 싶다. 그러나 3킬로미터라 해도 그런가 보다 싶으리라. 그 정도로 오늘 밤 달은 가깝다.

담배를 한 개비 꺼내 불을 붙였다. 역시 아무 맛도 나지 않는다.

"손님, 자녀는요?" 운전사가 물었다.

"없어요."

"그러시군요. 그럼, 알아주실지 어떨지 모르겠지만……." 운전사가 왠지 쑥스러운 것처럼 콧등을 긁었다. "아이 키우는 게요, 달과 비슷하다 싶어요. 부모가 지구, 아이가 달."

"아아."

"이거 아세요? 실제로 달은 지구한테서 태어난 셈이에요. 원시 지구에 화성 사이즈의 소천체가 충돌해, 흩어져 날아간 파편이 모여서 생긴 것이 달이래요. 아직 가설이지만요. 거대충돌설입니다."

몰랐다. 아니, 그보다 달이 어떻게 태어났는지 생각해본 적도 없었다.

"아까도 말했지만 아기 달은 지구 옆에 있거든요. 어릴 땐 천진하게 빙글빙글 돌면서 여러 얼굴을 보여줍니다. 기쁜 얼굴, 슬픈 얼굴, 토라진 얼굴, 신난 얼굴, 쓸쓸한 얼굴, 전부요. 그런데 시간이 흐르면서 차츰차츰 지구에서 멀어져 별로 돌지도 않고, 급기야 지구에는 보여주지 않는 얼굴을 갖게 되죠. 뒤에 도사린 나쁜 얼굴이라는 의미가 아닙니다. 부모에게는 보여주지 않는 일면이라고 할까요. 달의 뒷면처럼."

나는 어땠을까. 열 살쯤부터 내 생각이나 감정을 아버지에게 드러내지 않게 되었다. 아버지도 아들의 마음을 굳이 알려고 들지 않았다. 이쪽이 거칠게 요구를 들이대고 저쪽은 무조건 퇴짜를 놓고, 그것의 되풀이다.

"뭐 성장한다는 게 다 그럴 테지만, 역시 슬픈 일이죠."

"슬픈 일……."

아버지에게는 애초에 없는 감정이리라.

아까부터 이 산길을 지나가는 자동차는 한 대도 없다. 눈을 오른쪽으로 돌리면 본선 도로에서 이따금 헤드라이트가 다가오지만, 전부 터널로 사라진다.

"저는……." 운전사가 말했다. "택시 몰기 전엔 도쿄에 살았습니다. 고등학교에서 지구과학 교사였는데 말이죠."

"아아……."

의외이기는 해도 바로 수긍이 갔다.

"어릴 때부터 우주나 천체, 이런 걸 좋아했어요. 대학도 그쪽 방면이었고 대학원도 마쳤습니다. 연구자와 교사를 놓고 고민하다 교사를 택했죠. 학생들과 뭔가 같이 해보고 싶은 로망이 있었거든요. 중고일관중고등학교를 일체화해 운영. 일관된 교육을 제공하는 학교 남자 고등학교에서 교사 생활을 시작했습니다. 뭐 진학 학교죠. 해마다 도쿄대학에 몇십 명씩 들어가는."

운전사가 왜 자기 이야기를 꺼냈는지는 모른다. 다만 처음부터 이 얘기를 할 작정이었구나 싶었다.

"학생들을 모집해 천문부를 만들었어요. 지금 생각하면 순 자기만족이죠." 운전사는 웃으며 말했다. "그래도 다들 열심히 해줬습니다. 아, 이거 아세요? 달 표면의 어느 구획에서 크레이터 개수를 세서 밀도를 계산하면 그곳의 암석이 생성된 연대를 짐작할 수 있어요. 크레이터 연대학이라고 하는데요. 학생들과 그런 연구를 해서 학회에서 발표도 하고 표창도 받았죠. 즐거웠답니다, 정말로."

운전사는 옛 생각을 하는지 실눈을 뜨고 말을 잇는다.

"결혼해서 아이가 태어났습니다. 아들 하나예요. 그 애가 아홉 살때던가. 생일 선물로 천체 망원경을 사줬거든요. 저렴한 굴절식이었지만 어찌나 좋아하던지. 둘이서 밤마다 달을 봤습니다. 아이가 달을 정말 좋아했어요. 아, 망원경으로 달을 보신 적이 있나요?"

"아뇨."

"한번 봐보세요. 감동스럽답니다. 대단한 망원경이 아니어도 달만은 진짜 뚜렷이, 세세한 데까지 잘 보입니다. 3킬로미터는커녕 손 뻗으면 닿을 것처럼 가까워요. 그래서였겠죠. 그 애는 아무튼 달 덕후였어요."

달을 올려다보고 상상했다. 망원경이라면 어떻게 보일지가 아니다. 아버지와 나란히 달을 보는 내 모습을 떠올려봤다. 당연하지만, 그런 경험은 한 번도 없다. 상상해봐도 즐거운 광경은 그려지지 않았다.

"천문부엔 여름 합숙이란 게 있어서 말이죠. 해마다 나가노 노리쿠라에서 천체를 관측합니다. 그 애도 두 번쯤 데려갔어요. 그게 어지간히 즐거웠는지 중학교 입시를 봐서 저희 학교에 들어오겠다는 거예요. 물론 부모로서 반대는 안 합니다. 5학년 때부터 학원에 다니면서 그 애 나름대로 열심히 공부했지만, 합격하지 못했어요."

어느새 담배가 필터 가까이 타 들어갔다. 그대로 발밑에 떨어뜨린다.

"고등학교 때 재도전하겠다면서 지역 공립중학교에 들어갔습니다. 저희 학교, 고등학교 때도 입시는 있지만 문이 훨씬 좁아져요. 어려우리라고는 생각했지만 본인이 하겠다니까 밀어줄 수밖에요. 중학교 1학년 때는 아무 문제 없었는데, 2학년이 되면서 반이 바뀌자 학교를 쉬는 날이 많아졌어요. 아침에 일어나면 머리가 아프네, 배가 아프네 하는 겁니다. 저도 교사니까 감이 딱 왔습니다. 집단 괴롭

힘이구나."

"아아……." 낮은 목소리가 흘러나왔다.

"무시라든가, 숙덕숙덕 뒷담화라든가, 흔적이 안 남는 괴롭힘. 체격도 작고, 선이 가늘고, 과학 좋아하는 공부벌레잖아요. 표적이 되기 쉬워요. 물론 그 애는 완강히 부인했습니다. 부모에게 걱정 끼치기 싫었는지, 아니면 자존심이 허락하지 않았는지, 모르겠습니다. 열네 살이니까요. 마침 부모에게는 보여주지 않는 부분이 나오기 시작할 때죠.

저는 집단 괴롭힘에 맞서는 건 현명한 방법이 아니라고 생각했습니다. 학교는 무리해서 가지 않아도 된다, 전학도 괜찮다, 그렇게 말해줬어요. 결국 2학년이 되어서는 학교에 거의 가지 않고 집에서 공부했죠. 3학년 때 반이 바뀌자 상황이 조금 나아졌어요. 2학기부터는 거의 매일 등교해서 저희도 안심했고요. 그래도 공부는 뒤처졌고, 결석이 많아 내신 성적도 당연히 안 좋았습니다. 좋은 고등학교는 가기 힘들다고 본인도 잘 알았을 겁니다. 그런데도 저희 학교 입시에 반드시 도전하겠다는 거예요."

운전사의 옆얼굴에서 눈을 돌릴 수 없었다. 이런 이야기를 듣고 싶은 생각은 없는데도 나는 그의 표정에서 열심히 뭔가를 읽어내려 했다. 운전사는 난처한 미소를 떠올린 채 아스팔트 바닥을 내려다볼 뿐이다.

"시험 날 아침, 저는 입시 업무 때문에 일찍 집을 나왔습니다. 집을 나설 때 '뭐 마음 편하게 시험 쳐봐'라고 말해줬어요. 그 애는

'응' 하고 고개를 끄덕였습니다. 그게, 마지막 대화입니다. 그 애는 시험장에는 나타나지 않았어요. 집을 나와, 근처 맨션 옥상에서, 뛰어내렸습니다."

무심결에 참고 있었던 숨을 천천히 토해냈다. 말 따위가 나올 리 없다.

정적이 흘렀다. 누가 먼저 입을 열지, 달이 하늘에서 지켜보는 것 같았다.

침묵이 거북했는지 운전사가 몸을 일으킨다.

"극복할 수 없는 슬픔이란 것이, 세상에는 있더군요."

운전사는 남 일처럼 말하고 강 쪽을 향했다. 가드레일에 양손을 짚고 턱을 쳐든다.

"아무래도 모르겠습니다. 왜 그 애가 죽어야 했는지. 그 애가 뭘 생각했는지. 저는 그 애한테 뭘 해줬으면 좋았겠는지. 도대체 뭐가 정답이었는지. 손님, 아세요?"

어이없는 물음에 짜증이 치민다. 고개조차 젓지 않았다.

"그 뒤 교사는 그만뒀습니다. 집사람은 저를 원망하고, 저는 집사람을 원망하고. 사실은 알고 있었습니다. 집사람도 저 말고는 감정을 터뜨릴 곳이 없었다는 걸요. 그러는 사이 어머니가 충격으로 몸져누우셨어요. 아버지는 이미 돌아가셨던지라 저만 이렇게 하마마쓰로 돌아왔습니다. 집사람과는 그 후로 얼굴을 안 봤네요. 이혼도 안 한 채 어느덧 15년, 그 사람도 지바 본가에서 살고 있어요. 묘한 부부죠?

하마마쓰에 돌아와 반년쯤 지났을 때일까요. 사는 게 너무 괴로웠어요. 어머니가 잠자리에 드신 후, 차를 갖고 집을 나왔습니다. 손님과 똑같습니다. 어디 죽기 적당한 장소는 없을까. 정처 없이 덴류가와를 거슬러 올라가다가 우연히 이 산길로 접어들었습니다. 이 안내 표지를 봤을 때는 헛것인가 싶었어요. 드디어 머리가 이상해졌구나 했죠. 허둥대며 차를 세우고 돌아와 확인했습니다. 눈을 몇 번 비비고 봐도, 달까지 3킬로미터라고 분명히 적혀 있었어요."

운전사가 얼굴을 들어 달을 바라보았다. 아까보다 흰색이 뚜렷해졌다.

"마침 오늘처럼 말할 나위 없는 보름달이 떠 있었어요. 아아, 저 달은 그 애다. 그 애가 나를 여기로 불렀어. 여긴 지구상에서 그 애와 제일 가까운 장소니까. 전직 과학 교사가, 진심으로 그렇게 생각한 겁니다."

운전사가 조그맣게 어깨를 흔들었다. 영락없이 달에게 말을 거는 모습이다.

"그때 알았습니다. 나는 죽을 때까지 제대로 살아서, 이곳에서 그 애한테 계속 묻지 않으면 안 된다. 너 그때 무슨 생각을 했니. 뭐가 괴로웠고, 우리한테 말하지 못한 게 무엇이니. 아버지는 너한테 어떻게 해줬으면 좋았겠니.

그야 대답은 듣지 못할 겁니다. 그 애는 뒤를 향하고 있고요. 그래도 말이죠, 달에서 제일 가까운 이 장소에서, 그 애가 우리한테 보여주지 않았던 얼굴을, 표정을, 어떻게 해서든 봐주지 않으면 안 됩니다. 옆얼굴만이라도. 한순간만이라도. 그러게 저는, 그 아이 아버지 니까요."

다시 정적이 흐른다.

정적을 깨뜨리고 싶지 않아 조용히 가드레일에서 허리를 일으킨 다. 운전사처럼 나도 강 쪽으로 몸을 틀었다.

운전사가 내게 고개를 돌렸다.

"그러니까 보름달이 뜨는 밤은 반드시 여기 옵니다. 그런데……." 운전사가 입가를 허물어뜨린다. "하필이면 손님 같은 분을 태워버 린다니까요."

난처한 것처럼 웃는 그의 얼굴에서 눈을 돌리고 달을 올려다본다.

가슴속에서 말을 건다.

어이, 소년.

좋은 아버지잖아.

정말 좋은 아버지잖아. 너를, 열심히 이해하고자 했어. 네가 없는 지금도 여전히 이해하려 하잖아. 어쩌자고 죽어버렸어. 죽을 필요라 고는 손톱 끝만큼도 없었는데.

아직 열다섯 살이잖아. 겨우 열다섯 살. 쉰 살이 아니라고…….

달의 윤곽이 번지기 시작했다. 그런데 왜 저리 눈부신가. 무슨 영 문일까.

푸르스름한 달 위에 어머니 얼굴이 포개진다.

얼굴은 이윽고 아버지가 되었다.

얼굴이 아니다. 숱이 줄어들어 훤히 벗어진 뒤통수다.

양로원에 아버지를 두고 온 날. 마지막에 "이분들 말씀 잘 듣고 계세요, 또 올 테니까"라고 말을 붙였다. 아버지는 침대 위에 책상다리로 앉아 벽을 향한 채 끝내 돌아보지 않았다. 그때 그 뒤통수다.

아버지는 이 세상 사람이면서 이 세상 사람이 아니다. 눈은 열려 있어도 아들을 보는 일은 없다. 입은 움직여도 아들에게 말을 거는 일은 없다. 아버지의 얼굴은 달 뒷면에 있다. 두 번 다시 이쪽을 향하는 일은 없다.

38만 킬로미터…….

지금은 달이 멀리 보인다. 아득한 저 너머다.

마지막까지 얼굴을 돌린 채 그렇게 멀리 가고 말았다.

"……38만 킬로미터."

조그맣게 중얼거렸다. 그 때문일까.

갑자기 달이 또렷한 윤곽을 되찾았다. 푸르스름한 빛을 내뿜는 그 것은 어디로 보나 울퉁불퉁한 암석 천체일 뿐이다.

그렇다. 아니다. 아버지는 저런 곳에 있지 않다. 기후에 있다. 양로원에 혼자 있다. 기후역까지 가면, 거기서 3킬로미터도 안 된다.

아버지는 이미 아무 대답도 해주지 않는다. 그래도 초점이 맞지 않는 그 눈을 들여다볼 수는 있다. 귓전에 대고 물을 수는 있다.

아들을 어떻게 생각했느냐고. 아들에게 사실은 무슨 말을 하고 싶었느냐고. 아들을 사랑했느냐고.

"어떻게 하시겠어요, 손님?" 운전사가 물었다. "사전 답사, 계속할까요?"

대답하지 않고 셔츠 윗주머니를 더듬었다.

꼽꼽한 담배 한 개비를 꺼내 물고 불을 붙인다. 첫 모금을 깊이 빨아들였다. 맛있지는 않았다. 지독히 쏩쓸할 뿐이다. 대신 이번에는 확실한 맛이 느껴졌다.

담배 연기가 천천히 올라가 달에 걸렸다.

星六花

하늘에서 보낸 편지

"우산은 한동안 잊고 계셔도 됩니다."

오후하라 씨가 백년가더니 씨피 우산을 쥐어준다.

"크리스마스 무렵까지."

"강수 확률 0퍼센트, 이건 비가 절대로 내리지 않는다는 의미가 아니에요."

넷의 식사 모임도 슬슬 끝나갈 즈음 오쿠히라라는 사람이 갑자기 말했다. 줄곧 잔잔한 미소만 짓고 있던, 마주 보고 왼쪽 남성이다.

"무슨 말씀이에요?" 옆에서 미사가 깔끔하게 그린 눈썹을 요령 좋게 치켜올렸다. 엄지와 검지로 동그라미를 만들고 고개를 갸웃한다. "아니, 제로라면서요?"

여자인 내가 봐도 이 후배는 하는 짓이 하나하나 귀엽다. 해 바뀌면 서른이라는데, 화장과 옷차림만 살짝 달리 하면 여대생이라고 해도 믿을 것이다. 다만 태도나 언동이 혹여 같은 여자들의 반감을 유발하는 원인이 되지는 않을까, 노파심이 들 때는 있다.

"강수 확률은 10퍼센트 단위로 나오잖아요?"

오쿠히라 씨가 나와 미사를 공평하게 한 번씩 쳐다보고 말했다. 피부가 하얗고 선이 가는데, 목소리는 의외로 저음이다.

"말하자면 반올림한 수치예요. 5퍼센트 미만인 경우는 전부 0퍼센트로 발표합니다. 게다가 1밀리미터 이상의 비가 내릴 확률이거든요. 지나가는 비가 조금 뿌린 정도로는 비가 온 것에 들어가지 않습니다."

"아하, 그렇군요." 미사가 바로 옆 창문을 돌아본다. 흰색 스프레이로 그린 산타클로스 머리에 빗방울이 떨어진다. "그럼 이런 일이 생겨도 딱히 이상한 게 아니구나."

이야기가 나온 것은 2층 레스토랑 창문을 빗방울이 톡톡 때리기 시작한 탓이다. 그야말로 가랑비지만, 오늘 아침 일기예보에 우산 마크는 없었다. 미사 말로는 오후의 강수 확률은 0퍼센트였단다.

"이상하지는 않아도 이해는 안 된다, 그죠?" 오른쪽에 앉은 기시모토 씨가 불그름한 얼굴을 내밀고 미사에게 동의를 구한다. "아니, 제로라면서요. 낫싱인걸? 몇 방울 떨어질지도 모름, 하는 의미로는 안 읽히죠."

"맞아요, 맞아! 나 우산도 안 가져왔는데. 기상청은 책임지시오!"

장난스럽게 주먹을 쳐드는 미사를 향해 오쿠히라 씨가 쌍꺼풀이 없는 눈을 가늘게 떴다. "본청의 설명이 부족해서, 죄송합니다" 하고 깍듯이 머리를 숙인다.

넷이 와인을 세 병 비웠지만, 대부분은 기시모토 씨와 미사가 마셨다. 오쿠히라 씨는 아마도 레드 와인과 화이트 와인을 한 잔씩, 나는 화이트 와인만 한 잔. 못 마시는 건 아니지만, 술에 취해 내가 누군지 모르게 되는 느낌이 옛날부터 싫었다.

나는 이야기를 조금 더 부풀려본다.

"그래도 반올림한다면 실제로는 매우 구체적인 확률이 나와 있단 말이네요?"

일기예보에 딱히 흥미는 없었지만, 모처럼 오쿠히라 씨가 테이블의 주인공이다. 이 사람의 목소리를 조금 더 들어보고 싶었다.

오쿠히라 씨가 물컵을 양손으로 감싸고 "그렇죠" 하고 고개를 끄덕였다. 길고 흰 손가락에 반사적으로 눈이 가지만, 당연히, 반지는 없다.

"기상청에서는 과거의 기압 배치나 관측치를 데이터베이스화합니다. 그 안에서 현재 상황과 비슷한 패턴을 컴퓨터가 도출해, 강수가 있었던 비율을 산출해요. 그러니까 어디까지 의미가 있는지는 별개로 치고, 통계 수치로는 세세한 데까지 나오죠."

오쿠히라 씨는 또박또박 이야기했다. 되도록 간결 명료히 전달하려 애쓰는 말투였다.

"호오, 과연 기상." 예보사라고 말하려다 순간적으로 말을 바꾼다. "의 프로시네요."

"아니, 솔직히 저는요." 기시모토 씨가 우렁찬 목소리를 낸다. 와인 탓인지 볼륨 조절이 안 되는 눈치다. "기상예보사가 일기도 봐가면서 '한 80퍼센트는 오지 않겠어? 좋아, 강수 확률 80퍼센트!' 하고 정하는 줄 알았다고요."

그렇게 말하고 기시모토 씨는 혼자 웃는다. 대학에서 같은 배드민턴 동아리였다는데, 오쿠히라 씨를 선배 대접하는 기색도 없이 그는 저녁 내내 혼자 떠들었다.

나는 시간이라도 확인하는 척 무릎 위의 스마트폰 케이스를 열었다. 끼워두었던 두 사람의 명함 가운데 오쿠히라 씨 것을 확인한다.

기상청 도쿄관구 기상대 기상방재부 기술과 기술전문관 오쿠히라 준

긴 직함에 역시 '기상예보사'라는 글자는 없다. 건배 전에 각자 자기소개를 할 때도 그 단어는 나오지 않았다. 기상청에서 이만한 직위라면 기상예보사 자격쯤은 있을 법한데, 어떨까.

미사와 기시모토 씨를 태운 택시가 멀어지는 것을 바라보고 있자 오쿠히라 씨가 입을 열었다.

"괜찮습니다."

"네……?"

"그렇게 걱정하지 않으셔도. 기시모토는 여성분들에게만큼은 철저히 기사도 정신을 발휘하는 타입입니다."

"아뇨, 그게." 너무 티 냈나 싶어 뜨끔해서 얼버무린다. "두 사람 다 꽤 취한 것 같아서……."

두 사람이 한 택시로 돌아간 것은 단순히 방향이 같아서다. 미사

는 저래 봬도 속이 꽉 찼고, 무엇보다 어엿한 어른이다. 내가 보호자 같은 얼굴로 걱정할 필요는 없다.

다만, 조금 전 뒷좌석에 타려다가 비틀거린 미사의 팔을 차 안에서 기시모토 씨가 붙들어 받쳐줬다. 그 광경이 기억을 건드려 나도 모르게 얼굴이 굳어졌다.

우리 집도 여기서 멀지 않지만, 밤에 혼자 택시를 타는 일은 없다. 오쿠히라 씨도 전철이라기에 에비스역까지 같이 걷게 되었다.

우산이 필요할 정도의 빗방울은 이제 떨어지지 않는다. 희미한 이슬비가 헤드라이트 불빛에 빛나는 정도다. 가정집처럼 들어앉은 음식점이 불쑥 나타나는 좁은 길을 찬바람이 지나간다.

"갑자기 추워졌네요." 나는 스톨을 새로 매고 말했다. "한낮엔 코트도 필요 없을 정도였는데."

"북쪽에서 바람이 불기 시작한 모양입니다." 오쿠히라 씨도 더플코트 단추를 목까지 잠근다. "지금 지나가는 비도 그 탓인지 몰라요. 바다에서 오는 바람과 북풍이 부딪쳐 국지적으로 구름이 생겼겠죠."

"오쿠히라 씨는, 기상예보사이신가요?"

"뭐 일단은. 자격증은 학생 때 땄습니다. 직장에서 예보를 내는 건 아니고요. 저는 아직 예보관이 아니라서요."

오쿠히라 씨는 기상대에서 하는 일을 들려주었다. 기술과라는 부서는 기상관측기구(아메다스 지역 기상관측 시스템나 기상 레이더 등)를 유지하고 관리하는 업무가 중심이란다. 그렇다고 이대로 엔지니어로 정착하는 것도 아닌 모양이다. '기술전문관'이라는 현재 직급 위에 '예보관'이 있고, 그도 그것을 목표로 한단다.

재미있는 사실은 기상대에 근무하는 이공계 출신 직원의 대부분이 기상예보사 자격이 없다는 것이다. 오쿠히라 씨에 따르면 그것은 어디까지나 일반인 대상의 제도이지 기상청 취업이나 예보관 승진과는 아무 관계도 없단다.

"훌륭하시네요." 결코 빈말이 아니었다. "학생 때 기상예보사에 합격했다니, 날씨 일을 하는 게 오랜 꿈이었나 봐요? 꿈을 차근차근 실현하다니 정말 굉장하네요. 부럽다."

"아뇨, 저는 그냥 기상 덕후 같은 겁니다."

"기상에도 덕후가 있어요?"

"있습니다. 구름 덕후라든가 일기도 덕후라든가."

"일기도 덕후라면……. 일기도 들여다보는 게 취미라고요?"

"아뇨, 본인이 그립니다. 매일 라디오 기상 통보를 듣고."

"기상 통보요?"

"모르시겠죠, 그런 거." 오쿠히라 씨가 짓궂은 웃음을 떠올린다. "NHK 제2라디오에서 하루 한 번, 전국의 기상 요소를 읽어줍니다. '이시가키지마에서는 남동풍, 풍력 3, 대체로 맑고 기압은 1015헥토파스칼, 기온은 23도였습니다. 나하에서는……' 이런 식으로."

"그것만 듣고 일기도를 그릴 수 있어요?"

"조금 공부하고 연습하면요. 전용 용지도 팔고요. 저도 초중학교 시절엔 곧잘 그렸습니다. 맨션 베란다에 라디오를 들고 나가서."

"왜 베란다에서요?"

"5층의 좁은 베란다를." 오쿠히라 씨는 쑥스러운 것처럼 눈을 내리깔며 말을 이었다. "제 기상대로 만들었어요. 작은 테이블과 의자를 놓고, 용돈 모아서 저렴한 기압계와 풍속계도 샀습니다."

"귀여운 얘긴가 했더니, 꽤 본격적이네요."

"매일 노트에 기록하고, 일기도도 그리고, 저 나름대로 예보를 내는 겁니다. 부모님이 '준, 내일 날씨는 어때?' 하고 매일 밤 물어보시니까, 어린 마음에도 진지했습니다."

"좋은 부모님이시다."

"아무튼 베란다에서 하늘을 쳐다보는 시간이 길었습니다. 진귀한 구름을 발견하면 도감을 찾아보거나 스케치도 하고요."

"오쿠히라 씨는 구름 덕후이기도 한가요?"

"뭐 그런 거죠. 지금도 좋은 구름을 보면 바로 촬영할 수 있게 카메라를 항상 들고 다닙니다."

오쿠히라 씨가 비스듬히 멘 나일론 가방을 톡톡 두드렸다.

"아, 맞다." 나는 걸음을 멈추고는 스마트폰을 꺼내, 대기 화면 사진을 보여주었다. "이거, 흔치 않은 구름인가요? 뭔가 이름이 붙어 있었던 것 같은데……."

파란 하늘에 무지갯빛으로 빛나는 얇은 구름. 무지개가 걸린 것이 아니라, 구름 가장자리 부분만 일곱 빛깔을 띠었다.

"오오, 근사한 '채운'이네요." 오쿠히라 씨가 감탄한 듯 말했다.

"채운! 맞다맞다, 그런 이름이었어요."

"태양광이 구름 입자를 돌면서 나아갈 때, 회절이라고 합니다만 파장에 의해 나아가는 각도가 조금씩 바뀝니다. 그 결과 무지개처럼 색이 나뉘어 보여요."

"호오, 대부분은 무슨 소린지 못 알아들었지만요."

"이론 같은 건 아무래도 좋아요. 직접 찍으셨어요?"

"아뇨아뇨, 인터넷에서 건졌어요. 너무 예뻐서. 원래 하늘이나 구름 사진 엄청 좋아해요."

마지막 한마디는 얼떨결에 얹어버렸다. 이 사진도 최근 카메라에 빠진 지인이 SNS에 올린 것을 퍼왔을 뿐, 조금 진귀한 풍경 사진이면 뭐라도 좋았다.

"기상 덕후 소질이 다분합니다, 도미타 씨도."

눈가에 잔주름을 잡으며 말하는 오쿠히라 씨를 보고 신기할 정도로 기뻐졌다.

어느새 에비스역 서쪽 출구였다. 로터리를 둘러싸는 가로수와 오브제가 색색의 일루미네이션을 걸치고 화사하게 빛난다. 역 빌딩 입구의 커다란 크리스마스트리 밑에서 누가 먼저랄 것 없이 발을 멈췄다.

"저는 JR 일본의 국철이라서요." 역 빌딩 입구를 가리키면서 말한다.

"저는 지하철입니다. 히비야선."

오쿠히라 씨가 하늘을 올려다보더니, 가방에서 검은색 접는 우산을 꺼냈다. 손잡이 쪽을 내게 내밀면서 잔잔히 웃는다.

"이거, 만일에 대비해서. 또 뿌릴지도 모르고요."

"그런, 아니에요, 아니에요. 오쿠히라 씨가 젖잖아요."

"저는 괜찮습니다. 혹여 비가 온다 해도 역에서 집까지 뛰면 1분입니다."

"그래도……." 뒷말을 머무적거린다. 빌려가도 못 돌려드리는데, 라는 말은 하고 싶지 않았다. 작은 목소리로 쥐어짜듯이 말한다. "어떻게……."

"우산은 한동안 갖고 계셔도 됩니다." 오쿠히라 씨가 떠안기다시피 우산을 쥐여준다. "그렇군요……. 크리스마스 무렵까지."

"크리스마스요?"

"어어." 오쿠히라 씨가 손목시계를 보고 눈썹을 치켜올린다. "큰일 났다, 벌써 막차네. 아무튼 스미다가와 너머까지 돌아가야 해서요."

"아, 어서 가세요." 당황해서 말했다.

"미안합니다. 늦었으니까, 조심해서 가세요." 지하로 내려가는 계단을 향하다 말고 오쿠히라 씨가 돌아보며 물었다. "도미타 씨, 트위터 하세요?"

"일단 계정은 있는데요……."

벌써 몇 년이나 글은 올리지 않고 있다.

"괜찮으시면 제 트위터도 봐주세요. 이따금 구름 사진 같은 거 올립니다. 본명으로 하니까, 검색하시면 나올 거예요. 그럼 또."

오쿠히라 씨가 빠르게 말하고 지하로 사라져간다. 별수 없이 접는 우산을 가슴에 품고 "네, 그럼 또……." 하고 고개를 숙였다.

몽글몽글한 기분에 잠길 수 있었던 것은 시부야에서 이노가시라

선으로 갈아탈 때까지였다.

금요일 밤이다. 혼잡한 차내를 뚫고 안쪽으로 들어가 용케 손잡이를 붙들었다. 전철이 움직이기 시작한 순간 현실로 끌려 돌아온다. 차창에 자신의 모습이 떠 있다.

내년이면 마흔인 말라깽이 여자. 귀엽지도 젊지도 않다. 복장에는 나름대로 주의를 기울이지만 세련됐다고는 정말이지 말할 수 없다. '센스 왜 저래, 완전 아줌만데?' 하는 동료들의 뒷담화나 면하면 다행이다.

오쿠히라 씨는 서른일곱이랬다. 두 살 아래. 공무원이고, 느낌도 좋다. 그런 남성이 뭐가 답답해서 마흔 목전의 여자를 결혼 상대로 의식할까.

그래도…… 그럼 왜 들떠서 그런 자리에 나갔는데? 차창 속의 내가 따지는 소리가 들려 속으로 피식 웃는다.

자리를 주선한 것은 대학 때 친구다. 친구 남편 회사의 부하 직원이 기시모토 씨. 기시모토 씨가 오쿠히라 씨를, 내가 미사를 데려와 2 대 2 식사 모임이 성사됐다.

친구는 '그럴 리는 없겠지만, 혹시라도 젊은 애 데리고 나갈 생각은 말라'고 못 박았다. 주위에 미혼인 친구가 없지는 않지만, 남자들은 어느 쪽이나 나보다 연하다. 그들보다 어린 사람이 한 명쯤 없으면 균형이 안 맞는다고 생각했다. 독신에 남자친구도 없는 연하의 지인은 같은 부서 미사뿐이었다.

그렇지만 미사를 데려간 것은 그녀를 위해서도 남자들을 위해서도 아니다. 자신을 돋보이게 해줄 역할을 옆자리에 앉히는 '딱한' 여자로 보이기 싫었다. 고집인지 허세인지. 어쨌거나 자기 본위다. 내가 생각해도 싫은 여자가 되고 말았다.

이를테면 지금도 그렇다. 앞자리에 앉은 여학생이 혼자 스마트폰에 글을 입력하며 빙긋빙긋 웃고 있다. 스무 살 무렵에는 이런 광경을 보는 게 좋았다. 남자친구 메일이라도 읽나 보다 상상하면서 나도 덩달아 기분이 몽글몽글해지고는 했다. 지금은 어떤가. 메시지로 친구와 누구 험담이라도 하겠지 하고 넘겨짚는다. 대체 언제부터 이렇게 됐을까…….

코트 주머니에서 휴대폰이 부르르 떨렸다. 미사가 연락해왔다.

'오늘 감사했어요! 방금 집에 들어왔어요.'

'나야말로 와줘서 고마워. 어땠어?' 나도 답신한다.

'엄청 재미있었어요! 두 사람 다 괜찮았잖아요!'

'그러게. 담배도 안 피우고.'

'아, 지사토 선배한테는 그거 중요한 포인트죠ㅋㅋ'

나의 담배 혐오증은 부서 내에서도 유명한 모양인데, 사실을 말하면 '혐오'의 수준을 훨씬 뛰어넘는다. 미사의 메시지가 이어진다.

'기시모토 씨하고 번호 교환했는데요, 솔직히 단둘이 만날지는 미묘해요ㅋ'

'미묘하구나 ㅎㅎ'

'지사토 선배 쪽은요?'

모호하게 묻고 있지만 오쿠히라 씨 얘기일 터다. 오쿠히라 씨는 나를 위한 후보니까 평가도 조언도 해서는 안 된다, 미사는 그렇게 생각하는 것이 분명하다. 잠시 망설이다 사실만 전달하기로 했다. 미사의 반응을 보고 싶었다.

'기상대 일 얘기 들으면서 돌아왔어. 헤어질 때 접는 우산 빌려주더라.'

'네? 그거, 좋은 신호 아니에요? 우산 돌려줄 때 다시 만나자는 거잖아요!'

'글쎄, 어떨까.'

짐짓 쿨하게 대답하고 간질간질한 기쁨을 억누른다.

'그렇게 남 일처럼 ㅋㅋ 선배는 별로예요?'

'그런 건 아니지만'까지 적고, 뒷말을 쓰지 못한다. 혼자 들뜬 걸로 비치기는 싫었다. '늦었다, 남은 얘기는 나중에 회사에서.'

'에이, 더 듣고 싶은데ㅎ 오늘은 저도 끼워주셔서 감사해요! 이런 사람 저런 사람 만나보지 않으면 아무것도 시작되지 않잖아요! 후회하고 싶지 않거든요.'

후회하고 싶지 않다, 미사의 입버릇이다. 하기는 꽤 적극적이어서, 거의 매주 맞선 모임을 다니고, 결혼 활동 _{결혼 상대를 소개받는 일부터 결}혼에 대비한 준비에 이르기까지 결혼과 관련되는 모든 활동으로, 구직 활동에 빗대어 쓰기 시작한 말 어플로 알게 된 남성과 퇴근길에 만나기도 한다. 신원도 확실치 않은 사람과 단둘이 만나다니, 나라면 엄두도 못 낼 일이지만.

그 열의를 10퍼센트만이라도 일로 돌리면 좋으련만 하는 생각은 든다. 얼른 괜찮은 사람 만나서 퇴직할 거라고 대놓고 광고하는 듯한 근무 태도인데, 그러고도 사회인으로서 후회는 없을까…….

아니, 오지랖 넓게 이러지 말자. 나는 뭐 그리 잘나서.

일은 내 나름대로 열심히 해왔다고 생각한다. 그럭저럭 알아주는 도내 사립대학은 나왔지만, 때는 취업 빙하기 한복판이었다. 눈물겨운 구직 활동 끝에 지금의 중견 문구 제조업체에 입사했다. 그 이래 17년 동안 영업, 경리, 홍보, 상품기획을 두루 거쳐 작년부터 인사부에 있다. 주임 직함은 달았지만 부하가 있는 것은 아니다.

염원했던 상품기획부 근무가 달랑 2년으로 끝난 것은 적지 않은 충격이었다. 자신이 손댔다고 당당히 말할 수 있는 상품은 결국 하나도 내놓지 못했다. 임시변통 장기 말처럼 일손이 부족한 지금의 부서로 이동됐다.

어디 갖다놔도 합격점 수준의 일은 하지만 놓치기 싫은 인재까지는 아니다. 윗선의 평가는 그 언저리일 테지만, 주어진 자리에서 최선을 다해왔다. 그것만은 소소한 자부는 있어도 후회는 없다.

한편, 사생활로 말하면 정반대다. 행복해지기 위한 노력과는 담을 쌓은 채 20대 후반과 30대 초반 황금기를 흘려보냈다. 만남의 자리 같은 데는 누가 가자고 해도 얼씬도 하지 않았고, 사내 독신 남성들과도 한없이 담백한 관계를 고수했다. 나처럼 평범한 여자가 **예외 대상**이 되기란 간단하다.

정신이 들고 보니 30대도 끝나간다. 이러려던 게 아닌데, 지금 와서는 한숨만 나온다. '어차피'와 '그러게'와 '그래도'를 다람쥐 쳇바퀴 돌리듯 되풀이하면서.

어차피 나 같은 여자. 이제 와서 바득바득 결혼 상대를 찾아본들 늦었다.

이렇게 된 게 전부 내 탓이랄 수는 없다. **그러게** 그런 일이 있었으니까. 열심히 직장 생활을 하는 사이 시간이 흘러버렸으니까.

그래도 마음 어디선가 아직 기대는 한다. 이런 나에게도 맞는 사람을 누군가 눈앞에 데려다주지 않을까. 까다로운 조건을 내건 것도 아닌데, 괜찮은 인연이 나타날 테지. 기대한다면 말은 그럴듯하지만 요컨대 이 지경이 되고도 여전히 남의 손으로 해결해볼 심산이다.

그러고 보면 과거에 나는 《리본》소녀만화 잡지의 열렬한 애독자였다. 초등학교 때 읽기 시작한 그 잡지를, 남들은 일찌감치 졸업한 고등학생 때도 은밀히 동네 책방에서 사다 봤다. 왜 갑자기 옛날 일을 소환하느냐고? 자신의 본질이 그때 이후로 한 뼘도 성장하지 못했음을 깨달았기 때문이다. 백마 탄 왕자는 없다는 것쯤 벌써 옛날에 알았으면서…….

다시 하강 곡선을 그리는 기분을 달래려고 뉴스 어플을 열었다. 헤드라인이 늘어선 화면을 스크롤하던 손가락이 절로 멈춘다.

'40대 미혼 여성, 결혼 확률 불과 1퍼센트?!'

제목 사이에 잘 얼버무려놨지만 어차피 알맹이는 웨딩 산업이나 결혼 활동 관련 책 광고일 터다. 열어볼 기분도 들지 않는다. 꾸물꾸물 결혼 관련 사항이나 검색하니까 이런 게 화면에 뜰 수밖에. 기분이 뾰족해져서 어플을 닫는다.

결혼을 의식하고 있으면 아무래도 이런 숫자가 눈에 들어오게 마런이다. 2.7퍼센트라는 둥, 4.1퍼센트라는 둥 인터넷에 널려 있다. 죄다 엉터리라는 설도 있으니 실제로 어떤지는 알 수 없다. 나로서는 크게 빗나가지는 않는 느낌이지만.

어쨌거나 이것이 강수 확률이라면 전부 반올림해 0퍼센트라는 얘기다.

깊은 한숨이 터진다. 스마트폰을 가방에 넣는데 매끄러운 질감의 우산에 손이 닿는다. 가슴이 다시 콩닥거린다. 필요할 성싶지 않은데 그는 굳이 우산을 쥐여주었다. 더욱이 '크리스마스 무렵까지'라고 덧붙이면서. 기대하지 말아야지 하면서도 그 말에서 뭔지 달콤한 여운을 느끼려 드는 심리는 뭘까. 0퍼센트의 확률을 적어도 10퍼센트로 만들 수 있는 가능성은…….

잠깐 사이에도 기분이 널뛰듯 한다. 너무 오랜만의 일이라 머리도 마음도 따라가지 못한다.

됐고, 좀 진정하자, 차창에 비친 자신에게 타일렀다.

*

"도쿄의 눈 예보, 은근히 자주 빗나가는 것 같지 않아요?" 오쿠히라 씨가 말했다.

말할 때 습관인지 또 양손으로 카페라테 컵을 감싸 쥐고 있다.

"하기는 그런 기분이 드네요. 쌓인다고 했는데 실제로는 진눈깨비만 약간 뿌린다거나."

"반대도 있습니다. 예보에선 적설 가능성은 없다고 했는데, 도심에서 10센티미터쯤 쌓이는 폭설이 되거나."

이 스타벅스는 관청가와 가까운 까닭인지 오후 1시를 넘기자 여기저기 빈자리가 보인다. 오쿠히라 씨는 마침 오후 반차를 내서 일터로 복귀하지 않아도 되는 모양이다.

일 때문에 기상청 근처까지 가는 김에 우산을 돌려주고 싶다, 오쿠히라 씨에게 그렇게 전한 것은 어젯밤이다. 오테마치 거래처에 볼일이 있는 건 사실이지만, 반은 핑계다. 아무나 가도 되는 심부름을 자처했다.

식사 모임으로부터 일주일, 오쿠히라 씨를 만나고 싶었다. 밥 먹자는 말은 차마 못 하겠고, 카페에서 만나 빌린 물건을 돌려주는 정도가 적정선이지 싶었다.

"예보가 빗나가는 데는 이유가 있어요." 음악과 말소리로 술렁거리는 가게 안에서도 오쿠히라 씨의 낮은 목소리는 잘 울렸다. "간토 지방 평야부에 많은 눈이 내리는 건 대개 남안 저기압이 원인입니다. 일본열도 남측을 통과하는 저기압을 말하는데요. 한기가 있는 곳에 남안 저기압이 다가가면 태평양 측에 눈을 동반하는 일이 있는데, 문제는 그 코스입니다."

오쿠히라 씨가 테이블 위의 스마트폰을 가로로 돌려놓고, 검지로 그 아래를 왼쪽에서 오른쪽으로 주욱 밀고 나간다. 스마트폰이 일본열도, 손끝이 저기압이리라.

"저기압이 일본열도에서 좀 떨어져 통과하면 눈이 될 가능성이 높아집니다. 육지에 더 가까우면 비가 되고요. 너무 떨어지면 강수 자체가 일어나지 않아요. 어느 코스를 취할지 정확히 파악하는 것이, 우선 어렵습니다."

"그렇구나, 미묘한 대목이군요."

"거기다 간토 지방을 뒤덮는 한기의 상태, 특히 지표 부근 기온이 매우 중요합니다. 정밀한 예측을 못 하면 눈이 될지 비가 될지 판단이 틀어져버리는데, 그것이 또 어렵습니다."

"그렇다고 예보를 안 낼 수도 없고, 위장병 생기겠어요."

"눈 예보가 빗나가면 특히 욕을 얻어먹고요." 오쿠히라 씨가 잔잔히 웃었다. "도쿄는 쌓일지 안 쌓일지가 중대 문제니까요."

"그러니까요. 눈이 조금만 와도 전철도 도로도 대란이 일어나죠."

오쿠히라 씨가 스마트폰을 집어 들고 트위터를 열었다. 재빨리 조작해 내 쪽으로 향한다. 이미 몇 번이나 봤던 화면. 오쿠히라 씨 자신의 글이다.

"이 '수도권 눈 결정 프로젝트'는 눈 예보의 정밀도를 높이기 위한 시도입니다. 우리는 일단 눈을 내리는 구름의 물리 특성을 더 구체적으로 알고 싶은 거예요. 그러자면 구름 내부를 직접 관측할 필요가 있는데, 그런 데이터는 좀처럼 모이지 않죠. 그래서 구름에서 지표로 떨어지는 눈 결정의 형태에 착안한 겁니다."

"근사해요. '눈은 하늘에서 보낸 편지'라고 했던가요?"

일련의 트위터는 하도 읽어서 거의 외우다시피 했다. 나카야 우키치로라는 유명한 눈 연구자의 말이란다.

나 자신도 처음 안 사실인데, 눈 결정에는 여러 형태가 있다. 사람들이 흔히 떠올리는 것은 육각형의 나뭇가지 모양 결정이리라. 디자인 모티프에 많이 사용되는 그것이다. 실제로는 그 밖에도 바늘 모양, 육각판 모양, 기둥 모양 등 다양한 종류가 있고, 어떤 것으로 성장할지는 온도와 습도에 따라 결정된다. 요컨대 눈 결정의 형태를 관찰하면 대기의 상태를 읽어낼 수 있다는 얘기인 듯하다.

"나카야 선생은 일반인을 위한 과학 계몽서나 에세이로도 유명하셨죠. 살아 계셨으면 분명 기뻐하시지 않았을까요. 하늘에서 온 편지를 모두가 모으자는 이야기니까요."

그렇다. 이 '수도권 눈 결정 프로젝트'는 연구자들만의 것이 아니다. 트위터를 이용한 시민 참가형 프로젝트다. 발안자는 기상연구소 연구원들, 오쿠히라 씨를 비롯한 기상청 직원 몇 명이 공동 연구자로 활동하고 있다.

요는 이러하다. 우선 오쿠히라 씨 등이 트위터로 프로젝트의 목적과 참가 방법을 홍보하고, 간토 지역 시민에게 참여를 호소한다. 참가 희망자는 실제로 눈이 내렸을 때 눈 결정을 스마트폰 등으로 근접 촬영한다. 사진에 촬영 시각과 장소를 명기해 '#수도권눈결정'이라고 해시태그를 달아 트위터에 글을 올린다. 그것을 오쿠히라 씨 등 연구자 팀이 집계해 데이터를 해석하여 눈구름의 실상에 접근하려는 것이다.

내가 이 사실을 안 것은 식사 모임이 있었던 날 밤. 뒤숭숭한 심정으로 침대로 파고들어, 이불을 머리까지 뒤집어쓰고 오쿠히라 씨 트위터에 들어가봤다. 가장 최근 게시글이 이 프로젝트에 대한 것이었다. 문외한인 나도 거슬러 올라가며 읽는 사이 그들이 무슨 일을 하려는지 감이 잡혔다.

이튿날 트위터를 통해 오쿠히라 씨에게 메시지를 보냈다. 프로젝트에 대해 아무래도 좋은 질문을 해봤다. 그는 곧바로 성실한 답을 보내왔고, 그때부터 메시지를 주고받게 되었다. 그 이래 나는 이 프로젝트에 지대한 관심이 있는 척하는 중이다.

"메시지에도 썼지만……." 최대한 구김살 없는 목소리로 말한다. "저도 반드시 참여할 거니까요. 기대돼요."

"그렇게 말씀하실 줄 알았습니다." 오쿠히라 씨가 눈가에 잔주름을 만들었다.

"기상 덕후 소질이 다분해서요?"

오쿠히라 씨가 소리 내어 웃는다. "잘 오셨습니다, 이쪽 세계에, 랄까. 뭐 이제 못 빠져나갑니다."

"뭔가 무서운데요." 나도 웃는다. "그래도 이렇게 눈 기다리는 거, 아이 때 이후 처음인 것 같아요."

나는 스마트폰으로 브라우저를 열어, 즐겨찾기에 넣어둔 페이지로 간다. 오쿠히라 씨가 트위터에서 소개했던 사이트다. 눈 결정을 타입별로 정리한 일람표인데 무려 40종류나 된다.

바늘 모양, 각뿔 모양, 기둥 모양, 육각판 모양, 부채 모양, 포탄 모양, 장구 모양…… 많기도 하다. 정육각형을 이루듯 나뭇가지 여섯 개가 뻗은 결정이 '육화六花' 결정이다. 이것도 제일 유명한 나뭇가지 육화 외에 폭 넓은 가지 모양, 양치식물 모양 등 종류가 몇 개 있다.

"저는 이게 좋아요."

육화 가운데 하나를 손끝으로 짚어 오쿠히라 씨에게 보여준다.

"아아, 별표."

가지 여섯 개가 뻗어 있을 뿐인 가장 심플한 결정이다. '별표'라는 이름도 마음에 든다.

"알 것 같네요." 오쿠히라 씨가 말을 이었다. "뭐랄까…… 도미타 씨스러워요."

"어……." 심장이 덜커덕 소리를 낸다. "그거 제가 단순 소박하게 생겼다는 말씀인가요?"

"아뇨아뇨, 아닙니다." 이쪽이 웃음이 나올 정도로 오쿠히라 씨가 어쩔 줄 모른다. "그런 의미가 아니라……."

"농담이에요."

나 또한 웃으면서, 가슴속이 기쁨으로 가득 차는 것을 느꼈다. 실은 나도 별표에 나 자신을 포개고 있었기 때문이다.

"볼 수 있을까요, 별표."

"가능성은 충분히 있다고 봅니다. 작년 12월 강설 때도 나뭇가지 모양 이외의 결정이 보였고요. 이를테면 바늘형, 기둥형, 십이화+二花, 가지 달린 각판도 글이 올라왔습니다. 일반적으로는 습도가 높을수록 나뭇가지 육화처럼 복잡한 결정이 생기기 쉬워요. 습도가 낮을수록 단순한 기둥이나 육각판인 상태로……."

오쿠히라 씨가 열심히 설명하지만 내 귀에는 그저 기분 좋은 음향처럼 울릴 뿐이다.

눈앞의 이 사람은 연인은 고사하고 친구라 부르기도 힘들 터다. 그런데도 마냥 행복한 기분이었다. 별표도 프로젝트도 실은 아무래도 좋았다. 아무튼 올겨울, 눈이 잔뜩 내려주면 된다. 눈이 내리는 한 이 따뜻하고 몽글몽글한 시간이 계속된다…… 멍하니 그런 생각에 잠겨 있었다.

"내린다면 언제쯤이 될까요?" 내가 말했다.

"수치 예보를 보면 아무래도 다음 주 중후반에 걸쳐 상공에 강한 한기가 남하해올 것 같습니다. 거기에 남안 저기압이 발생하면, 어쩌면……이랄까요."

"다음 주 후반이면 마침 크리스마스잖아요? 화이트 크리스마스가 될지도 모른다는 말씀이에요?"

"가능성이 있습니다. 이따가 그 방면을 잘 아는 예보관을 만나니까 최신 정보를 얻어두겠습니다."

"어? 또 일하신다고요? 오후는 휴가 내신 거……."

"쓰쿠바 기상연구소에서 프로젝트와 관련해 미팅이 있습니다. 제 경우는 이건 본 업무가 아니니까 휴가를 내서 가야 합니다." 오쿠히라 씨가 손목시계를 쳐다보고 덧붙인다. "슬슬 시간이네요."

"아, 그럼 그만 나가죠. 저도 회사 들어가야 하고요. 그 전에, 중요한 거……." 나는 가방에서 접는 우산을 꺼내 양손으로 내밀었다. "이거요, 정말 감사했습니다."

결국 쓸 일은 없었지만 깔끔하게 다시 접었다.

오쿠히라 씨는 손을 뻗어오는 대신 고개를 저었다.

"그러니까, 더 갖고 계십시오. 눈 내렸을 때를 위해."

"어, 무슨 말씀이신지……."

"눈 결정 사진을 찍으려면 검정이나 감색 우산이 제일 좋습니다. 눈이 오면 우산을 펴고, 거기 부착한 결정을 그대로 근접 촬영만 하면 되니까요. 우산 원단에는 발수성이 있어 결정도 잘 무너지지 않고요."

"아아." 목이 메었다.

"검은 우산 같은 건 아마 안 갖고 계실 것 같아서."

"아, 네, 그렇죠……."

이해한 척 고개를 끄덕이면서 얼굴이 달아올랐다.

그런 거였나. 그 밤, 이 사람이 우산을 억지로 쥐여준 이유도, 크리스마스쯤까지라는 말의 의미도. 그런 것에 10퍼센트의 기대를 걸었다니.

허둥대며 우산을 도로 끌어당겼다. 생각해보면 당연하다. 그런 달콤한 전개가 있을 리가. 멍청하기는…….

창피해서 오쿠히라 씨 얼굴도 보지 못하고 가게를 나왔다.

오른쪽에 고쿄일왕이 사는 곳의 해자를 바라보면서 나란히 걷는다.

하늘이 맑다. 오쿠히라 씨가 오늘의 날씨를 설명하지만 나는 눈을 내리깐 채 건성으로 고개만 끄덕인다. 북풍이 차갑다는데 피부가 마비된 것처럼 아무 느낌도 없다. 조금 전까지 행복했던 기분이 거짓말 같다. 허리와 다리에 힘이 잘 들어가지 않아 걷기도 괴롭다.

이야기가 끊어졌다. 계속 입을 다물고 있기도 좀 그래서 화제를 물색한다.

마침 건너편에서 여자애 네다섯 명이 걸어왔다. 바이올린이며 관악기 케이스를 메고 있다. 대학 오케스트라 부원쯤 되려나. 수다를 떨면서 때로 까르르 웃음을 터뜨린다.

"즐거워 보이네요."

말하고 보니 책 읽는 것처럼 들린다.

"좋네요, 정말." 오쿠히라 씨가 가볍게 응한다.

나도 모르게 그 얼굴을 올려다보았다. 그가 어딘지 신기한 것처럼 내 얼굴을 마주 바라본다.

"역시 젊은 애들이 좋으세요?"

얼떨결에 품위 없는 대사가 튀어나간다. 그나마 놀리는 것 같은 표정은 지어봤지만, 효과는 글쎄.

"아니, 잠깐만요." 오쿠히라 씨가 난처한 것처럼 웃는다. "저도 도미타 씨와 똑같은 의미로 말한 거거든요."

"후후, 알아요." 무리해서 입가를 올렸다.

여학생들이 왁자지껄 지나가기를 기다렸다가 오쿠히라 씨가 "그래도" 하고 말을 잇는다.

"저도 '아저씨'가 다 됐다 싶습니다. 젊음만으로도 빛나 보여요. 얼굴이 예쁘다 귀엽다와 관계없이 저마다 아름답게 느껴진다고 할까. 그렇게 만들어진 생물이구나 하고……." 아차 싶은지 얼른 덧붙인다. "아, 남녀 불문하고 말입니다."

"네, 네, 잘 알거든요, '아줌마'도."

오쿠히라 씨의 말뿐 아니라 스스로 뱉은 말도 마음을 아프게 도려낸다. 덕분에 창피함은 사라져버렸다. 체념인지 뻔뻔함인지 모를 감정에 휩쓸려 말을 계속했다.

"그래도 남자들은 좋지 않나요? 남성으로서 매력적인 기간이, 여성보다 훨씬 길어요."

"그럴까요?"

"그렇대도요. 오쿠히라 씨도 지금이 제일 좋을 때일걸요." 뭐 무슨 말도 무서울 게 없다. "오쿠히라 씨는, 결혼 생각 없으세요?"

"그러네요, 솔직히."

듣고 보니 새삼 허탈하다. 신기하게도 그 덕에 한층 경박한 질문으로 넘어간다.

"좋아하는 사람도 없어요?"

"없군요."

"줄곧요?"

"아뇨, 그야 옛날에는 있었습니다."

"어떤 사람?"

"어떤 사람이라……. 고등학교 때 동급생입니다. 뭐 벌써 결혼해버렸지만요."

요쓰야역을 향해 신주쿠 거리를 걷는다. 경치가 여느 때와 달라

보이는 것은 최근엔 오후 5시쯤 퇴근한 일이 없었던 탓이리라. 그 뒤 회사에 돌아가기는 했지만 일은 전혀 손에 잡히지 않았다.

멀리 정면에 늘어선 빌딩 위를 물들인 석양빛이 아름답다. 아름답다고 입으로는 말해도 언제부턴가 하늘과 풀꽃을 봐도 진심으로 아름답다고 느끼는 일이 없어졌다.

서쪽 하늘을 향해 주홍색 비행기구름이 긴 선을 그린다. 비행기구름을 볼 때마다 생각하는 것이 있다. 유학을 가보고 싶었다. 영국이든 프랑스든, 아무튼 저 하늘 너머로.

고등학교 때부터 꿈은 꿨지만, 언젠가 언젠가 하면서 실행할 엄두는 내지 못했다. 해외는 고사하고 자취도 못 해본 채 지금껏 스기나미 본가에 살고 있다.

한 번이지만, 남자를 사귄 일은 있다. 스물셋부터 2년 반 정도. 사내 행사 때 알게 된 두 살 연상의 남자였다. 당시 사이타마 공장 관리 부문에서 일했던 그 사람의 오미야 아파트를 나는 매주 드나들다시피 했다.

어디가 좋았느냐고 누가 물으면 솔직히 대답이 난처하다. 축구를 좋아해서 가시마 앤틀러스의 열혈팬이었는데, 그것 말고는 딱히 취미도 없는 소박한 사람이었다. 아이들 입맛이라, 내가 만드는 햄버그나 오므라이스를 맛있다며 먹었다. 첫 남자친구여서 그랬겠지만 나는 꽤 빠져 있었다. 막연하나마 언젠가 이 사람과 결혼하나 보다 생각도 했다.

2년쯤 지나면서부터 그의 태도가 눈에 띄게 차가워졌다. 연애 경험이 빈약한 나는 무슨 일인가 싶을 수밖에. "내가 뭐 잘못한 거 있어?"라고 물어도 "별로"라고 뚱한 얼굴로 고개만 젓는다. 그런 일이 한 달이나 계속되면 나도 당연히 인내심이 바닥난다. 울컥해서 "나한테 질린 거지?"라고 최악의 대사를 날리고 말았다. 저쪽도 지지 않고 "맘대로 생각하든가!"라고 고함을 쳤는데, 그 직전에 눈빛이 심히 흔들렸다. 정곡을 찔렸으리라.

나쁜 일은 겹치는 법이다. 남자친구와 헤어지고 한 달도 되지 않은 어느 밤, 퇴근길에 동료와 식사하고 보니 귀갓길이 몹시 늦어졌다. 실연의 아픔도 생생했던 나는 어지간히 맹하게 걷고 있었는지, 스기나미 주택가 한복판에서 자동차로 끌려 들어갈 뻔했다.

가로등도 뜸한 길로 접어들어, 길가에 서 있던 왜건 차 옆을 지나가는데 느닷없이 슬라이드 도어가 열렸다. 남자 두 사람이 보였는데 그중 한 명이 뛰어나와 뒤에서 입을 막고, 차 안의 또 한 명이 팔을 붙들어 비명도 지를 수 없었다. 몸싸움이 한창일 때 조깅 중이던 부부가 우연히 현장을 보고 남편 쪽이 고함을 질렀다. 그분들이 아니었으면 어떻게 됐을지 모른다.

남자들은 차로 도주했다. 넋이 나가 주저앉은 나를 대신해 경찰을 불러준 것도 그 부부였다. 몇 달 후 같은 수법으로 범행을 되풀이해 온 2인조를 체포했다는 형사의 연락을 받았다. 나를 덮치려 했던 건 마지막까지 인정하지 않았다는데, 그 둘의 소행이라 봐도 틀리지 않으리란 얘기였다.

남자들의 얼굴은 전혀 기억에 없다. 당시도 형사가 집요하게 인상

착의를 물었지만 아무 대답도 할 수 없었다. 시간상으로는 10초가 채 안 됐을 테고, 필사적으로 몸부림치고 있었으니 당연하다.

기억하는 것은 내 입을 틀어막았던 남자의 손에 배어 있던 담배 냄새. 아무리 씻어도 냄새가 가시지 않아 며칠이나 구역질을 했다. 그리고 내 팔을 붙들어 차 안으로 끌어당기던 남자의 핏발 선 눈. 욕망으로 얼룩진 그 눈을 떠올리면 지금도 몸이 떨린다.

연속으로 일어난 이 두 사건으로 나는 남자의 성性의 실체를 알아버린 기분이었다. 때로 비열한 폭력도 불사할 정도로 충동적이고, 그런가 하면 느닷없이 일방적으로 싫증을 내거나 한다. 본인들도 다스릴 수 없는 것을 남자들이 안고 있다고 생각하면 몹시 두려워졌다. 그 뒤 10년이 넘는 공백 기간을 내 손으로 만들고 만 데는 그것도 일조했을 터다.

현관문을 열자 조림 냄새가 났다.

엄마가 복도에 얼굴을 내밀며 인사를 건넨다. "어서 와라. 오늘은 빠르네?"

"응, 몸이 약간 안 좋아서. 감긴가."

손만 씻고 바로 2층 내 방으로 올라왔다.

이러면 한동안 혼자 있게 해줄 것이다. 코트를 침대 위에 던지고 그 옆에 털썩 몸을 던졌다.

특별히 유복할 것 없는 평범한 가정이다. 과묵한 아버지와 잔걱정이 많은 엄마. 세 살 아래 남동생이 있지만, 지금은 일가가 방콕에 주재 중이다. 원래 언죽번죽 서로 할 말을 다 하는 가족은 아니다. 특히 내가 서른을 몇 살 넘긴 무렵부터 엄마는 뭔가 나를 조심스럽게 대하는 눈치다.

부모님 마음은 아플 만큼 잘 안다. 남동생에게 아이가 둘이니 손자 운운하는 마음은 졸업했을지 모른다. 그래도 혼자 몸인 딸을 두고는 눈도 편히 못 감는다는 근심이 왜 없으랴. 차라리 결혼 업체에라도 등록해 아무나 붙잡아 결혼해버릴까. 그러면 적어도 부모님은 안심하지 않을까.

눈을 떠보니 이불이 덮여 있었다. 코트는 행거에 걸려 있다. 머리맡의 시계를 확인했다. 밤 10시 20분. 내리 네 시간을 잤다. 중학교 때부터 쓰는 책상 위에 엄마의 메모가 놓여 있었다.

'식탁에 주먹밥 놔뒀어. 냉장고에 조림 있으니까 데워 먹고.'

눈물이 솟구친다.

아니야. 나는, 틀린 거야. 부모님 탓으로 돌려선 안 돼. 나는 본질을 왜곡하고 있다. 부모님을 위해서란 말은 해선 안 된다.

외로운 거다. 다시 한번, 나도 제대로 누군가를 사랑하고 사랑받고 싶다.

콧물을 훌쩍이며 스마트폰을 집어 들었다. 트위터를 연다. 오쿠히라 씨의 새 게시글이 올라와 있었다.

#수도권눈결정

다음 주 후반, 상공의 한기에 더해 남해상에 저기압이 발생하기 쉬운 조건이 갖춰질 전망입니다! 간토 지방도 올겨울 첫 강설이 될 가능성이 있습니다. 여러분, 촬영 준비 잊지 마세요!

나는 왜 이 사람을 좋아하게 됐을까. 겨우 두 번 만났을 뿐인, 잘 알지도 못하는 사람을.

눈가에 잔주름을 잡으며 웃는 오쿠히라 씨의 얼굴이 떠오른다.

그의 눈을 보고 공포를 느낀 일은 한순간도 없다. 과학에 소양이 깊은 만큼 자제력도 있을 테니까? 아니, 그런 게 아닐 터다. 그저 쉽사리 욕망에 휘둘리지 않을 사람, 이성이 제대로 작동할 사람이란 생각이 들었을 뿐이다. 이 사람이라면 몇 년, 몇 십 년, 평온하게 서로를 헤아리며 지낼 수 있을 것 같았다.

그냥 다 털어놓고 싶어졌다. 결과는 빤하지만 상관없다. 여기서 도망치면 나는 다시는 앞으로 나아갈 수 없다. 마지막 게시글을 올린 시각이 10분 전, 지금이면 바로 답이 올지도 모른다. 나는 심호흡을 하고, 메시지를 입력했다.

'오늘은 감사했습니다. 미팅 끝났어요?'

1분도 지나지 않아 답이 도착한다.

'네, 다 같이 식사하고, 지금 돌아가는 쓰쿠바 익스프레스입니다. 예보관과 얘기했는데, 역시 크리스마스 무렵에 내릴 가능성이 있나봐요.'

'그러게요. 트위터 봤어요. 그렇더라도 그 전에 우산은 돌려드리고 싶어요.'

'어째서요?'

'갖고 있는 게, 괴로워졌습니다.'

반응이 없다. 조심스럽게 일단 '아마도'라고 입력했다. 지울까 말까 망설이다 그대로 덧붙인다.

'아마도, 저 오쿠히라 씨를 좋아합니다.'

송신하고 2~3분이 흘러갔다.

'죄송합니다. 역시 저는 그날 나가지 말았어야 했어요. 기시모토가 하도 부탁해서 나갔습니다만, 제대로 거절했어야 했어요.'

'지금은 결혼할 생각이 없기 때문인가요?'

'지금은, 이 아닙니다. 앞으로도 계속입니다.'

'어째서요? 설마 고등학교 때 좋아했던 사람을 도저히 잊을 수 없어서라든가?'

'아무려니, 그런 건 아닙니다. 다만'

메시지가 끊어졌다. 한참 잠잠해서, 결국 또 묻는다.

'다만?'

2분쯤 침묵이 흐르고 뒷말이 도착했다.

'이렇게 말하면 이해하시리라 생각합니다만, 제가 다닌 학교는 남자 고등학교입니다.'

*

밤 8시 반, 기타노마루 공원은 거리를 물들이는 크리스마스이브의 화사함과는 인연이 멀었다.

반려견을 산책시키는 사람이 간간이 지나가는 정도고 데이트하는 남녀 등의 모습은 눈에 띄지 않는다. 이곳과 대지가 하나로 이어진 일본무도관에서 록 밴드 콘서트가 있는 모양인데, 공연이 끝나도 관객들이 이쪽까지 흘러오는 일은 없을 터다.

오쿠히라 씨와 나는 잔디를 바라보는 정자 벤치에 나란히 앉아 몸을 움츠리고 있었다. 니트 모자, 장갑, 양털 부츠, 단단히 무장했는데도 축축한 찬바람이 살을 파고든다.

"오, 드디어 도내에서도 눈 보고가 올라오기 시작하는데요."

스마트폰으로 트위터를 확인하던 오쿠히라 씨가 말했다. 나는 일회용 손난로를 뺨에 갖다 대면서 화면을 엿본다.

"드디어! 그나저나 다들 열심이네요. 이런 날 밤에."

"우리도 남 말은 못 하거든요." 오쿠히라 씨가 웃는다. "치킨도 케이크도 없는 이런 데서, 떨면서 눈을 기다리잖아요."

예측대로 남안 저기압이 발생했다. 쌓일지 어떨지는 둘째 치고, 간토 지방 태평양 쪽에서는 오늘 밤 어느 정도의 눈이 예상된다. 아침 정보 프로그램에서는 캐스터와 기상예보사가 마침내 도쿄도 화이트크리스마스라고 호들갑을 떨었다.

그때부터 일주일, 나와 오쿠히라 씨는 메시지를 계속 주고받았다. 짤막한 문장들이고, 깊은 이야기를 나눈 것도 아니다. 별것 아닌 화제 속에서 조금씩 서로의 생각을 토해냈다. 마음은 생각보다 빨리 가라앉았다. 오쿠히라 씨의 사랑이 여성을 향한 것이었다면 사정은 달랐을지 모른다. 이상한 말이지만, 내 안에도 여자의 성性이 살아 있다고 뒤늦게나마 생각했다.

같이 눈 결정을 촬영하지 않겠느냐고 제안한 것은 오쿠히라 씨다. 장소도 그가 지정했다. 기상청에서 그리 멀지 않은 이곳 기타노마루 공원은 도쿄의 기상관측점이란다. 온도계와 우량계 등 관측기구가 설치된 이른바 '노장露場'이다. 쾌적함이니 분위기니 다 제쳐두고 순수하게 과학적인 이유로 이곳을 선택한 부분이 오쿠히라 씨다웠다.

일을 마치고 6시 반에 구단시타에 있는 패밀리 레스토랑에서 만나 한동안 대기했다. 가나가와에서 진눈깨비가 내리기 시작했다는 글이 30분쯤 전에 올라와 이 정자로 이동했다.

"평소 크리스마스는 어떻게 보내세요?" 내가 물었다.

"아무것도 안 합니다. 특히 최근에는요. 도미타 씨는요?"

"저도 엄마가 사 온 케이크 먹는 게 다예요." 쓴웃음을 짓고 말한다. "뭐 쓸쓸하다는 생각조차 안 들어요. 밖에도 안 나가고요."

"저 옛날에 요코하마 살았는데요. 그때는 크리스마스에 혼자 항구까지 외출하거나 했습니다. 조명을 밝힌 운하를 따라 산책하는 거 좋아했어요."

"호, 예뻤겠다." 경치를 상상하면서 묻는다. "요코하마엔 언제까지 계셨어요?"

"대학 3학년 때 이쪽에서 자취를 시작했으니까, 스무 살쯤까지네요." 오쿠히라 씨는 다 식은 캔 커피를 양손으로 감싸 쥐고 시선을 먼 곳으로 향했다. "저 기상 소년이었다고 했잖아요?"

"네, 베란다 기상대에서 일기도 그리는 소년."

"한동안 기상과 멀어졌던 시기가 있었습니다. 고등학교 들어가서 부터 스무 살 때까지."

"무슨 일 있었나요? 아, 운동부에 들어갔다든가?"

"아뇨. 고등학교에서, 그 애를 만났습니다."

"아아……."

"경험 없으세요?" 오쿠히라 씨가 구김살 없는 목소리로 묻는다. "이성에 관심을 품게 되고 좋아하는 아이라도 생기면 그때까지 빠져 있던 일이 심드렁해지죠. 멀쩡히 잘하던 일이 갑자기 유치하게 생각되거나 해서."

"알아요."

나도 미소 지었다.

"딱 그겁니다. 그래도……." 오쿠히라 씨가 눈을 살짝 내리깔며 말했다. "저는 무척 괴로웠습니다. 자신의, 욕망 때문에. 어디에 부딪혀야 할지, 정말 알 수 없었어요."

"네."

조그맣게 한마디밖에 할 수 없었다.

오쿠히라 씨는 짐짓 명랑하게 말을 잇는다. "말 그대로 괴로워서 아주 몸부림치는 겁니다. 기상 어쩌고 할 때가 아니에요."

"그 친구하고는, 친하셨어요?"

"네. 그 애랑 저를 포함해 넷이서 늘 붙어 다녔죠. 그런데 고2 여름, 그 애한테 여자친구가 생겼습니다. 가까운 여고에 다니는 정말 예쁜 아이요. 그야말로 누구나 부러워하는 미남미녀 커플이었죠."

"그랬군요."

"마침 같은 무렵, 생물 시간에 선생님이 이런 이야기를 하셨어요. '곤충이 꽃가루를 매개하는 속씨식물은 다른 어떤 기관보다도 꽃에서 현저한 유전적 다양성을 보인다'라고."

"흐음……."

"말이 너무 어렵죠? 다시 말해 식물은 꽃가루를 운반해주는 곤충에게 자신을 어필하기 위해 갖가지 색깔의 아름다운 꽃을 진화시켜왔다는 얘깁니다."

"아아, 그렇구나."

"그 말을 듣고 열일곱 살의 저는 생각했습니다. 결국 아름다움은 가짜라는 거네. 아름다운 꽃도, 아름다운 새도, 아름다운 사람도, 생식을 위해 그렇게 됐을 뿐이잖아. 왜 그런 말 있잖아요, 미인이란 유전적으로 생존율이 높은 평균적인 얼굴이라고. 요컨대 우리는 자신의 유전자를 효율적으로 남기는 데 유리한 대상을 아름답다고 느낄 뿐이다, 아름다움이라는 감각은 착각 같은 것, 그저 한 방편일 뿐이다……."

오쿠히라 씨가 목을 뻗어 하늘을 올려다보았다. 눈도 진눈깨비도 아직 내리지 않는 것을 확인하고, 말을 잇는다.

"그때부터 저는 아름다운 것을 아름답다고 생각하지 않기로 했습니다. 오히려 에고가 모습을 바꾼 더러운 것이라고 봤죠. 설령 제가 절세 미남이었다 해도 그건 제가 자손을 남기는 일에 아무 의미도 없잖아요? 다시 말해 나라는 인간은 생식 원리의 테두리 밖에 있고, 따라서 아름다운 것을 아름답다고 인정하지 않을 권리가 있다…….고2나 된 녀석이 대놓고 중2병을 앓은 겁니다. 정말 멍청하죠."

"멍청하지 않아요."

열일곱 살의 그를 보듬어주고 싶을 지경이다.

"그런 식으로 스스로를 위로한다고 괴로움이 사라지지는 않아요. 저나 그 애나 대학은 도쿄로 왔으니 관계는 크게 변한 게 없습니다. 그리고 1999년 12월 31일, 잊을 수도 없군요. 전국이 떠들썩하게 달아올랐잖아요?"

"그랬죠. 옛날 생각 나네요."

"고등학교 때 뭉쳐 다니던 넷이서 요코하마항 카운트다운 행사에 가기로 했어요. 약속 장소에 나가 보니 그 애가 새 여자친구를 데려온 거예요. 아르바이트하는 데서 만났다는 한 살 많은, 역시 눈이 번쩍 뜨이는 미인이었습니다. 어깨를 나란히 붙이고 걷는 두 사람의 뒷모습을 보면서 결심했습니다. 이제 그만 끝내자." 오쿠히라 씨가 나를 바라보며 농담처럼 덧붙인다. "마침 한 획 긋기에 좋은 타이밍이었고요."

"밀레니엄이겠다." 내가 맞장구를 쳤다.

"인파에 섞여 슬쩍 자리를 벗어났습니다. 일행을 놓쳐버린 걸로 하고. 그날 이후 그 애와 연락을 끊었습니다. 미안한 생각은 있었지만, 일방적으로요."

"혹시 도쿄에서 혼자 살기 시작한 것도……."

"뭐 이것저것 리셋하는 의미로요. 그 친구가 지금 어디서 뭘 하는지는 모르지만, 결혼했다는 소문만은 들었습니다."

"그랬군요."

"얘기를 되돌립니다만." 오쿠히라 씨가 몸을 일으켜 정자 밖으로 한 발짝 나갔다. "그 밀레니엄 전야, 모두의 앞에서 말없이 사라진 다음 얘깁니다. 도무지 집에 들어갈 기분이 아니라 혼자 요코하마 거리를 헤맸습니다. 아카렌가 창고 요코하마의 명소로 꼽히는 붉은 벽돌로 지은 복합 쇼핑몰도 야마시타 공원도, 당연하지만 인파가 엄청났어요. 야마테 쪽까지 걸어가 작은 어린이공원에 들어갔습니다. 코끼리 모양을 한 벤치에 멍하니 앉아 있었어요. 뭐 울지는 않았던 것 같지만요."

"울면 어때서요."

"지금이면 울었을지도 모르죠." 오쿠히라 씨가 눈웃음을 짓고 말을 잇는다. "좀 있으니까 눈발이 흩날리기 시작했습니다. 나중에 조사해보니 그날의 기압 배치는 강한 겨울형이었는데, 북서풍과 북동쪽에서 돌아 들어오는 바람이 도쿄만 근처에서 충돌해 수렴대에 눈구름이……. 아니, 뭐 이런 건 아무래도 좋은가."

나는 웃으며 고개를 끄덕이고 뒷말을 재촉했다.

"그날, 저는 오늘처럼 감색 코트를 입고 있었는데 소매에 차츰 눈이 내려앉는 겁니다. 잘 보니 눈 결정이 잔뜩 있었어요. 정말 예쁜 나뭇가지 육화가. 근사한 형상의 결정이 녹아가는 걸 보면서 깨달았습니다. 깨달았다고 할까, 떠올렸어요."

"떠올려요?"

"제가 **알고 있었다**는 걸 말입니다. 눈 결정은 구름 속에서, 완전히 물리 프로세스에만 의존해 태어납니다. 아무 의도도 의미도 없이, 그저 우연에 의해 그 완벽한 입체며 기하학무늬가 만들어집니다. 성도 욕망도 유전자도 관계없어요. 그런데 누가 봐도 두말할 필요 없이 아름답죠. 저는 아이 때부터 그걸 알고 있었을 겁니다."

가슴이 메여 말이 나오지 않았다. 침을 삼키고 "그러게요"라고 간신히 한마디 했다.

그래, 꽃이나 새나 사람만 아름다움을 뽐내는 게 아니야. 눈 결정, 구름, 하늘이 잠깐씩 보여주는 무기질의 아름다움도 있어. 누군가 봐주기조차 바라지 않고 그저 그 자리에 있는 아름다움. 떳떳하고 덧없는 아름다움. 나도 알고 있었잖아. 알면서…….

"그걸 떠올린 덕분에 저는 기상 소년으로 돌아올 수 있었습니다. 아니, 뭐 이미 소년은 아니죠. 어엿한 기상 덕후죠."

실눈을 뜨는 오쿠히라 씨와 얼굴을 마주하고 있으니 콧등이 찡해졌다.

이 사람은 욕망을 간단히 제어할 수 있는 사람이 아니었다. 누구보다 욕망 때문에 괴로웠던 사람이다. 아름다움을 미워하면서도 아름다움을 찾아낼 줄 아는 사람이다. 역시 멋진 사람 맞잖아.

오쿠히라 씨가 "아" 하면서 두세 발짝 앞으로 나갔다. 하늘을 올려다보고 양팔을 벌린다.

"온다."

"정말요?"

나도 얼른 일어나 잔디로 나간다.

하얀 것이 하늘하늘 떨어진다. 진눈깨비가 아니라 눈다운 눈이다. 하늘을 올려다보자 뺨에 차가운 것이 닿는다.

눈발이 순식간에 거세진다. 우리는 벤치로 가 스마트폰과 접는 우산을 가져왔다. 가로등 근처로 이동해 촬영을 시작한다. 펼친 우산에 내려앉은 눈송이를 스마트폰 카메라 모드로 먼저 관찰한다. 스마트폰에는 미리 접사 렌즈를 달아두었다. 백엔숍에서 산 싸구려지만 놀랄 만큼 줌이 잘 작동한다. 렌즈를 가까이 가져가자 결정의 세세한 구조까지 보인다.

렌즈를 움직여 나가자 예쁜 별표 결정이 눈에 띈다. 옆에서 들여다보고 있던 오쿠히라 씨에게 확인한다.

"이거, 나뭇가지 육화 맞죠?"

"그렇군요. 가지 주위에 어른어른하는 것이 붙어 있잖아요? 운립구름을 이루는 작은 물방울 또는 얼음 결정이라고 합니다. 운립이 있느냐 없느냐도 중요한 정보예요."

렌즈 너머에서 운립이 먼저 녹기 시작한다. 운립이 사라지는 동시에 흰빛이 돌던 결정이 투명해진다. 결정은 이윽고 거의 완벽한 형태의 별표가 되었다. 그것도 일순, 여섯 개의 가지는 순식간에 짧아져 일그러진 덩어리로 변하더니 마지막에는 물방울이 되었다.

나는 흠뻑 빠져 부지런히 셔터를 눌렀다. 문외한인 탓일까, 아무래도 육화에만 눈이 간다. 나뭇가지 모양 말고도 폭 넓은 가지 모양, 십이화 모양으로 보이는 것은 발견했다. 하지만 바늘 여섯 개로만 이루어진 심플한 결정, 별표는 어디에서도 눈에 띄지 않는다.

나란히 우산을 펼치고 촬영하는 오쿠히라 씨에게 묻는다.

"있어요, 별표?"

"으음, 눈에 안 띄네요." 오쿠히라 씨가 자신의 스마트폰 렌즈에서 눈을 떼지 않고 대답한다.

"그런가……. 오늘의 구름으로는 만들어지지 않는 걸까요?"

"그보다, 이거 보세요. 각판이 달린 육화네요."

"저, 별표 사진 꼭 찍을 거거든요. 오늘의 최우선 목표라고요."

"또 스마트폰 대기 화면으로 쓰시게요?"

"네. 아니, 물론 프로젝트를 위해 글도 올려야죠."

그런 말을 주고받는 사이 생각났다.

"맞다, 저 오쿠히라 씨에게 하나 더 고백할 거 있는데."

"어, 뭔데요?" 오쿠히라 씨가 얼굴을 들며 묻는다.

"실은 저 기상 덕후 소질 같은 거 없어요. 구름이나 하늘 사진 모은다는 거, 거짓말이에요. 오쿠히라 씨한테 잘 보이고 싶어서."

"뭐야, 그런 거였나요?"

"그래도 별표만큼은 반드시 찾아낼 거예요. 아무튼 그건 제 거니까요."

"저기요, 이거, 일단 데이터 수집이거든요." 오쿠히라 씨가 어이없는 표정을 짓는다. "그러니까 **찾아내는** 게 아니라 **눈에 띄는** 것을 촬영해주시면 좋겠습니다만."

"와, 뭐지, 가슴에 훅 꽂히는데요. 결혼 상대 얘기 같아서."

소리 내어 웃는 오쿠히라 씨를 보고 생각했다.

이 사람을 만나서 다행이다.

나는 지금 구김살 없이 웃고 있다.

アンモナイトの探し方

암모나이트를 찾는 법

도모가는 지금 진흙 속에 있다.
바다 밑 진흙에 갇힌 암모나이트처럼 몸을 웅크릴 수밖에 없다.
뭐가 문제인지는 전부 알고 있을 터인데.

캉캉캉, 캉캉캉.

다가갈수록 소리가 점점 커진다. 망치 같은 걸로 단단한 것을 두드리는 소리.

이제 확실히 알겠다. 바로 오른쪽 골짜기를 흐르는 강…… 더 상류 쪽에서 나는 소리다.

어찌어찌 더듬어간 좁은 숲길이 우람한 가문비나무와 맞닥뜨려 마침내 끊어졌다. 골짜기 쪽 비탈을 내려다보니 흙이 거기서부터 아래를 향해 검게 패어 있다. 소리의 주인공이 내려간 흔적인지도 모른다.

도모키는 파란색 야구 모자를 새로 깊이 눌러 쓰고, 신중하게 발을 내디뎠다. 축축한 흙과 낙엽이 섞인 폭신한 감촉, 미끄러질 일은 없을 것 같다.

눈앞의 나무 몸통에 손을 짚는 순간, 머리 위에서 매미가 찌릉 울고 날아갔다. 도쿄에서는 못 보던 종류인데 이름은 모른다. 밀집한 나무들을 의지해 높이 4~5미터쯤 되는 급사면을 천천히 내려간다.

무사히 강변에 내려서자 흰색 스니커즈에 묻은 흙을 털었다. 왼쪽 발꿈치의 진흙 얼룩을 보고 저도 모르게 혀를 찬다. 얼마 전에 새로 산 컨버스가······.

기분을 새로이 하고 상류를 향해 걷기 시작했다. 크고 작은 돌이 깔린 강변은 전체적으로 희읍스름하다. 피해 가야 할 정도로 큰 바위는 없다. 강폭은 10미터쯤일까. 맑은 물이 느리게 흘러간다. 강 중간쯤에서도 바닥의 돌이 선명히 보일 정도로 얕다.

캉캉캉, 메마른 소리가 골짜기에 메아리치며 도모키의 고막을 떨게 한다. 소리가 나는 곳은 강을 사이에 두고 반대편이다. 거의 다 왔는데, 건너편 강가 비탈에서 물가까지 절벽이 튀어나와 있어 그 너머를 볼 수 없다.

더 나아가자 절벽 너머 강변에 마침내 모습이 보이기 시작한다. 남자가 이쪽을 등지고 쭈그려 앉아 오른손으로 쇠망치를 내려치고 있다. 발밑의 돌을 때리는 듯하다. 긴팔 셔츠 위에 낚시꾼들이 흔히 입는 주머니가 잔뜩 달린 조끼. 카키색 모자 밑으로 드러난 목덜미의 머리카락이 하얗다. 틀림없다. 저 사람이 도가와라던가 하는 할아버지다.

건너편 강가에서 잠시 지켜본다. 이윽고 도가와가 손을 멈췄다. 한숨을 한 번 뱉고 허리를 펴려다 처음 도모키의 존재를 알아차린다. 안경 너머에서 흘금 처다만 보고 다시 작업으로 돌아간다. 몇 분 더 돌을 때리고 도가와가 쇠망치를 내려놓았다. 천천히 몸을 일으켜 바닥에 있던 물통으로 손을 뻗는다. 도모키를 응시한 채 목을 축이더니, 잠자코 손끝으로 수면을 가리켰다. 바로 알아들었다. 얕으니까 보고 싶으면 건너오란 소리겠지.

도모키가 큰맘 먹고 신발을 벗었다. 양말을 안에 쑤셔 넣어 양손에 한 짝씩 들었다. 발가락 끝을 물에 담갔다가 화들짝 놀라 뺀다. 상상 이상으로 물이 차다. 눈 딱 감고 복숭아뼈까지 발을 담그고 철벅철벅 나아간다. 절반쯤 건너와도 물은 무릎 아래까지밖에 오지 않는다. 발바닥에 닿는 돌이 꽤 미끈거렸지만 무사히 건넜다. 반바지 끝단이 살짝 젖었을 뿐이다.

도가와는 그 모습을 끝까지 지켜보지도 않고 또 망치질을 시작한다. 럭비공보다 조금 작은 돌을 때리고 있다. 도모키는 맨발로 다가갔다. 2미터쯤 남았을 때 도가와가 이쪽으로 고개를 돌렸다.

"거기까지." 왼손을 올리고 낮은 목소리로 명령한다. "파편 튄다."

도모키의 발이 멈췄다. 도가와가 쇠망치를 몇 번 더 내려치자 둔탁한 소리가 울렸다. 돌이 깨졌다. 목만 뻗는 도모키에게 조각을 집어 보여준다. 거무스름한 단면이 나선상으로 불거져 있다. 거대한 달팽이 껍질 같은, 도모키도 아는 물체……

"만텔리세라스." 도가와가 주문呪文처럼 중얼거리고는, 면장갑을 낀 손으로 '주름' 부분을 문질렀다.

"암모나이트죠?" 도모키가 몇 발짝 다가서며 물었다.

도가와가 안경을 밑으로 내려 썼다. 턱을 당기고 눈을 치뜨며 이쪽을 쳐다본다. 도모키는 저도 모르게 야구 모자를 쓴 뒤통수를 눌렀다.

각진 하관에 굵고 흰 눈썹. 눈가의 깊은 주름을 봐서는 외할아버지와 얼추 비슷한 나이가 아닐까. 조끼 윗주머니에 3색 볼펜이 두 자루 꽂혀 있고, 아래 주머니에 작은 초록색 수첩이 엿보인다.

"이 근처 애가 아닌데?" 도가와가 무뚝뚝하게 말한다.

"아닙니다."

"도회지군. 삿포로냐?"

"도쿄요."

"그런 데서 왔는데, 잘 아는구나."

"암모나이트 정도는 알아요. 중생대 시준화석지층의 지질 시대를 결정하는 데 표준이 되는 화석이잖아요."

"호오, 좋아하냐?"

"별로요. 그래도 시험에 나올 수 있으니까요."

중학교 입시 얘기다. 이과 대책으로 지층과 화석에 대해서도 최소한의 지식은 알아둘 필요가 있다.

"입시라." 도가와가 중얼거리고는, 화석을 쥐여주었다.

보기보다 훨씬 묵직하다. 세부까지 근사한 입체감을 유지하고 있지만, 소용돌이 모양은 3분의 1 정도가 없었다.

"그럼 묻겠는데……." 도가와가 도모키 손에 있는 것을 손가락으로 가리킨다. "암모나이트란, 대체 뭐지?"

"뭐라뇨, 바다 생물이잖아요. 조개 같은."

"조개라. 그럼 바다 어디쯤에서, 뭘 먹고 살았는데?"

"아뇨, 거기까지는. 시험에도 안 나오고요."

도가와가 콧숨을 내쉰다. "그게 네가 '안다'는 거냐. 시준화석 운운, 암모나이트들에게는 상관없는 일이잖아."

"뭐 그럴지도 모르지만요."

느닷없이 설교냐고요, 도모키가 김샌 얼굴을 한다.

"시험에도 안 나오는 걸 위해서 이런 데까지 왔냐."

"아니 그게, 아까 마을 박물관에서 대충 암모나이트 화석 구경하는데, 청소하는 아주머니 같은 분이 그러시더라고요. 직접 화석 캐보고 싶으면 유호로강에 가보라고요. 미사와 다리에서 상류로 좀 가다 보면 도가와라는 할아버지가 화석 캐고 있을 테니까, 가르쳐달라고 하라고요."

"요시에 씨가……." 도가와는 숨을 뱉고 말을 잇는다. "박물관에 갔다면서 아무것도 안 읽었냐. 암모나이트의 생태를 적은 안내판이 있었을 텐데."

"아, 안 읽었는데요."

거의 암모나이트밖에 없는 작은 박물관이었다. 초등학생 이하는 무료래서 훌쩍 들어가봤지만, 전시실엔 아무도 없었다. 한 바퀴 다 둘러보기도 전에 따분해져서 나오려는 참에 고무장갑을 끼고 양동이를 든 여성이 말을 걸어왔다.

유호로강이라는 맑은 강이 있다는 말은 엄마에게도 들었다. 일단 할아버지 집으로 돌아가 헛간에서 낡은 자전거를 꺼내 타고, 스마트폰 지도를 의지해 20분쯤 달려 미사와 다리로 향했다. 강에 가보고 아무것도 없으면 기분 전환한 셈 치고 그냥 돌아갈 작정이었다.

미사와 다리에 도착해 강을 내려다보고 있으니 상류에서 희미한 소리가 들려왔다. 캉캉캉 하는 소리다. 화석 캐는 소리인지도 모른다고 생각하자 한 번 보고 싶어졌다. 다리 옆에서 좁은 산길로 접어들어 여기까지 왔다. 호기심이라면 호기심, 시간 죽이기라면 시간 죽이기다.

"그래서, 어떻게 할래." 도가와가 안경을 올려 썼다. "캐볼 테냐, 아니냐."

"뭐…… 해봐도 좋겠죠. 달리 할 일도 없고요."

"도회지 아이한테는 따분한 마을이겠지."

"솔직히, 그래요."

어깨를 움츠리고 대답하면서 요시에라나 하는 여성에게 속으로 따진다. 아줌마, 사람 추천 제대로 하신 거 맞아요? 보통은 서글서글하고 친절한, 아이들 좋아하는 할아버지가 있는 줄 알잖아요.

도가와가 배낭에서 쇠망치와 면장갑, 투명한 플라스틱 물안경 비슷한 것을 꺼냈다. 먼저 건네받은 쇠망치는 손잡이까지 금속인 일체형으로, 고무 자루가 달려 있다. 꽤 오래 썼는지 머리 부분이 둥글게 **무지러져** 있었다. 대체 얼마나 때려대면 이렇게 될까.

"이거, 화석용 쇠망치예요?"

무게를 확인해가면서 손바닥에 가볍게 때려본다.

"암석 해머다. 돌을 때릴 때는 반드시 고글을 써라."

도가와가 자신의 안경 렌즈를 손끝으로 콕콕 때렸다.

"그래서, 뭘 하면……." 면장갑을 끼면서 묻는다.

"우선은 단괴를 찾아."

"단괴요?"

"이런 동그란 돌." 도가와가 아까 둘로 갈라진 돌 한쪽을 집어 들고 겉의 매끄러운 곡면을 한 번 쓰다듬었다. "정확히는 석회질 단괴지. 크기는 몇 센티미터에서 수십 센티미터인데, 탄산칼슘이 2차적으로 농집해 굳어진 것으로 대개 구형이나 렌즈형이야. 생물 사체가 분해될 때 수중의 탄산칼슘이 사체를 뒤덮듯이 침전해 단괴를 형성하는 일이 있지."

"음, 그러니까 안에 화석이 갇혀 있다는 말인가요? 캡슐처럼요."

과학 용어는 둘째 치고 이미지는 대충 알 것 같다.

"물론 모든 단괴에 뭔가가 들어 있지는 않아. 다만 단괴 속 화석은 보존 상태가 좋은 경우가 많지."

"근데……." 강변을 둘러보며 말한다. "순 그런 동그란 돌 천지인데요?"

"초보자는 겉모양만으로 구분하기 어려워. 이 일대에 노출된 암석은 에조충군 홋카이도 중심부에 분포하는 백악기 중기에서 후기 바다에 생긴 지층 중부의 이암과 사암이다. 비교적 부드러워서 망치로 때리면 간단히 쪼개지거나 허물어지지. 그에 비해 단괴는 치밀하고 단단해. 우선 단괴를 때렸을 때의 감촉과 소리를 알아야 한다."

도모키는 아까 이곳에 울리던 소리를 떠올렸다. 그렇게 캉캉 울리는 돌을 찾으면 되는 건가.

도가와가 발밑을 가리키며 말을 잇는다. "강변에도 단괴는 널려 있어. 다만 강변의 돌에는 상류에서 내려온 화성암이나 변성암이 섞여 있으니 주의가 필요하다. 그런 돌도 동그랗게 마모됐고 단괴처럼 단단하니까. 절벽이나 비탈에 묻혀 있는 돌, 혹은 그 **곁**에 떨어진 것 중에 찾는 편이 확률이 높아."

도가와가 말을 마치고 돌 위에 책상다리로 앉았다. 조금 전의 암모나이트를 두툼한 비닐 주머니에 넣고 매직으로 숫자를 적는다. 그런 다음 작은 초록색 수첩을 펼쳐 뭐라고 기록하기 시작했다.

뭐야, 이게 끝이라고? 도모키는 내심 당황했다. 별수 없이 "저기요……" 하고 말을 건다. 도가와가 미간에 주름을 잡고 올려다보고는 잠자코 볼펜 끝으로 절벽 쪽을 가리켰다. 이러쿵저러쿵할 게 아니라 직접 해보라 그건가.

도모키는 해머를 쥐고 절벽으로 다가갔다. 강물이 불어났을 때 깎였는지 높이 2미터쯤까지 식물 군락은 없고, 바위라고도 흙이라고도 할 수 없는 지층이 드러나 있다. 발밑을 쓱 훑고 소프트볼만 한 돌을 하나 집어 들었다. 최대한 동그란 걸로 골랐을 뿐이다. 그것을 평평한 장소에 내려놓는데 뒤에서 도가와의 목소리가 들렸다.

"어이, 뭐 잊은 거 없냐?"

고글이다. 허둥대며 돌아가 고글을 받아왔다. 도가와가 이쪽을 보지 않는 것을 확인한 다음 야구 모자를 벗고, 재빨리 고글을 쓰고는,

다시 모자를 눌러 쓴다. 조금 전 내려놓은 둥근 돌 앞에 무릎을 꿇고, 해머 자루를 짧게 쥐었다. 당연히 돌 따위를 깨봤을 리 없다. 못 박아본 경험도 기껏 두세 번일까. 힘이 얼마나 필요한지 상상도 되지 않는다.

우선 가볍게 두드려본다. 콩, 소리가 났다. 조금 더 힘을 넣어본다. 표면에 흠은 생겼지만 멀쩡하다. 머리 위로 손을 쳐들었다가 힘차게 내려친다. 이번에는 깨졌다. 아니, 부서졌다는 편이 가까울까. 작은 파편을 집어 올리자 연갈색 가루가 면장갑 끝에 묻었다.

"이암이군." 도가와가 말했다. 여전히 수첩에 뭔가를 적어가면서. "단괴는 아니야."

"……어쩐지 그런 것 같더라고요." 도모키는 태연한 척 손을 턴다. "소리도 달랐고요."

"이암은 해저에 쌓인 진흙이 굳은 거야."

"알아요, 그건."

학원에서 배웠다. 퇴적암의 일종이다.

몇 미터 이동해 다른 돌을 줍는다. 조금 전과 비슷한 크기에 약간 납작하다. 지면에 놓고 망치로 내려친다. 이번에는 캉, 소리가 났다. 차츰 힘을 더 넣으면서 다섯 번, 여섯 번 때리자 한가운데가 둘로 갈라졌다. 약간 꺼끌꺼끌한 단면이 드러난다.

"사암이군." 도가와가 책상다리를 한 채 말했다. "그것도 퇴적암이지만, 이암보다 알갱이가 거칠지."

"……그러네요."

아닌 거 알면 깨기 전에 말해줄 일이지. 한마디 해주고 싶은 기분으로 돌을 내던진다.

도모키는 반쯤 될 대로 되라는 기분으로, 둥그스름한 돌을 손에 잡히는 대로 두드리기 시작했다. 소리가 둔하다 싶으면 한 번 때리고 바로 다음으로 간다. 좀 높고 날카롭다 싶으면 깨질 때까지 때려본다.

한 30분 동안 돌 여덟 개를 깼다. 어느 것이나 단괴가 아니라는 사실은 도모키도 알고 있었다. 화석 비슷한 것도 구경하지 못했다.

햇볕도 기온도 도쿄의 8월과는 꽤 다르다. 그런데도 쉬지 않고 움직이면 땀이 고글 속까지 흘러 내려온다. 고글을 목까지 내리고 티셔츠 소매로 얼굴을 닦고 있자니, 옆에서 "어떠냐?" 하고 도가와의 목소리가 들렸다. 어느새 바로 뒤에 서 있다.

"뭐, 전부 '꽝'인데요."

"'꽝'이라."

도가와가 자신의 해머를 쥐고 절벽 쪽으로 몸을 돌렸다. 타격 부분의 반대쪽, 쐐기처럼 된 부분을 허리 높이에서 때려 넣는다. 절벽 표면이 함몰하면서 푸슬푸슬 떨어진다.

"이 높이를 따라가면서 이런 식으로 깎아 나간다."

도가와와 조금 떨어진 데 서서 똑같이 따라해본다. 쐐기 쪽을 때려 넣자 꾸덕한 점토 같은 감촉이 와닿는다. 밀어 넣는 느낌으로 콩콩 때리자 덩어리 상태로 허물어졌다. 도가와를 흉내 내어 얕게 파 허물어뜨리면서 차츰 옆 방향으로 넓혀 나간다. 나란히 서서 한동안 계속하자 도모키의 해머 끝이 단단한 것에 닿았다. 동시에 절벽 표면이 커다랗게 떨어져 나간다. 속에서 둥그스름한 돌이 나타났다.

"단괴일지도 몰라. 파봐." 도가와가 옆에서 말했다.

주위의 점토를 더 깎아내고, 해머를 **지레**처럼 사용해 돌을 끄집어 냈다. 꽤 묵직하다. 크기만 보면 도모키가 학원에 갖고 다니는 도시락통 정도다.

지면에 내려놓고 가볍게 두드려본다. 캉, 소리와 함께 해머가 튕겨 나온다. 지금까지 없었던 손맛이다. 도가와를 올려다보니 고개를 끄덕인다. 역시 단괴다. 의욕이 확 솟구친다. 자루를 새로 쥐고 힘주어 때린다. 다섯 번, 여섯 번, 일곱 번. 돌은 꿈쩍도 않는다. 해머가 튕겨 나올 때마다 손이 저리다.

"아얏."

돌을 누르고 있던 왼손 검지를 때리고 말았다. 손가락 안쪽을 건드렸을 뿐인데 면장갑을 벗어보니 커다란 피 물집이 잡혔다. 쳇, 뭐야. 오기가 나서 해머를 한층 높이 쳐들어 내려친다.

몇 분이나 두드렸을까. 조금씩 깊어지는 표면의 흠을 집중 공략하자 갑자기 울림이 변했다. 됐나? 다음 일격이 결정타였는지 돌이 마침내 세 덩어리로 쪼개졌다.

해머를 팽개치듯 내려놓고 제일 큰 파편을 움켜쥔다. 단면을 자세히 들여다보았다. 표면 가까이는 흰빛이 돌고 중심부는 회색이다. 광택마저 느껴지는 치밀한 질감이 다른 돌과는 확연히 다르다. 그뿐이다. 어느 파편에도 화석 같은 이물은 보이지 않는다.

"애석하게 됐군." 도가와가 옆에 쭈그리고 앉아 서늘한 얼굴로 말한다. "'꽝'은 이럴 때 쓰는 말이야."

"'부상'까지 입었는데…… 최악."

뒤늦게 손가락이 아파오기 시작했다.

"오늘은 여기까지다."

"네?"

"곧 비가 한바탕 쏟아질 거야."

하늘을 올려다보았다. 그러고 보니 어느새 태양이 숨었다.

"마음 내키면 또 오든지." 도가와가 말했다. "나는 내일도 모레도 여기 있어."

북쪽 하늘에서부터 검은 구름이 산을 뒤덮듯 달려와 있었다.

할아버지 집으로 향하는 대신 마을 끝에 있는 박물관으로 자전거를 타고 달렸다. 아직 4시 반이 조금 지났을 뿐이다. 5시에 문을 닫는다고 해도 시간에 댈 수 있을 것이다.

빗방울이 툭툭 이마를 때리기 시작했다. 다른 데로 새는 사이에 억수같이 쏟아질지도 모르지만, 젖는다고 딱히 큰일은 아니다.

역 앞까지 계속되는 2차선 지방도로로 들어가자 양쪽 여기저기에 건물이 보이기 시작한다. 대부분은 빈집이나 빈 가겟집이고, 보도를 오가는 사람의 모습도 없다. 고스트 타운 같은 이 광경을 처음 봤을 때는 공포마저 느꼈다. 이곳에 와서 일주일이 지난 지금은 이 과소 마을에도 사람들의 일상이 끊임없이 흘러간다는 사실을 도모키도 잘 안다.

도중에 오른쪽으로 꺾어져, 일어서서 페달을 밟아 언덕을 올라간다. 두 번째 커브 너머에 목적지가 보이기 시작했다. 상자형 2층 건물로, 색 바랜 크림색 외벽은 오랫동안 새로 칠한 흔적이 없다. '도미베쓰 지역 자연박물관'이라는 간판이 나와 있지 않으면 평범한 학습관처럼 보인다.

현관 차양 아래 자전거를 세우는데 유리문이 열렸다. 요시에라는 아주머니다. 집에 가는 길인지 작은 헝겊 가방을 들고 있다.

"어머, 아까 그."

"안녕하세요."

"유호로강 가봤니?"

"아, 네."

"도가와 관장은, 만났어?"

"관장이요?" 놀라서 되묻는다. "그분이 여기 관장님이에요?"

"으응, **예전**에." 요시에가 건물 안을 흘끔 엿보고 혀를 내밀었다. "나한테는 이곳 관장은 도가와 씨 한 분이니까."

그랬나……. 어쩐지 뭔가 학자 같더라니. 수긍이 가면서도, 그 성격에 용케 이런 시설에서 관장 노릇을 했다는 생각도 든다.

"뭐 이러니저러니 하는 사람도 있지만."

"그건……."

무슨 뜻인지 확인할 겨를도 없이 요시에가 또 묻는다.

"화석은 캤고?"

"아뇨."

"저런. 미안한 짓을 했네, 무책임하게 권하거나 해서." 요시에가 난처한 표정을 짓는다. "역시 이제, 어렵나……."

혼잣말처럼 중얼거리는 요시에를 향해 고개를 꾸벅하고, 도모키는 박물관으로 들어갔다.

문 닫을 시간이 다 돼서 그런지 접수대에는 아무도 없었다. 전시실도 여전히 괴괴하다. 유리 진열장에 든 암모나이트 표본을 곁눈질하면서 벽에 조르르 붙은 추레한 안내판으로 다가갔다. '암모나이트의 마을, 도미베쓰' '유호로강과 에조층군' '도미베쓰에서 산출되는 암모나이트 화석' 등의 제목으로 색 바랜 사진과 더불어 해설이 적혀 있다.

'암모나이트란?'이라는 안내판 앞에서 발이 멈췄다. 첫 문장을 읽고 "헉!" 소리를 내고 말았다.

암모나이트는 소라 등 나사조개와 혼동하는 일이 잦지만, 분류학적으로는 오징어, 문어와 동류이다.

*

도미베쓰는 미카사시와 유바리시 사이에 낀 작은 마을이다.

이 일대가 과거에 탄광으로 번영했다는 이야기는 학원에서 잠깐 들은 일이 있다. 유바리시는 지금 재정 파탄 상태라는 사실도. 다만 학원 강사는 이렇게도 말했다. 머릿속에 넣어둬야 할 사항은 **그런 것**이 아니라 일본의 석탄 수입국 1위가 오스트레일리아, 2위는 인도네시아라는 사실이라고…….

도미베쓰도 일자리는 없고 인구는 빠르게 줄어드는 추세란다. 이곳에서 태어나 자란 도모키 엄마도 짐작건대 망설임 없이 고향을 떠난 케이스다. 도쿄에서 대학을 졸업하고 그대로 도내 식품회사에 취직해, 가나가와 출신인 도모키 아버지와 결혼했다. 지금은 원래 도쿄 사람이었던 것 같은 얼굴로 일을 계속하면서 도요스 타워맨션에서 도모키와 살고 있다.

엄마는 적어도 2년에 한 번은 친정 나들이를 하는데, 이번에 도모키는 3년 반 만에 왔다. 지난번은 초등학교 2학년 새해 연휴에 부모님과 셋이 왔다. 지역에서 운영하는 스키장에서 할아버지에게 스키를 배웠던 일을 잘 기억한다.

할머니가 식탁 한가운데 큰 접시를 내려놓았다. 닭튀김이 푸짐하게 쌓여 있다.

"닭튀김이면 먹어줄까 싶어서……." 할머니가 도모키의 얼굴빛을 살피며 말한다. "전에 왔을 때 잘 먹었잖아. 지금도 좋아하지?"

"네, 뭐 좋아해요."

"많이 먹어."

좋아한다고 먹히는 것도 아니거든요. 엄마라면 몰라도 좀처럼 만날 기회가 없는 할머니에게 그런 대사를 뱉을 수는 없다. 도모키는 공부에 지친 몸과 마음을 쉰다는 명목으로 이곳에 머무르고 있다.

서늘하고 공기 좋은 홋카이도에 와서도 식욕이 영 돌아오지 않는 손자 때문에 할머니는 애가 타는 것이리라.

닭튀김을 께적께적 씹고 있자 목욕을 마친 할아버지가 러닝셔츠 바람으로 나타났다. 관청에 근무하다 정년퇴직한 후로는 지인의 땅을 빌려 매일 밭일을 한다. 부엌 바구니에 담긴 토마토며 옥수수는 할아버지가 수확한 것이다.

"오, 잔기 홋카이도에서 닭튀김을 부르는 말네?"

할아버지가 냉장고에서 병맥주를 꺼내 식탁에 자리 잡았다. 도모키의 야구 모자를 보고 미간을 찡그린다.

"얼마나 맘에 드는지 몰라도, 웬만하면 집 안에선 벗지 그러니."

"됐어요." 도모키는 할아버지 쪽을 보지 않고 대답한다.

할아버지가 떫은 얼굴로 맥주를 한 잔 따라 단숨에 들이켰다. 흡족한 소리를 내고, 표정을 누그러뜨리며 묻는다. "그래, 오늘은 뭘 했니?"

저녁 식탁에서 으레 듣는 질문이다. 내내 스마트폰 게임이나 한 날은 대답이 궁하다.

"박물관 갔어요."

오늘은 당당하게 보고할 수 있는 일이 있어서 마음이 편하다.

"아, 거기? 건물은 낡았어도 암모나이트는 훌륭하지." 할아버지가 한 잔 더 따르면서 말한다.

"뭐, 청소하는 아주머니가 알려줘서 화석 캐러 갔어요."

"화석을 캐다니, 혼자?"

"아뇨. 유호로강에 있던 도가와라는 분한테 배웠어요."

"도가와?" 할아버지가 눈썹을 찡그린다. "그 도가와 씨?"

"그 사람……." 식탁에 된장국을 내려놓던 할머니가 말한다. "안경 쓰고, 얼굴 네모난 할아버지?"

"네. 박물관 관장이었다던데, 아는 사람이에요?"

"아는 사람이랄까……."

할머니가 할아버지와 얼굴을 마주 본다. 두 사람 다 뭐라 말하기 힘든 표정을 떠올리고 있다.

"도모키 너, 이름 말했니?" 할아버지가 컵을 내려놓고 물었다.

"그러고 보니, 말 안 했는데요."

"말한다고 알겠어요?" 할머니가 옆에서 끼어든다. "어차피 성도 다른데."

"그럼, 할아버지 얘기는?"

할아버지가 자신의 얼굴을 손가락으로 가리켰다.

"할 리 없잖아요." 도모키가 짜증을 내며 젓가락을 내려놓는다. "뭔데요? 그 사람이 어쨌는데요?"

할아버지가 도모키의 얼굴을 바라본 채 긴 한숨을 뱉는다.

"도모키, 화석 캐러 가는 거는, 이제 관둬라."

명령이 아니라 사정에 가깝게 들린다.

"왜요? 도가와라는 사람, 위험인물이라도 돼요?"

"그런 게 아니야." 할아버지가 맥주를 들이켠 후 말을 잇는다. "이런저런 사정이 있다."

"흐응." 도모키는 쌀쌀맞은 목소리로 응한다. "어른들 사정이라는 거요?"

"맞다, 도모키, 내일은 할아버지 밭일이라도 거들어보면 어떨까?" 할머니가 억지로 화제를 바꾸었다. "가끔 해보면 재미나거든. 입맛도 돌아오고."

"자전거로 나갈 거면 유호로 호수도 좋지." 이번에는 할아버지가 말한다. "사이클링 도로도 깨끗하게 조성되어 있는데."

여기서 자동차로 10분쯤 가면 닿는 그 호수는 도모키가 이번에 도미베쓰에 온 첫날 봤다. 신치토세공항까지 자동차로 마중을 나온 할아버지가 집으로 향하는 도중에 들러줬다. 관광 명소로 만들 생각인지 호숫가에 공원과 캠프장이 정비되어 있었지만, 인적은 거의 없었다.

도모키는 건성으로 대답하면서 닭튀김을 된장국과 함께 삼켰다.

마음이 붕 뜬 채 할아버지 할머니 곁에서 TV를 보는데 스마트폰이 진동했다. 밤 9시 정각. 엄마의 정시 연락이다. 전화를 받으면서 2층으로 올라가, 자신이 쓰는 방으로 들어갔다.

"좀 어때? 저녁은 먹었니? 좀 먹혔어?" 엄마가 잇따라 묻는다.

"먹었어. 닭튀김 두 개랑, 밥 반 공기랑, 된장국."

"그래, 그럭저럭이구나. 그래도 어쩐지 목소리에 기운이 없는 것 같다?"

"아아, 뭐 좀 생각할 게 있어서."

"향수병인가?"

"아니거든. 그쪽이야말로 괜찮아? 벌써 일주일 지났는데."

"그러게. 엄마가 더 위험한지도 모르겠어. 쓸쓸하네?" 엄마가 짧게 웃고 말을 잇는다. "그래서 뭔데? 생각할 게."

"별것 아냐." 그러곤 문득 떠올렸다. "엄마, 혹시 도가와라는 사람 알아? 여기 박물관 관장이었다는데."

"도가와? 모르는데, 그 사람이 어쨌는데?"

도모키가 오늘 있었던 일을 들려준다. 엄마는 외아들이 시골에서 기운을 회복해간다고 느꼈는지 일일이 감탄하며 맞장구를 쳤다.

"도가와라는 사람, 할아버지는 아시는 눈치던데." 도모키는 마지막으로 그렇게 덧붙여보았다.

"아아, 그럴 수 있지. 오랫동안 지역 교육위원회 사무국에 계셨으니까. 학교만이 아니라 박물관도 그쪽 관장이었나 보더라."

"그렇구나."

"실은 엄마도." 엄마가 자랑하는 것처럼 말했다. "암모나이트 화석 캔 적 있어. 딱 도모키만 할 때, 어린이회 행사로."

"아, 그래? 그런 단단한 단괴를 깼구나."

"단괴가 뭐야?"

"동그란 돌. 안에 화석이 들어 있어. 해머로 겁나 두들기지 않으면 안 깨져."

"그런 기억은 없는데? 미니 삽 같은 걸로 절벽의 흙을 팠더니 나왔어. 주로 조그만 파편들이었지만."

"흐음, 그런 장소도 있구나."

목욕은 했는지, 옷이며 속옷은 모자라지 않는지, 끝없이 이어지는 엄마의 질문을 "저기 있잖아" 하고 가로막았다. 이곳에 온 후로 계속 신경 쓰이는 일이 있다.

"학원에서 연락 왔어?"

"……응, 그제였나." 엄마는 살짝 머뭇거리며 말했다. "다나카 선생님이 전화하셨더라. 여름 학기 최종 강습엔 올 수 있겠냐고."

"8월 18일부터지?"

"물론 답은 안 했지만. 언제 복귀할지는 병원에서 선생님 말씀을 들어봐야지……."

병원이란 심료내과 긴장. 스트레스 등 심리적 요인으로 일어나는 신체 질환을 심리 케어와 병행해 치료하는 내과다.

7월 초쯤부터 도모키는 학원을 가지 못하게 되었다. 공부는 싫지 않고, 모의시험 성적은 상위권을 유지 중이다. 학원 강사와 친구들과도 잘 지냈다. 지금도 학원에 가고 싶고, 가야 한다고 생각한다. 문제는 정작 집을 나서려면 복통이 오거나 토한다는 것이다. 그것만이 아니다.

전화를 끊고 야구 모자를 벗었다. 왼쪽 뒤통수에 손을 가져가 10엔짜리 동전만 하게 휑한 부분을 만진다. 원형탈모증. 엄마 말로는 눈에 확 띌 정도는 아니라는데, 야구 모자 없이는 사람들 앞에 나서지 못한다. 다행히 학교는 바로 여름방학에 들어갔지만, 학원 친구들한테 알려지는 것은 절대 싫었다.

큰 병원에서 검사를 받아봐도 이상은 없었다. 피부과에서 원형탈모증 약을 처방하더니, 심료내과로 보냈다. 담당의는 위장 장애도 탈모도 수험 스트레스에서 왔으리라 말했다. 도모키가 없는 자리에서는 부모의 별거가 영향을 끼쳤을 가능성도 있다고 한 모양이지만.

그래도 아버지가 집을 나간 것은 이미 1년도 더 전이다. 워낙 바쁜 사람이라 같이 살 때도 평일에는 거의 얼굴을 보지 못했다. 별거 후에도 도모키와는 주말마다 만나 외식을 했으니 생활에 그리 큰 변화는 없다.

원인이 무엇이건 정신적 요인에서 오는 증세라면 대처법은 몇 가지 안 된다. 의사의 조언으로 수험 공부를 잠시 중단하고 환경을 바꿔보게 되었다. 도모키가 참고서 한 권 없이 혼자 이곳 도미베쓰로 온 데는 그런 사연이 있었다.

*

어제와 같은 경로로 강변에 내려갔다. 캉캉캉, 소리가 들린다.

배낭에 생수 한 병, 수건, 방한복과 초콜릿을 챙겨왔다. 만에 하나 무슨 사태가 터졌을 때 홋카이도의 대자연을 얕잡아본 도쿄 초등학생으로 보도되는 일은 피하고 싶다.

할머니에게는 유호로 호수로 사이클링을 간다고 해두었다. 거짓말까지 하면서 다시 온 이유는 두 가지다. 하나는 물론 설욕이다. 어제 욕조에 몸을 담그고 왼손 검지의 피 물집과 오른손에 생긴 물집을 보자 새삼 분한 마음이 치밀었다. 부서진 암모나이트 조각 하나라도 건지지 않고는 물러설 수 없다. 또 하나는 도가와라는 인물에 대한 흥미다. 할아버지는 왜 그를 가까이하지 못하게 할까. 말투로 봐서는 두 사람 사이에 뭔가 있는 것이 확실하다. 현역 시절 일 때문에 트러블이 있었는지도 모른다.

어젯밤 이불 속에서 스마트폰으로 박물관 사이트를 체크해봤다. 직원은 관장, 학예원, 비상근 스태프(아마도 접수대를 지키는 젊은 여성) 이렇게 세 명뿐이다. 1년에 몇 번, 화석 감정회와 자연관찰 행사를 연다. 알아낸 것은 그 정도로, 도가와에 대한 정보는 아무것도 없었다.

시설명에 '도가와'를 덧붙여 검색하자 10년도 전에 열린 주민강좌 안내가 떴는데, 당시 강연했던 도가와 관장의 프로필도 올라와 있었다. '1948년 도미베쓰 출생. 홋카이도대학 대학원 수료 후 홋카이도 도립 과학박물관 연구원을 거쳐 1996년부터 현직.' 요컨대 쉰 살을 앞두고 대형 박물관을 그만두고 고향 박물관 관장으로 돌아왔다는 얘기다.

마음에 걸리는 것이 하나 더 있다. '이러니저러니 하는 사람도 있지만'이라는 요시에의 말이다. 도가와가 주민들에게 욕먹을 일이라도 저질렀나 싶어 조사해봤지만, 인터넷상에 이거다 싶은 글은 눈에 띄지 않았다. 어쨌거나 도모키가 도가와에 대해 이것저것 천착할 필요는 전혀 없다. 그저 호기심이라면 그뿐이지만, 반발심도 있었다. 앞뒤 설명도 없이 다짜고짜 상종을 말라니 이해가 되지 않는다. 어른들 사정이라면서 따돌리는 데 반항심이 일었다.

왜 별거하는데? 이혼할 거야? 친권은 어떻게 되는데? 무엇을 물어도 "그건 어른들 사정이니까 나중에……"라는 말만 돌아오는 데 진절머리가 난다. 벌써 열두 살. 또래 아이들보다 제법 똑똑하다고 자부한다. 유치하게 떼쓰는 일도 없다. 이야기만 해주면 뭐든 알아듣는다.

이를테면 자신이나 부모님 일을 그 도가와라는 어른에게 이야기해보면 어떨까. 물론 제 입으로 술술 털어놓을 생각은 없다. 꼬치꼬치 물어도 성가시다. 다만 그러면 다른 어른들과는 다른 얘기를 할 것 같았다.

캉캉캉. 소리가 가까워진다.

절벽 너머에 도가와의 모습이 보였다.

어제와 같은 장소를 한 시간 가까이 팠지만 소득이 없었다.

조금 떨어진 비탈에 달라붙어 있던 도가와는 그새 단괴 두 개를 쪼개 암모나이트를 하나 손에 넣었다.

도가와는 단괴를 발견해도 도모키에게 양보하려고는 하지 않았다. 노인네가 속 좁게……. 이쪽을 신경 쓰는 시늉조차 않는 도가와에게 한마디 해주고 싶어진다.

해머를 내려놓고 물을 몇 모금 마셨다. 비탈 앞에서 작은 수첩을 펼치고 있는 도가와의 등을 향해 말을 건다.

"저기요, 잠깐 괜찮으세요?"

"뭔데."

도가와는 돌아보지도 않는다.

"저희 엄마 어릴 때는 더 간단히 화석을 캤다던데요. 단괴 같은 거 깨지 않고도요."

"어머니가 이곳 출신이냐?"

"네."

"옛날엔 아이들도 쉽게 화석을 캘 수 있는 노두지표면에 암석이나 지층이 직접 드러난 곳가 꽤 있었다."

"해머도 쓰지 않고요?"

"암, 물론 상태가 좋은 화석은 안 나오지만."

"그런 손쉬운 장소가 이제는 없나요?"

잠시 침묵이 흐른 후 도가와가 귀찮은 것처럼 말했다. "박물관에 가면 그걸 설명한 안내판이 있다."

"아뇨, 어제 집에 가는 길에 들러봤는데요. 그런 안내판은, 없었던 것 같은……."

"있다면 있어. 만든 본인이 있다잖아."

"아, 요시에라는 아주머니한테 들었어요. 거기 관장님이셨다고."

도가와가 마침내 이쪽으로 고개를 돌렸다.

"너 이름이 뭐냐?"

"우치무라 도모키입니다." 여기서 슬쩍 잽을 먹여보기로 했다. "어머니 옛 성은 구스다, 라고 하지만요."

"구스다?" 도가와가 눈썹을 치켜올린다. "혹시 너 구스다 시게오 씨 친척이냐?"

"외할아버지 되십니다."

"그랬냐." 도가와가 다가오면서 안경을 만졌다. "듣고 보니 어딘지 닮았구나. 시게오 씨는, 무탈하시냐."

"네, 잘 지내시는데요……."

상상했던 반응이 아니다. 도가와의 표정에도 목소리에도 험악함 같은 것은 느껴지지 않는다. 할아버지와 옥신각신이 있었다는 것은 쓸데없는 상상일까…….

그대로 두 사람 다 강을 향해 주저앉아 잠깐 쉰다.

"몇 학년이냐." 도가와가 물통 뚜껑을 열면서 물었다.

"6학년이요."

"중학교 입시가 있을 텐데, 여름방학 중에도 학원에 있어야 하는 거 아니고?"

"있는데요……. 지금 좀 쉬느라고요."

"그러냐."

빤히 들여다보는 것 같은 도가와의 시선에 무의식적으로 야구 모자를 쓴 뒤통수로 손이 갔다. 억지로 밝은 목소리를 낸다.

"괜찮아요. 이래 봬도 성적 꽤 좋거든요. 얼마나 쉬면 위험한지는 제가 알아요. 그렇게 간단히 따라잡히지 않아요."

"너도 따라잡지 못하는 건 아니고?"

"아니 그게, 편차치 시험을 치른 집단 속에서 자신이 어느 정도 위치에 있는지 드러내는 수치 높은 학교면 무조건 좋은 것도 아니거든요. 역시 편차치와 교풍의 밸런스라고 할까. 뭐지, 사람들 얘기를 듣거나 인터넷 뒤져보면 진짜 교풍을 알 수 있거든요."

말하는 사이 위장 근처에 불쾌감이 번졌다.

"어른스럽구나." 도가와가 물통의 음료를 한 모금 삼켰다. "좋은 학교 나와서, 장래엔 뭐가 되고 싶은데?"

"엄마는 의사나 변호사를 원하시는데요. 앞으로 변호사는 생존 경쟁이 치열해질 게 뻔하고요. 위험이 적은 건 역시 의사 아닌가 싶어요. 아버지도 같은 의견일 것 같고요. 구체적인 얘기까지는 안 했지만, 아버지가 생각할 법한 일은 저도 아니까요."

"내가 묻는 건⋯⋯."

"저 자신은 어떠냐는 거죠?" 도모키가 앞질러 말했다. "그거, 지금 결정할 일은 아니지 않나요? 대학 들어갈 때까지 제 생각도 변할 수 있고요. 아무튼 지금부터 공부해두면 장래에 선택지가 늘어나는 건 아니까요. 근데 엄마는 그걸 잘 몰라준단 말이죠. 남들한테 자랑할 수 있는 직업을 갖기를 바라는 기분은, 알겠지만요."

변명이라도 하듯이 떠들어대는 도모키를 도가와는 가만히 바라본다.

"너는 뭐든지 **아는**구나."

예상 밖의 말에 위장이 졸아들었다. 도가와가 알아채지 못하게 몸을 살짝 구부리고 얕은 호흡을 되풀이한다. 아픔이 가라앉으면서, 가슴 밑바닥에 고여 있던 것이 마치 불에 쬐면 나타나는 그림처럼 떠오른다. 학원에 가지 못하게 된 진짜 이유다.

도모키는 지금 진흙 속에 있다. 바다 밑 진흙에 갇힌 암모나이트처럼 몸을 움직일 수 없다. 뭐가 문제인지는 전부 알고 있을 터인데.

도모키에게는 줄곧 동경해온 학교가 있다. 가마쿠라에 있는 중고 일관 사립 남자학교다. 그 학교에 다니는 사촌에게 이전부터 이야기를 많이 들어서 학내 분위기라면 대충 안다. 전통 있는 학교인데도 분위기는 자유롭다. 개성적인 교사진과 수험 일변도에서 벗어난 수업, 그런데도 진학 실적은 훌륭해서 최근에는 미국 일류 대학에 진학하는 학생도 늘어나고 있다.

그런 이야기를 듣다 보면 자연히 '나도 저 학교에'라고 생각하게 된다. 도모키는 아무 의문도 품지 않고 4학년부터 입시 학원에 다니기 시작했다. 성적은 순조로이 올라 어렵지 않게 최상위 A1클래스가 되었다.

5학년이 되면서 두 가지 변화가 일어났다. 하나는 부모님의 별거. 아버지가 집에 들어오지 않는 날이 점점 늘어나면서 어렴풋이 짐작은 했었다. 아버지는 좋아했고, 아버지도 바쁜 와중에 도모키에게는 최선을 다해줬다고 생각한다. 그러므로 "내일부터 아빠와는 따로 사는 거야"라고 엄마가 말했을 때의 충격은 지금도 잔향처럼 도모키의 가슴 밑바닥에 남아 있다. 두세 달은 공부가 손에 잡히지 않아 하마터면 A2클래스로 내려갈 뻔했다.

또 하나 변한 것이 가마쿠라 지망교의 수험 자격이다. 내년 봄 입시부터 '통학 시간 편도 90분 이내'라는 제한이 생겼다. 도요스 자택에서 학교까지 아무리 서둘러도 100분 이상 걸린다. 다른 학교는 안중에 없었던 도모키로서는 아닌 밤중에 홍두깨였다.

그것을 안 아버지가 제안을 하나 했다. 고등학교 졸업 때까지 자신과 함께 살면 어떠냐는 얘기였다. 집을 나간 아버지는 가와사키 시내 임대 맨션에 살면서 시나가와 회사로 통근하고 있었다. 분명 가와사키에서 가마쿠라 학교까지는 한 시간도 걸리지 않는다.

엄마는 반대했다. 그 사람이 영양 관리를 어떻게 해줄 거냐, 매일 밤 퇴근도 늦고 집은 좁다, 이유는 많았지만 사소하다면 다 사소했다. 요컨대 아들과 떨어져 사는 게 불안하고 쓸쓸하다는 말이다. 도모키도 엄마를 혼자 두기는 걱정스러웠다. 그러자 아버지가 주말만 도요스로 돌아가면 어떠냐고 새로운 제안을 해왔다.

그리고 두 달 전, 엄마가 더 커다란 불안을 안고 있다는 사실을 알게 되었다. 어느 밤 거실에서 엄마와 할머니의 통화를 우연히 들어버린 것이다. 식탁 앞에서 턱을 괸 채 엄마는 말했다.

"하지만 그 사람이, 도모키와 같이 생활하는 걸 이유로 친권을 주장할 가능성이 있으니까……."

바로 감이 왔다. 여기까지 왔다면 이혼은 이미 피할 수 없다. 도모키도 각오는 했던 바다. 그래도 자신의 진학 문제가 부모님 사이에 더 큰 분란의 불씨가 될 줄은 상상도 못 했다.

잠들지 못하는 밤이 계속됐다. 자신은 어떻게 하면 좋은지 엄마에게도 아버지에게도 물을 수 없었다. 박차를 가하듯 학원에서 통지가 왔다. 여름 강습 마지막 날까지 제1지망을 결정해 제출하란다. 9월부터 드디어 지망하는 학교에 따라 입시 대책이 시작된다.

도모키의 머리와 마음은 진흙 속에 잠긴 것처럼 기능을 정지했다. 진흙은 점점 차올라 마침내 몸까지 범하기 시작했다. 도모키가 화석이 되어버리는 것은 시간문제였다.

해머 소리에 정신을 차렸다. 도가와가 가까이 있는 돌들을 쪼개 단면을 확인하고 있다. 전부 비슷비슷한 강변의 둥근 돌이지 단괴는 아니다. 어떤 돌은 버리고, 어떤 돌은 평평한 바위 위에 늘어놓는다.

돌이 일곱 개가 되었을 때 도가와가 말했다. "안다고 생각하는 건 위험하지."

"어……." 쉰 목소리가 튀어나온다.

"너처럼 영리한 아이한테는 특히나 그래. 부모님 이야기도 수업 내용도 뉴스도, 듣기만 해도 머릿속에 척척 들어올 테지."

"그게 어디가, 위험한데요?"

더 듣고 싶지 않은데, 확인하지 않고는 못 배기겠다.

"이를테면 너 여기 있는 돌을 분류할 수 있겠나?"

도가와가 일곱 개의 돌을 가리켰다. 하나같이 일부가 쪼개져 안의 신선한 단면이 보인다.

"이름은 됐고, 같은 돌은 어느 거랑 어느 거냐. 유치원에서 잘하는, 똑같은 친구들끼리 묶어봅시다, 그거다."

시험 치르는 기분으로 한쪽 끝에서부터 순서대로 단면을 만져 나간다. 우선 두 개를 따로 제친다.

"이 두 개는……." 목을 쥐어짜 간신히 대답한다. "아마 이암인 것 같아요."

"그러게." 도가와가 고개를 끄덕인다.

다른 다섯 개는 알갱이가 약간 거칠고 각각 미묘하게 색깔이 달랐다. 똑같다면 죄다 똑같아 보이고, 다르다면 죄다 달라 보인다. 결정타가 없었다. 잠시 고민하다 반쯤 될 대로 되라는 식으로 말했다.

"나머지는…… 전부 사암이요."

"틀렸어. 사암은 이거랑 이거뿐이야." 도가와가 돌 두 개를 옆으로 치웠다. "남은 세 개 중 이 둘이 안산암, 화산암의 일종이지. 마지막 하나는, 나도 잘 몰라. 아마 변성암의 일종이지 싶지만."

"아니, 근데 그런 건……."

"안 배웠으니 별수 없다고? 난 돌의 종류를 묻지 않았어. 같은 애들끼리 묶어보라고 했을 뿐이야. 그것도 못 하면 암석 이름을 줄줄이 읊은들 무슨 수로 분류하겠냐."

"그럴지도 모르지만, 이런 모호한 차이……."

"**안다**는 건 **나누기**다. 올바로 나누는 일은 사람들이 생각하는 것처럼 간단하지 않아."

도가와가 안산암이라던 돌과 사암을 하나씩 쥐고는 단면을 보여준다.

"나누는 기준을 알면 잘 되는 경우도 있지. 안산암 같은 화산암은 용암이 식어 굳은 거다. 잘 보면 결정, 가루 형태가 네모나지. 반면 사암은 육지에서 깎인 모래알이 바다까지 흘러와 생긴 것이라 입자는 모서리가 없어져서 둥그렇다."

도가와가 조끼 주머니에서 작은 금속 루페작업용 확대경를 꺼내 도모키에게 건넸다. 사용법을 배워 두 개의 돌을 비교한다.

"……정말이네."

도가와가 말한 대로였다.

"그런데 이런 거, 네가 못 하는 건 당연해." 도가와는 태연히 말한다. "난 대학에서 지질학을 전공했는데도, 4학년이 되어서도 지금 너랑 똑같았으니까."

"설마, 거짓말이죠?"

"아니." 도가와가 단호히 말했다. "옛날엔 지질학 전공이면 3, 4학년 때 각자 지역을 맡아 지질도를 그려 제출해야 했어. 뭐 실습 훈련이지. 혼자 산속을 몇 주일씩 걸어 암석을 채집해 지질 분포도를 만드는 거야. 나는 히다카 쪽을 할당받았는데, 민박집에 머물면서 날마다 산에 들어갔다."

도가와는 몸을 강 쪽으로 향하더니 책상다리를 새로 하고, 말을 잇는다.

"어느 정도 자신은 있었어. 구조지질학도 암석학도 퇴적학도 배웠고, 암석 박편을 편광현미경으로 관찰하는 법도 마스터했으니까. 너처럼, 전부 안다고 생각했던 거지. 그런데 막상 망치와 루페만 들고 야외로 나가보니 전혀 감당이 안 돼. 실제 자연은 예외로 가득 찬 혼돈 자체였어. 암석 얼굴만 보는 한 똑같은 것이라고는 하나도 없더군."

도모키가 조금 전의 안산암과 사암에 새삼 눈길을 던졌다. 이 두 개는 도가와가 그나마 알기 쉬운 걸로 골랐을 터다. 강변에 있는 무수한 돌을 자세히 들여다보면 그야말로 무한한 다양성이 있는지도 모른다.

"일단 채집한 돌을 민박집으로 가져와 밤마다 하염없이 바라봤다. 4평짜리 방을 조사 구역으로 삼아, 걸어간 경로에 맞춰 매일 방바닥에 주르르 늘어세워 나갔어. 문제는 돌이 늘어나면 늘어날수록 당최 의미를 알 수 없는 거야. 결국 이부자리 펼 데도 없어져서 복도에서 잤다."

민박집 방에서 돌에 둘러싸여 어쩔 줄 모르는 도가와. 그 모습이 강변을 메운 이름 모를 돌들 위에 있는 자신의 모습과 포개졌다.

"어느 밤, 역시나 방에서 끙끙대다가 무심코 돌 하나를 손에 쥐어봤어. 정체를 몰라서 팽개쳐뒀던 돌 가운데 하나였지. 가만히 들여다보는데, 문득 비슷한 돌이 다른 데도 있었던 것 같단 말이지. 지금껏 안중에도 없던 정체불명의 돌들을 찬찬히 뜯어봤어. 종류를 따지자는 게 아니야. 그저 닮은 애들끼리 묶어봐야지 했을 뿐이다. 그리고 깨달았어. 그 돌들은 한 특징에 의해 두 그룹으로 나뉘더군. 그것만이 아니야. 그것들을 원래 있던 자리로 돌려보내니 두 그룹의 분포 경계가 멋지게 하나의 선을 이루더란 말이야. 오밤중인 것도 잊고 그만 환호성을 질렀다. 다음 순간, 조사 구역의 3차원 지질 구조가 눈앞에 둥실 떠오르기 시작했어. 그 신기한 감각은 지금도 잊지 못해."

줄곧 수면을 바라보며 이야기하던 도가와가 도모키를 돌아본다. 흠뻑 빠져 듣던 도모키는 아무 반응도 할 수 없다. 꼼짝도 않고 다음 말을 기다렸다.

"그때 깨달았지. **알기** 위한 열쇠는 언제나 **모르는** 일 속에 있다. 그 열쇠를 발견하기 위해서는 우선 **뭘 모르는지** 알아야 해. 요컨대 **안다**와 **모른다**를 제대로 나누는 거야."

돌아오는 길에 문 닫기 직전의 박물관에 다시 들렀다.

아름다운 암모나이트가 자리 잡은 유리 진열장 옆을 지나면서 새삼 원통해진다. 그 뒤 단괴는 하나 발견했지만, 화석은 들어 있지 않았다. 곧장 벽 앞으로 가서 다섯 장의 해설 안내판을 한 번 더 끝에서부터 훑는다. 찾던 것은 역시 눈에 띄지 않는다. 뒤에서 발소리가 들리더니 "매일 열심이네" 하고 누가 말을 걸었다. 돌아갈 준비를 마친 요시에가 소리 없이 웃고 있었다.

"혹시." 요시에가 도모키의 배낭을 보고 말한다. "오늘도 갔니? 화석 캐러."

"네. 오늘도 허탕이었지만요."

"저런." 요시에가 미간을 찡그린다. "운이 없구나."

"도가와 씨 말로는 별수 없대요. 거기서 화석이 펑펑 나오는 일은 없다는데요."

"역시. 하기는 여기도 손님 구경하기 힘드니까 뭐." 요시에가 둥근 어깨를 움츠리고 전시실을 휘둘러본다. "옛날엔 박물관도 조금은 관람객이 들었는데. 전국 각지에서 도미베쓰까지 화석을 캐러 온 마니아들이라든가."

"캘 수 있는 양이 줄었나요?"

"뭐 유호로강도 많이 변해버렸으니까."

"그것에 대해 쓴 안내판이 있대서 아까부터 찾는 중인데요……."

"아아, 그거……."

잠시 생각하는 눈치더니 요시에가 짧은 목을 뻗어 현관홀을 엿보았다. 인기척이 없음을 확인하고 손짓으로 부른다. 요시에를 따라 현관을 나왔다. 박물관 뒤쪽으로 돌아가자 건물이 또 한 채 나왔다. 단층이지만 면적은 본관과 엇비슷하다. 콘크리트 벽에 커다란 셔터가 달려 있어 창고처럼도 보인다.

"사실은 안 되는데, 이번엔 도가와 전 관장님 허락이 있었던 걸로 해두자. 대신 비밀이야."

요시에가 검지를 입술에 갖다 대고 건물 옆쪽 알루미늄 문에 열쇠를 꽂았다.

앞장서서 들어간 요시에가 전등을 켠다. 제일 먼저 눈에 뛰어든 것은 바닥에 방치된 직경 1미터는 될 법한 암모나이트였다. 희미하게 먼지를 뒤집어쓰고 있다. 교실의 절반쯤 되는 이 공간을 창고로 사용하는 모양이었다. 골판지 상자며 플라스틱 컨테이너, 둘둘 말린 큰 종이 따위가 난잡하게 놓여 있었다.

요시에가 왼쪽 벽으로 다가가 "이거, 이거" 하면서 구석에 세워져 있던 안내판을 가리켰다. 제목은 '도미베쓰 화석 산출지와 유호로 댐'이었다.

"유호로댐?"

그런 것이 있는 줄은 몰랐다.

"본 적 없니?" 요시에가 말했다. "마을 남쪽에 유호로 호수라고 있잖아? 그건 유호로강을 댐으로 막아 생긴 호수야. 도미베쓰 유호로댐이라고, 3년 전에 완공됐어."

"혹시……." 도모키가 내용을 눈으로 훑으면서 말했다.

"맞아. 이런 식으로, 댐 때문에 화석이 나오는 장소가 전부 가라앉았어."

안내판에 그려진 지도에 댐 건설로 수몰하는 지역이 하늘색으로 표시되어 있었다. 별표가 달린 강변의 주된 화석 산출지는 3분의 2 정도가 하늘색이다.

"그 바람에 도가와 씨도 그렇게 됐다는……."

요시에가 들려준 얘기는 이러했다.

도미베쓰 유호로댐 건설 계획이 나온 것은 지금으로부터 20년 전, 도가와가 관장에 취임하고 2년 후쯤이다. 높이 100미터를 넘는 그 댐의 목적은 수력발전, 관개, 치수. 국토교통성과 도가 주도하는 일대 프로젝트로 시동됐다. 사업 계획이 굳어짐에 따라 도미베쓰에 무슨 일이 일어나는지가 명백해졌다. 가장 직접적이고 심각한 문제는 물 밑에 잠기는 세대가 300가구 가까이 된다는 사실이었다. 그리고 일부 관계자에게 큰 충격을 안긴 것이 암모나이트 화석의 양호한 산출지도 많은 부분이 수몰한다는 사실이었다.

수몰 예정지 주민을 중심으로 반대 운동이 일어났다. 도가와도 관장 입장에서 정부와 지자체에 의견서를 제출하고 운동에 참가했다.

나랏돈으로 월급을 받는 사람이 이러면 곤란하다, 반대하려면 박물관부터 그만둬라, 같은 말도 한쪽에서 나왔다.

그 와중에 치러진 촌장 선거에서 댐 추진파 후보자가 당선됐다. 현 촌장이다. 댐만 생기면 건설과 전력 관계 고용이 창출될 뿐 아니라 거액의 고정자산세와 전원 입지 교부금_{발전용 시설 주변 공공시설과 주민 편의를 위한 사업에 국가가 교부금을 주는 제도}이 들어온다. 유호로 호수를 관광지화해 사람들을 불러들일 수도 있다. 댐 건설은 바야흐로 빈사 직전인 도미베쓰에 남은 마지막 희망이다. 그런 호소가 주민들에게 먹힌 것이다.

촌장 입장에서는 '암모나이트의 마을'이란 이미지는 방해물일 뿐이다. 박물관은 걸리적거리고, 나랏돈을 받으면서 반대파의 중핵인 도가와 관장으로 말하면 눈엣가시였다. 촌장은 비열한 수단으로 나왔다. 재정난으로 인해 박물관 폐쇄를 검토 중이란 사실을 담당 공무원을 통해 도가와에게 흘린 것이다. 어디로 보나 협박이었다. 박물관을 존속시키고 싶으면 관장 자리를 내놔라. 담당자는 미안한 얼굴로 촌장의 의중을 넌지시 전했다.

도가와는 결국 스스로 물러났다. 당시 아직 쉰일고여덟 살. 본래라면 10년은 더 관장을 계속할 수 있었을 것이란다. 그 무렵에는 도가와 본인도 댐 건설은 이미 멈추지 못한다고 각오했던 모양이다. 최후의 업무로 '도미베쓰 화석 산출지와 유호로댐'이라는 안내판을 만들고, 박물관을 떠났다. 그 이듬해에는 반대 운동의 불도 거의 꺼졌다. 수몰 세대 보상금에 웃돈이 얹혔고, 전 가구가 이주에 합의했다. 바로 착공해 8년 세월을 들여 댐을 완공한 것이 3년 전이다.

"이건……." 도가와가 놓고 간 빛바랜 선물을 쳐다보며 도모키가 물었다. "왜 이런 데 있어요?"

"이전엔 전시실 벽에 어엿이 걸려 있었지. 그걸 2년 전쯤, 촌장이 치우라지 뭐야. 박물관 행사에 내빈으로 참석했다가 우연히 보고는 노발대발하잖아. 도가와 씨는 벌써 몇 년째 박물관에 발걸음을 안 하니까 모르지."

전시실에서 철거되어 뒤쪽 창고에 처박힌 안내판. 도가와의 모습이 그 위에 포개졌다.

도모키는 안내판을 바라본 채 혼잣말처럼 중얼거린다. "대체 여기가 뭐라고……."

오래되고 재미도 없는 이 박물관이 그리 소중할까.

요시에가 속을 들여다본 것 같은 눈으로 "좀 와봐" 하고 손짓했다. 창고 안쪽에 난 또 하나의 문을 밀어 열고 불을 켠다. 눈앞에 드러난 광경에 도모키는 숨을 삼켰다. 전시실보다 넓은 공간에 똑같은 나무장이 죽 늘어서 있다. 높이는 어른 키 정도. 폭 넓은 서랍이 위에서 아래까지 몇 줄씩 들어차 있다. 등을 맞댄 나무장들의 긴 줄이 방 끝까지 족히 열 개는 되리라. 도서관 같은 정적이 감돈다.

"여기가 표본 수장고." 요시에가 말했다. "도가와 씨 말로는 박물관 본체는 오히려 여기라던데?"

"이거 전부, 암모나이트가 들어 있어요?"

도모키가 안으로 한 발 들어섰다.

요시에가 턱을 나무장 쪽으로 치켜들고 짓궂은 웃음을 짓는다. "나는 잠깐 딴 데 보고 있을게. 아, 표본에 손대면 안 돼."

도모키는 맨 앞에 있는 나무장으로 다가갔다. 열 단이 넘는 서랍에 'BA20031~' 따위가 적힌 라벨이 붙어 있다. 가슴께의 서랍 하나를 조심스럽게 열어보았다. 주먹만 한 암모나이트 화석이 열 몇 개, 각각 뚜껑 없는 종이 상자에 넣어져 빈틈없이 들어차 있다. 형태가 완전한 것부터 파편까지, 상태는 제각각이다.

오른쪽 옆 서랍을 연다. 역시 종이 상자가 늘어서 있지만, 안에 든 암모나이트는 하나같이 불과 3~4센티미터다. 덕분에 상자 바닥에 깔린 누렇게 변색한 카드가 잘 보였다. 푸른 잉크의 손글씨가 있나 하면 타이프라이터로 인쇄된 글자도 있다. 영어와 숫자로 된 자료 번호 밑에 알파벳과 가타카나 일본 문자의 하나로, 주로 외래어를 표기한다로 종명이 적혀 있다. 지명과 지층 정보인 듯한 단어가 뒤에 이어지고, 제일 아래에 인명과 연월일이 있었다. 화석 채집 장소와 채집자이리라.

차례대로 보다가 깨달았다. 서랍 속 암모나이트는 전부 '데스모세라스'라는 것 한 종류다. 다만 채집 장소나 채집자가 표본마다 다르다. 요컨대 같은 암모나이트를 여러 장소에서 여러 사람이 몇 십 년이나 계속 모으고 있다는 말이다.

"1949년이면……." 도모키가 저도 모르게 중얼거렸다. 누렇다 못해 거의 갈색인 카드에 적힌 채집 연도다. "쇼와 1926~1989 24년이지." 요시에가 뒤에서 말하고 겸연쩍게 웃는다. "이러면 더 모르나? 나 태어나기 딱 10년 전. 나이 들통났네."

도모키는 서랍을 닫고, 등을 맞댄 나무장 사이를 누비듯 안쪽으로 걸어갔다. 깊은 바닷속 같은 정밀함에 휩싸여 키 큰 나무장이 그저 끝없이, 정연하게 이어진다.

어느 서랍 속을 들여다봐도 나선형 화석뿐이다. '도가와 야스히코'라고 관장 이름이 적힌 표본도 하나 발견했다. 계속 나아가자 나무장의 만듦새가 바뀌었다. 서랍장이 아니라 선반에 암모나이트가 든 상자들이 놓여 있다. 크기는 전부 3~4센티미터다. 대체 몇 개나 될까. 도모키는 조용히 숨을 뱉었다. 1000~2000개로는 어림도 없다. 1만 개? 어쩌면 그 이상이다.

문 쪽으로 돌아가자 요시에가 팔짱을 지르고 입을 열었다.

"뭐 이만큼 화석을 모으는 건 보통 일은 아니지." 고개를 끄덕이는 도모키에게 요시에는 어딘가 숙연한 어조로 말을 잇는다. "이런 달팽이 도깨비 같은 게 뭐가 재미있는지 몰라도, 숱한 학자들이 인생을 걸어왔다는 사실만은 잘 알겠어."

*

아직 점심 전인데 기온이 쭉쭉 올라간다. 아침 정보 프로그램에서는 오늘이 올여름 들어 가장 무더운 날이 될 것이라 예고했다.

오는 길에 땀을 흠뻑 흘린 탓인지 발을 적시는 찬 강물이 기분 좋다. 건너편 강가에 있는 도가와는 배낭에서 도구를 꺼내는 참이었다. 그도 막 도착한 눈치였다.

"오늘은 빠르다?" 도가와가 도모키를 힐긋 보고 말했다.

"네, 빨라요." 도모키도 그 옆에 배낭을 내려놓는다.

"혹시나 해서 묻는데, 여기 오는 거 가족도 알고 있겠지?"

"아, 어제랑 오늘은 말 안 했는데요."

"왜? 걱정하시잖아."

"그러니까 하나만 캐면, 더 안 와요. 아니 뭐랄까, 도쿄 돌아갈 거예요."

도가와가 손을 멈추었다. 뭔가 할 말이 있는 얼굴로 이쪽을 바라본다.

"편의점에서 도시락도 사왔고, 오늘 중에 '끝'을 볼 생각이에요. 손쉬운……." 말이 튀어나오는 것을 삼키고 바로 정정한다. "좋은 화석이 나오는 장소가 댐 아래 가라앉아버렸다면 여기서 하는 수밖에 없고요."

"안내판을 봤군."

"요시에 아주머니가 보여줬어요." 살짝 주저했지만 덧붙인다. "박물관 뒤쪽 건물에서요."

"뒤쪽 건물?" 도가와가 흰 눈썹을 치켜올리며 되묻는다.

"촌장님이, 전시실에서 떼라고 했다던데요."

약간 겁도 났지만, 이 건에 대해 도가와 본인의 입으로도 무슨 얘기든 듣고 싶었다.

"하여간." 의외로 도가와는 피식 웃고 만다. "그 겁쟁이답군. 뭐 그만 좀 하고 당당히 굴면 될 걸 갖고."

"화 안 나세요?"

"누구, 촌장한테?"

"촌장님 때문에 관장직도 내놓게 됐다고, 요시에 아주머니가 그러던데요. 쉽사리 용서가 안 되잖아요. 촌장님도 그렇고…… 우리 할아버지도."

"용서고 뭐고 없어." 도가와는 조용히 말하고 그 자리에 책상다리로 앉았다. "화석 산출지 보호라는 것도 다 나 같은 극히 소수 인간의 에고야. 도미베쓰의 존속이나 이곳 사람들의 삶과는 도저히 비교할 수 없지."

"그럼 왜……."

댐 건설 반대로 돌아섰는가.

"환경영향평가라고 아냐?"

도모키가 고개를 끄덕인다. "어렴풋이지만요."

"내가 아직 입장을 결정하지 못했을 때다. 환경영향평가 보고서가 나한테 왔어. 거기 '지질' 항목에 이런 말이 있더군. '암모나이트 화석 산출지가 **일부 소실**되지만 침수 구역 이외에도 널리 분포하므로 **영향은 제한적**이다'."

도가와는 숨을 뱉고 미간에 깊은 주름을 잡았다.

"그걸 읽고는 손이 떨렸어. '일부 소실' 같은 말로 정리할 수 있는 일이 아니야. 그중에서도 백악기 후기 튜로니안 연대의 노두는 남김없이 수몰됐으니까. 400만 년에 걸친 지질 시대 하나를 통째로 지워 버리고는 '영향은 제한적'이라고? 그런 말을 듣고 내가 가만히 있으면 그들을 볼 낯이 없잖냐."

"그들이라니⋯⋯." 어제 본 광경이 떠오른다. "누구, 옛 연구자들 말인가요?"

도가와가 고개를 저었다. "암모나이트들이지 뭐야."

"아아⋯⋯." 도모키는 낮은 소리를 내고 말한다. "어제, 창고 안쪽도 봤어요. 화석이 가득 보관된. 뭐랄까, 위험한 곳이던데요, 거기."

그때 느꼈던 놀라움을 전하고 싶은데, 뭔가 겸연쩍어서 솔직하게 말이 나오지 않는다.

"아니, 어느 서랍을 열어도 암모나이트, 또 암모나이트잖아요. 모든 종류를 다 갖출 셈인가 했더니, 똑같은 종류가 첩첩이 쌓였고."

말끝을 가볍게 하느라 필사적인 도모키를 도가와가 말없이 바라본다.

"'연구'란 게 원래 그런가요? 아니면, 묻혀 있는 화석은 죄다 파내야지 뭐 그건가요? 애초에 왜 그렇게들 용쓰면서 암모나이트 같은 걸." 따져 묻다시피 하지 않고는 생각을 표현할 길이 없다. "그게 일이니까요? 근데 박물관 관장은 일찌감치 그만두셨잖아요."

몇 초 뜸을 두고 도가와가 흥 하고 코웃음 쳤다.

천천히 몸을 일으키면서 말한다. "그냥 중독 같은 거야."

"중독이요?"

"흙을 만져 지층을 조사하고, 해머를 휘둘러 화석을 캐고, 기록하고, 생각해. 그걸 매일 계속하면 말이다, 중독된다고. 단순한 육체노동도 아니고 책상 앞에서 끙끙대는 것과도 달라. 머리와 몸을 동시에 쓰는 일이 인간이라는 동물의 습성에 맞는지도 모르지."

"재미있으세요?"

"해보면 알아. 피로마저도 기분 좋으니까 신기하지. 한 번 맛 들이면 늙었다고 집에 가만히 있지 못해. 다행히……." 도가와가 몸을 돌려 절벽 쪽을 바라보았다. "할 일은 아직 무궁무진하니까."

"무궁무진이라고 해봤자……." 도모키도 같은 쪽을 바라본다. "좋은 장소는 이미 수몰되어버렸잖아요? 아니면 여긴 가능성이 있나요? 뭔가 굉장한 발견을 할 수 있을 것 같다든가."

"그런 건 아무도 몰라. 모르니까 하는 거잖아." 도가와가 떫은 얼굴로 말했다. "누가 하건 상관없지만 몇 년, 몇 십 년 들여서라도 실컷 해보고, 그래도 아니면 여긴 아니구나 하고 알지. 그럼 다음 장소로 가면 돼. 아는 것이 아니라, 모르는 걸 발견해나가는 작업의 축적이라고."

도가와가 바닥에서 해머를 두 개 집어 하나를 도모키의 눈앞에 내밀었다.

"비단 과학만이 아냐. 잘 되는 것만 골라서 해나갈수록 일은 간단하지 않아. 우선은 손을 움직여야지."

편의점 도시락을 깨끗이 비우고, 돌을 베고 드러누운 도가와를 곁눈질하면서 절벽으로 돌아간다.

불발로 끝난 오전과는 달리 작업 개시 5분 만에 해머가 목표물을 건졌다. 지금껏 만난 놈들 중에 제일 거물이다. 피구공만 한 단괴다.

양손으로 안아 작은 돌 위에 내려놓고 표면의 흙을 털어낸다. 크기도 그렇고 형태도 그렇고 꽤 강적일 것 같다. 고글을 장착하고 해머를 그러쥐었다.

캉캉캉, 캉캉캉.

망치가 기세 좋게 튕겨 나온다. 단괴에는 흠집 하나 나지 않는다. 손바닥에 잡힌 물집이 아팠지만 힘을 더 넣는다.

캉캉캉. 턱을 흘러내린 땀이 단괴 위로 떨어졌다. 잠시 손을 멈추고 티셔츠 소매로 얼굴을 닦는다.

해머 소리가 멈춘 순간 귀를 찢는 매미 소리가 골짜기를 가득 채운다. 어제 스마트폰으로 검색해봤다. 깽깽매미란다.

북쪽 하늘에 붓으로 그린 것 같은 쌘비구름이 보였다. 오늘도 비가 한바탕 쏟아질지 모른다. 서두르자.

캉캉캉, 캉캉캉.

단괴를 노려보며 힘껏 내려친다.

모른다고오, 이것도 저것도. 소리가 되지 않는 말을 마음속으로 외친다.

가고 싶은 학교도, 학원에 갈 수 있을지 어떨지도, 진짜 내 마음조차도.

이곳에 와서 안 것은 단 하나. 이대로 화석이 될 수는 없잖아.

문득문득 떠오르는 생각도 해머를 내려칠 때마다 흩어져 사라진다. 대신 머릿속을 가득 채우는 것은 언젠가 눈앞에 나타날, 근사한 암모나이트의 자태……

캉캉캉, 캉캉캉.

덥다. 머리에서 야구 모자를 벗어 던진다.

캉캉캉. 팔이 나른해져도 내려치는 리듬을 늦추지 않는다.

도가와가 다가오는 것이 시야 한구석에 보인다. 도모키는 바닥의 야구 모자를 주우려 들지 않는다.

"제법 때리게 됐는데?"

옆에서 도가와가 말했지만, 도모키는 얼굴도 들지 않는다.

캉캉캉.

"완전히 빠졌군." 도가와가 히죽 웃는다.

캉캉캉.

"아니 그보다, 저는······." 도모키가 단괴를 노려보며 해머를 내려친다. "암모나이트가 정말로 오징어나 문어와 동류인지, 제 눈으로 확인하고 싶을 뿐이에요."

다음 순간, 단괴가 함몰하는 손맛과 더불어 둔탁한 소리가 울렸다.

天王寺ハイエイタス

덴노지 하이에이터스

"원래 뜻은 '중단' 이나, 지질학에서도 균열 쓰는 용어지.
다른 말로는 '부재' 인데, 퇴적물 속에
퇴적이 중단된 기간이 있는 경우를 하이에이터스라고 해."

그것은 흘려들을 수 없는 얘기였다.

"너희 형, 지금 이쪽에 와 계시냐?"

마쓰무시 상점가 찻집 '리리안'에서 선배가 물었다.

"아아, 네. 어제부터요." 콜라 위에 얹힌 아이스크림을 떠먹으면서 대답했다. "오늘, 고등학교 때 뭉쳐 다니던 친구 결혼식이라던가."

꿉꿉한 장마 한복판에 아침부터 슈트에 넥타이를 매고 나갔다. 딴에는 칠석의 결혼식인 모양인데, 참석자들은 무슨 고생인지.

"왜요?"

"실은 어제저녁, 여기서 봤잖아." 선배가 믹스주스에 꽂힌 빨대를 빼 출입구 쪽을 가리켰다. "아르바이트 끝나고 가는 길에 차 마시는데, 훌쩍 들어오셨어."

"용케 알아보셨네요? 한참 옛날에 우리 가게 앞에서 한 번 봤을 뿐인데."

"너희 형제는 네가 생각하는 이상으로 닮았거든. 네 얼굴을 한 30분 얼음물에 담갔다 꺼내면 아마 형님 얼굴이 될 거다."

"얼음물에 30분? 수박 아니거든요."

"어차피 네 머리는 수박이랑 비등비등할걸. 아무리 차게 얼려도 두뇌까지는 형님을 닮지 못해."

"당연하잖아요. 저쪽은 교토대학 나온 과학잔데."

여섯 살 위 형은 쓰쿠바에 있는 국립환경연구소라는 곳에서 일한다. 지구온난화를 연구하는 부서에 있다는데, 자세한 내용은 몇 번을 들어도 머릿속에 들어오지 않는다.

"웬일이지, 형이 여길 다 오고. 누구, 일행이 있던가요?"

"바로 그거야." 선배가 몸을 쭉 내밀었다. "너 형님 교우 관계, 파악하고 있냐?"

"아뇨, 전혀. 아, 설마……." 나도 몸을 내밀며 묻는다. "여자 만나던가요?"

형은 서른다섯 살 독신이다. 여자친구가 있다는 얘기는 지금껏 들어보지 못했다.

"그런 달달한 얘기는 아니고." 선배는 고개를 젓고, 가게 안쪽 테이블을 가리켰다. "너희 형은 혼자 저 구석에 앉아 있었어. 10분쯤 있다가 웬 아저씨가 들어와 맞은편에 앉더라고."

"아저씨라면, 어떤?"

"수상한 60줄 아저씨. 무슨 얘긴지는 안 들렸지만 둘 다 표정이

아주 심각하더라." 선배가 갑자기 소리를 낮추었다. "그러더니 형님이 가방에서 봉투를 꺼내서 건네는 거야. 아저씨가 그 자리에서 열어봤는데, 돈이야."

"얼마쯤요?"

"한 20~30만 엔은 됐다고 보는데."

혹시…… 허둥대며 확인한다.

"그 아저씨, 차림새가 어땠는데요?"

"화려한 알로하셔츠에 흰색 헌팅캡. 옅은 선글라스 꼈고. 완전 수상하지?"

"아아……."

역시.

"심상치 않아. 협박당하거나, 돈을 뜯기거나……."

"아니에요." 무리해서 웃느라 뺨에 경련이 일었다. "그 아저씨, 우리 삼촌이에요."

"삼촌이라니, 그분? 옛날에 밴드 했다는?"

"맞아요. 전직 기타리스트, 데쓰 삼촌."

"사사노가 장남은 죄다 **돌연변이**잖아."

최근 10년쯤 가족이 모일 때마다 아버지가 하는 말이다. 어묵과 한신 타이거즈밖에 모르는 아버지 입에서 '돌연변이'란다. 처음 들었을 때는 "그런 말은 또 어디서 입수하셨대?" 하고 핀잔을 주고 말았다. "어디기는, 오늘 아침 혼조에서 떼어왔지"라고 아버지는 태연히 응수했지만, 어쩌면 형이 한 말인지도 모른다. 참고로 혼조는 오사카시 중앙 도매시장이다.

아버지가 무슨 말을 하고 싶은지는 잘 안다. '사사노 어묵집'을 시작한 할아버지는 차남이다. 할아버지가 돌아가시고 가게를 이어받은 아버지도 차남이니, 이대로 내가 가게를 물려받으면 3대 연달아 차남이 점주가 된다.

'사사노 어묵집'은 아베노 마쓰무시 상점가에 작은 가게를 갖고 있다. 수제 어묵과 튀김(이른바 사쓰마아게. 잘게 썬 채소 등을 섞어 튀긴 어묵으로, 간토에서는 사쓰마아게, 간사이에서는 튀김이라 부르는데, 일반 튀김이 아닌 '어묵 튀김'을 가리킨다)을 파는 개인 상점은 지금은 오사카에서도 흔치 않다. 창업 이래 한결같이 수제를 고집하며 동네 단골들을 의지해 길고 가늘게 이력저력 55년을 보냈다. 경영이 위태로운 시기도 몇 번 있었다는데 할아버지도 아버지도 오로지 참을성 하나로 버텨왔다. 어떤 의미로는 '평범'한 인간이기에 가능했을 것이다.

한편 장남들은 '평범'하다고 할 수는 없다. 할아버지의 형님은 어릴 적부터 좌우지간 그림만 그리더니, 열다섯 살에 '종이연극 작가가 되겠다'면서 집을 뛰쳐나가 유명한 선생 밑에 제자로 들어갔다. 행동력 하나는 대단하지만, 아무튼 별나다. 그런데 딱하게도 꿈을 펼쳐보기 전에 소집 영장을 받고 전장에 불려가 필리핀에서 전사하고 말았다.

아버지의 형님 데쓰하루(일명 '데쓰 삼촌')는 아버지보다 세 살 많으니까 올해 예순세 살이 될 터다. 상점가 구석의 망한 스낵 바

2층을 빌려 혼자 살고 있다. 데쓰 삼촌은 전직 프로 블루스 기타리스트로, 전직 라이브하우스 점장, 전직 바텐더, 전직 유흥업소 호객 아르바이트, 그 밖에 잡다한 '전직 ○○'를 거쳐 현재 백수다. 본인의 주장은 좀 다르지만. 신세카이 근처의 서서 먹는 술집에서 옆 손님이 "그쪽은 뭐하시는 분이래?" 하고 물을라치면 빙긋이 웃고 그저 "블루스 합니다"라는 것이 입버릇이다. 음악 한다는 의미는 아니다. 자신의 삶 자체가 블루스라 말하고 싶은 것이다.

찻집 '리리안'을 나와 가게 겸 자택을 향해 상점가를 걷고 있으니 건너편에서 본인이 나타났다. 낡아빠진 마마차리엄마인 '마마'와 자전거의 속칭인 '차린코'를 합쳐 만든 조어로, 바구니와 아이용 의자가 달려 있고 주로 여성들이 많이 탄다에 한껏 다리를 벌리고 올라앉아 흐늘흐늘 이쪽으로 달려온다. 왜건에 세일품을 늘어놓던 '부티크 다나카' 주인아주머니가 그 모습을 보고 얼굴을 찌푸린다.

이윽고 데쓰 삼촌이 듣기 싫은 브레이크 음을 내면서 자전거를 세웠다.

"여, 다케루." 선글라스를 콧등까지 내리고 말한다. "수련 중인 몸께서 뭘 어슬렁거리고 있냐. 얼른 가서 일 안 해?"

"뭐예요, 데쓰 삼촌이야말로." 혀를 차고 되받는다. "가게에 슬렁슬렁 얼굴 내밀 거면 가끔은 도와주고 가시라고요. 펑펑 놀면서."

"바보. 누가 놀아? 바빠서 쩔쩔매는데."

"벌건 대낮부터 한잔하느라고 바쁘신가요?" 녹슨 바구니를 가리키며 말했다.

싸구려 소주 한 병과 우리 가게 '연근생강 튀김'(아버지가 고안한 인기 상품이다)이 한 팩 들어 있다. 연근생강 튀김은 가게 냉장 케이스에서 슬쩍했을 테지만, 아마 전리품은 그것만이 아니리라. 그보다 물어볼 일이 있었다.

"저기, 네쓰 삼촌." 진지한 얼굴로 말한다. "형 얘긴데요……."

"마사루가 어쨌는데?"

거기서 멈칫했다. 형에게 먼저 확인하는 편이 좋을 것 같았다.

"아뇨……."

말을 돌린다.

"네 형, 벌써 왔냐?"

"아직인 것 같은데요."

"그래? 뭐 2차라도 갔겠지."

데쓰 삼촌이 흰색 헌팅캡을 벗고 백발을 뒤로 쓸어 넘긴다.

"그나저나 마사루도 한가하게 남 결혼식이나 갈 때냐고. 여자친구라도 생겼는지 어쨌는지."

"그런 말, 형도 데쓰 삼촌한테는 듣고 싶지 않을걸요."

데쓰 삼촌은 히히히 하고 니코틴에 찌든 이를 드러내고는 헌팅캡을 눌러쓰고 유유히 사라졌다.

"대체 생각이 있어, 없어!"

가게 앞까지 오자 엄마의 쩌렁쩌렁한 호통이 들렸다.

"이달만 벌써 네 번째야!" 진원지는 안쪽 조리장이다. 그 서슬에 지은 지 55년 된 건물이 흔들린다. "우리 집이 부자야? 적십자야? 구세군이냐고? 환갑 지난 건달한테 줄 돈이, 어디 있다고!"

"그런 말 말고……." 아버지가 입에 붙은 변명을 모깃소리만 하게 재탕한다. "별수 없잖아. 무전취식이라도 하면 어쩌냐고."

역시. 또 데쓰 삼촌한테 돈을 건넨 모양이다. 짧은 한숨을 내뱉고 조리장을 들여다본다. 아버지가 구원군을 만난 것처럼 눈꼬리를 내린다.

"밖에까지 전부 들리거든요." 두 사람에게 말했다. "손님들, 무서워서 다 도망가요."

"넌 어딜 어슬렁거리다 와?" 엄마가 굵은 목을 이쪽으로 비튼다. 느닷없이 화살이 날아온다. "코앞 은행에 돈 바꾸러 가는데 왜 한 시간이나 걸려?"

"별수 없잖아." 아버지와 똑같은 대사가 무심코 흘러나와 자기혐오에 빠진다. "도중에 선배한테 붙들린 걸 어떡해요. 옷 갈아입고 바로 내려올게요."

조리장 옆 흙바닥에서 신발을 벗고, 도망치듯 2층으로 올라왔다.

한 3년 전부터 데쓰 삼촌이 아버지를 찾아와 손을 벌리게 되었다. 작년에 완전히 무직이 된 후로는 횟수가 늘어나는 추세다. 한 달에 몇 번, 훌쩍 가게에 나타나서는 "1만 엔도 좋소, 2만 엔도 좋소" 하고 돈을 타 간다. 엄마 말로는, 미수에 그치기는 했지만 계산대 돈을 슬쩍하려던 적도 있단다. 말할 필요도 없지만, 돈을 갚으러 온 일은 없다.

그뿐인가. 주점에서 다른 손님과 다투거나, 만취해 길에서 뻗어 잠들거나 해서 거의 매달 경찰 신세를 진다. 그때마다 신병을 인수하러 가는 사람은 아버지다. 아버지는 좌우지간 데쓰 삼촌에게는 기를 못 편다. 어려서부터 부하 취급당하던 세력 구도에서 지금도 벗어나지 못한 것이다. 당연하지만 엄마는 데쓰 삼촌이라면 진저리를 낸다.

데쓰 삼촌이 프로 기타리스트로 활동한 것은 사실이다. 20대에 활약했던 밴드는 간사이 지방 블루스 무대에서는 꽤 알아줬던 모양이다. 앨범도 세 장 냈다. 밴드 해산 뒤에는 실력을 인정받아 다른 아티스트의 반주나 스튜디오 뮤지션으로 활동했다. 본인은 그걸로 만족하지는 않았을 것이다. 다시 무대에도 서고, 메이저 레이블에서 앨범도 내고 싶었으리라.

꿈은 이뤄지지 않은 채 데쓰 삼촌은 마흔이 됐고, 우나기다니 바에서 알게 된 미치코 씨라는 사람과 세 번째 결혼을 했다. 참고로 첫 결혼은 스물두 살, 두 번째는 스물아홉 살 때다. 데쓰 삼촌의 여성 문제 탓에 두 번 다 1년도 못 갔다는 후문이다.

미치코 씨는 딱 한 번 만난 적 있다. 내가 일고여덟 살 때니까 얼굴은 기억하지 못한다. 유일한 기억이라면 "역시 도쿄 사람이라 세련되셨네" 하고 엄마가 날린 빈말이다. 나중에 들은 바에 의하면 미치코 씨는 공인회계사로, 당시 도지마의 대형 회계사무소에 근무했단다. 딱딱한 세계에서 살아온 여성의 눈에는 데쓰 삼촌 같은 남자가 신선하게 비쳤는지도 모른다.

미치코 씨와의 사이에는 처음으로 아이가 생겼다. 여자애로, 이름은 미카. 말만 사촌이지 형이나 나나 얼굴 한 번 본 적 없다. 그도 그럴 것이 미치코 씨가 출산하러 본가가 있는 도쿄로 갔다가 오사카로 돌아오지 않았으니까. 이것도 나중에 안 일인데, 원인은 이번에도 데쓰 삼촌의 여성 문제였다. 미치코 씨가 임신한 사이 바람을, 그것도 몇 번이나 피웠다니까 동정의 여지는 없다.

데쓰 삼촌은 이때 인생 최초로 갱생을 도모했다. 딱히 돈벌이도 되지 않는 음악은 깨끗이 접고, 라이브하우스 월급 점장으로 취직했다. 미치코 씨가 있는 도쿄로 몇 번이나 찾아가, 개과천선을 맹세하며 한 번만 더 기회를 달라고 읍소했다. 아무래도 딸과 살고 싶었던 것이리라.

미치코 씨 마음은 끝내 변하지 않았고 두 사람은 그대로 이혼했다. 마지막에는 '두 번 다시 눈앞에 나타나지 말라'고 못을 박더란다. 모르긴 해도 데쓰 삼촌은 그때 이후로 한 번도 도쿄에 가지 않았지 싶다.

아무튼 그런 연유로 데쓰 삼촌은 사사노가에서 알아주는 문제아, 확실히 말해 골칫덩이다. 아버지 다음으로 가까운 집안 어른이지만, 어릴 때부터 같이 놀아본 기억도 세뱃돈 받아본 기억도 없다. 그나마 우리 형제가 직접 피해를 입는 일은 없었는데. 데쓰 삼촌이 마침내 형에게까지 손을 벌리기 시작했다는 일이(그게 사실이라면 그렇다는 말이지만) 충격이었다.

＊

빨간불에 걸리자 조수석의 형이 "아아" 하고 소리 내어 하품했다.

형의 옆얼굴을 흘금 엿본다. 졸려 보이지만 얼굴빛은 말짱하다. 술은 건배의 샴페인에 입술만 댔을 터다. 형도 나도 술 한 방울 못 먹는 체질이다. 형제간에 유일하게 닮은 점이랄까.

"미안하네? 피곤할 텐데."

"그럼 가자는 말을 말아야지." 형이 어이없는 표정으로 웃었다.

형이 돌아온 것은 밤 9시 전, 신랑 신부 부재의 3차까지 참가한 눈치다. 내일 아침 신칸센으로 쓰쿠바로 돌아간다니까, 그 일을 물어보려면 오늘 밤뿐이다. 방 세 개가 장지문으로 나뉘었을 뿐인 집에서 할 얘기는 아닌 것 같아 난코로 밤낚시를 가자고 꾀었다.

다행히 해 질 녘에 비가 그쳤다. 가게 경트럭에 낚시 도구를 싣고, 목욕하고 나온 형을 납치하다시피 태워 집을 나왔다. 아베노스지에서 스미노에 대로를 서쪽으로 달리는 20분 정도의 드라이브다.

"낚시라니, 10년 아니 무려 15년 만인 것 같은데." 형이 앞 유리창을 바라보며 말했다. "너는 종종 다녀?"

"나도 한참 손 놨는데, 한 반년 전부터 가끔."

밴드를 그만두고 시간이 남아돌아서다.

형도 간파했는지 무심한 척 묻는다. "요새는 아버지 옆에 붙어 착실하게 일하나 보다? 음악은 이제 완전히 접었어?"

"응. 베이스도 먼지가 수북해. 그나마 서른 전에 단념하고 **갱생**했으니까. 데쓰 삼촌하고는 다르다고."

무리해서 가볍게 말했지만, 데쓰 삼촌과 비교하는 일 자체가 이상하다. 저쪽은 버젓한 전직 프로다. 나는 기껏 아마추어 록 밴드로, 자비 제작한 앨범을 한 장, 라이브하우스에서 제 손으로 팔아봤을 뿐이다.

다섯 멤버 가운데 작곡을 맡았던 리더만은 언젠가 메이저에 데뷔할 수 있다는 근거 없는 자신감에 충만했다. 다른 멤버는 그의 기개에 묻어갔을 뿐. 그런 밴드에 맹하게 5년이나 붙어 있었던 자신이 제일 한심하다. 작년 연말, 드럼이 관두겠다는 말을 꺼낸 걸 계기로 각자 품고 있던 불만이 한꺼번에 표면화되었고, 밴드는 공중분해하고 말았다.

그러므로 꿈을 단념한 것 같은 말투는 어불성설이다. 음악으로 성공하겠다는 꿈은 꾼 적도 없거니와 노력 비슷한 것도 해보지 않았으니까. 그래도 형 앞에서는 자신도 한때 진지하게 프로를 목표로 했던 척하지 않으면 모양새가 빠졌다.

난코구치를 지나자 도로 좌우에 거대한 창고들이 보인다. 오렌지색 가로등이 드문드문 있을 뿐 어둑하다. 오가는 차는 얼마 없고 갓길에 트레일러와 대형 트럭이 염주 꿴 듯 줄지어 서 있다. 창밖을 바라보던 형이 다시 하품을 했다.

형의 돌연변이로 말하자면 데쓰 삼촌과는 정반대다. 일찍이 초등학교 입학 무렵부터 "진짜 우리 애 맞아?" 하고 부모님이 수시로 얼굴을 마주 보고는 했단다. 집에 오면 누가 시키지 않아도 숙제부터 해치운다. 시험은 언제나 100점. 생일 선물로 사달라는 것은 어린이용 과학 책. 제일 좋아했던《우주와 지구의 비밀》시리즈 전 5권이 형이 쓰던 책장에 지금도 꽂혀 있다.

터울이 꽤 져서인지 형제끼리 싸운 기억은 거의 없다. 형이 곧잘 공부를 봐주었다. "아, 몰라" 하고 연필을 집어던져도 "모르는 게 아냐, 생각을 안 하는 것뿐이지" 하고 참을성 있게 가르쳐주었다. 밑바닥 고등학교를 면한 것은 형 덕분이다.

형은 동네 공립중학교에서 부립 덴노지오사카 덴노지구 남부와 아베노구 북부에 펼쳐지는 번화가 고등학교를 거쳐 단번에 교토대학에 합격했다. 이 일대 점잖은 가정의 자제는 아닌 아이가 갈 수 있는 최고의 엘리트 코스다. 졸업 후 대학원에 진학해 박사 학위를 따고 미국으로 유학, 쓰쿠바 국립환경연구소에 자리가 나서 4년 전에 귀국했다.

아버지도 어머니도 나도 고졸이고, 데쓰 삼촌은 심지어 고등학교 중퇴다. 가까운 친척 중에도 대졸은 거의 없다. 그런 사사노가에서 형은 그야말로 희망의 별, 이어야 하는데 실은 이물감 쪽이 강하다. 교토대학, 박사, 지구온난화. 그런 말을 나열해봤자 까마아득한 고층 빌딩을 올려다볼 때처럼 현기증만 일어난다. 형이 귀성할 때마다 아버지는 화제를 찾느라 허둥대고, 엄마도 형 앞에서는 묘하게 긴장한다.

어느새 가모메대교에 접어들었다. 목적지인 제방은 다리를 건너면 나오는 매립지 끝에 있다.

작은 접의자 두 개를 제방에 펼치면서 형이 말했다. "잘도 찾아냈구나, 이런 데를."

"숨은 명당이지? 언제 와도 독차지야."

매립지 끝에 녹지가 약간 있고, 초목을 헤치고 나가 안쪽의 낮은 울타리를 넘으면 50미터쯤 되는 제방이 바다를 향해 뻗어 있다. 오늘 밤도 다른 낚시꾼의 모습은 없다.

일대는 어둡지만, 완전한 어둠은 아니다. 제방 중간까지 녹지의 상야등 불빛이 희미하게 닿는다. 꿈쩍도 않는 축축한 공기 탓인지 갯내음에 섞인 진흙 찌꺼기며 기름 냄새가 유독 코를 찌른다.

가져온 랜턴을 밝히고, 형의 것까지 가짜 미끼를 만들어준다.

"루어야? 별로 안 해봤는데." 형이 말했다.

"최근엔 웜으로 전갱이 잡는 게 붐이야. 사비키 낚시_{주로 내항 쪽에서} 미끼 없이 여러 개의 바늘을 단 낚싯줄을 내려 하는 낚시는 재미없고, 미끼낚시는 귀찮고."

사실 처음 낚시를 가르쳐준 사람은 형이다. 초등학교 때는 형이 곧잘 난코 바다낚시 공원에 데려가주었다.

십 몇 년 만에 형제가 나란히 낚싯대를 던진다. 루어가 어둠 속 어디까지 날아갔는지는 몰라도 퐁, 퐁, 물소리가 두 번 들렸다. 낚싯대 움직이는 법을 형에게 가르쳐주면서 천천히 릴을 감는다.

언제 봐도 뭔가를 그득 품은 듯 검고 탁한 오사카만. 이 거대한 물구덩이가 푸른 외양과 이어진다고는 정말이지 생각할 수 없다. 한밤중에도 끈끈한 바닷물의 농도를 느낄 수 있다. 멀리 정면에 보이는 것이 고베의 야경으로, 오른쪽의 빛 덩어리는 난코 포트타운이다. 습기 탓인지 거리의 불빛이 번져 보인다.

어느 쪽 낚싯대에도 입질은 오지 않는다. 어차피 낚시에 집중하기는 틀렸고, 슬슬 말을 꺼내려는데 형이 먼저 입을 열었다.

"뭐, 할 말 있는 거 아니야?"

"아…… 눈치챘어?"

과연 형이다.

"너는 생각하는 게 바로 얼굴에 나오니까. 무슨 얘긴데? 가게 일이야?"

"아니, 데쓰 삼촌."

"또 무슨 사고라도 치셨어?"

낚싯대를 움직이는 손을 멈추고 형 쪽으로 몸을 튼다.

"형, 어제 '리리안'에서 데쓰 삼촌 만났다며? 지인이 봤대. 형이 돈 건네줬다던데, 사실이야?"

형이 말없이 릴을 감아 루어를 끌어당겼다. 그대로 접의자에 몸을 내려놓고, 바다를 바라본 채 말한다. "지난달에 미카를 만났어."

"미카라니…… 그 미카?"

놀랐다. 데쓰 삼촌 딸이다.

"느닷없이 쓰쿠바 연구소로 찾아왔더라. 진짜 놀랐어. 얼굴도 본 적 없으니까. 내 근무처는 미치코 씨가 엄마한테 물어본 모양이야."

미치코 씨는 미카의 엄마, 데쓰 삼촌의 마지막 '전 부인'이다.

"왜 또 갑자기?"

나는 허둥대며 낚싯대를 내려놓고 접의자를 바짝 가져간다.

"미카가 도쿄에서 음대에 다닌대. 지금 성악과 4학년인데, 졸업하면 이탈리아로 유학 간다더라."

"굉장하다. 데쓰 삼촌 피를 물려받았구나."

"미카는 철든 뒤에 아버지를 만난 적이 없어. 아버지가 제법 이름 있는 기타리스트였다는 건 알았다는데. 스무 살 때 이혼 당시의 일을 엄마한테 들었대. 미카는 아버지가 자기 때문에 음악을 버렸다고 생각하더라."

"뭐 그렇게 단순한 일은 아니겠지만. 계기가 된 건 분명하지."

"응." 형도 동의한다. "본인도 음악 하는 사람이니 그게 괴로웠겠지. 아버지 만날 용기는 아직 없다면서, 나한테 물으러 왔어. 아버지는 이제 기타 연주할 생각이 전혀 없는지, 딸을 어떻게 생각하는지, 그리고 아버지는 그걸로 후회 없는지. 떠나기 전에 대답을 듣고 싶은 모양이야."

"형은 뭐랬어?"

"나는 잘 모릅니다. 동생한테 물어볼게요, 라고."

"아니, 거기서 내가 왜 나와?"

입을 뾰족 내밀자, 형이 웃음을 터뜨렸다.

"사실 다케루, 넌 어떻게 생각해?" 이내 진지한 표정을 지으며 묻는다. "데쓰 삼촌, 기타는 다시 연주하지 않을 작정일까?"

"나 그거 본인한테 물어본 적 있어."

"진짜?"

"응, 나 밴드 그만뒀을 때. 데쓰 삼촌이 '다케루의 록은 이걸로 끝이냐' 하고 놀리니까 울컥해서. '그쪽이야말로 블루스, 블루스, 입으로만 하잖아요. 기타는요? 완전히 접었어요?' 그랬더니 '하고 싶어도 이제 못 해, 히히히'래."

"왜? 실력이 녹슬어서?"

"그것도 있고, 기타도 없고, 겠지. 수중에 하나도 없거든."

"그래, 나도 아버지한테 들었어."

"기타뿐인가, 데쓰 삼촌 방엔 아무것도 없어. 그 많던 레코드, CD, 악보, 음악 잡지 할 것 없이. 텅 비었어."

"우리 어렸을 때는 발 디딜 틈도 없었잖아. 전부 버렸다고?"

"뭐 그렇지."

얼버무린 것은 **환경**이라는 이름이 들어가는 연구소에 근무하는 형에게는 말하기 곤란한 일이었기 때문이다. 이건 데쓰 삼촌과 나만 아는 일이지만, 비밀로 하기로 약속한 기억은 없다. 이 기회에 털어 놓기로 했다.

"데쓰 삼촌이 갖고 있던 음악 관계 물건들은……." 조금 전까지 낚싯줄을 늘어뜨렸던 눈앞의 바다를 손가락으로 가리킨다. "죄다 여기 가라앉아 있어."

"뭐어?" 형이 미간을 찡그린다. "바다 밑바닥에?"

"응. 이 제방을 가르쳐준 사람도 실은 데쓰 삼촌이야. 딱 여기서, 바다로 던져버렸어. 요 10년쯤은 나도 해마다 거들었다고."

"해마다?"

이야기를 따라오지 못하는 형에게 우선 확인한다.

"형, 마지막으로 데쓰 삼촌네 간 게 언제야?"

"글쎄, 적어도 중학교 들어간 후로는 한 번도 안 갔지?"

"그렇겠지. 나는 꽤 드나들었거든. 아버지 심부름으로 때때로 튀김 갖다주느라. 현관 앞에서 건네고 방까지는 안 들여다봤지만. 처음 이변을 느낀 게 중1인가 중2 때였어. 몇 년 만에 방에 들어갔는데 그 많던 기타며 앰프가 확 줄었잖아. 책꽂이도 텅텅 비었고. 어떻게 된 거냐고 했더니, 히죽 웃고 '오사카만에 가라앉혔어'라잖아."

데쓰 삼촌이 들려준 얘기는 이러했다.

시초는 미카가 태어난 이듬해라니까 21년 전이다. 음악을 그만둔 데쓰 삼촌은 한 가지 결심을 했다. 음악에 관계되는 물건을 **해마다 조금씩** 처분하자. 어김없이 12월 30일 한밤중에 난코로 가져가서 바다에 던지는 중이란다.

첫해에 버린 것은 옛날에 활약했던 밴드의 앨범 세 장과, 관련 기사가 실린 음악 잡지들. 이듬해 이후는 그 밖의 잡지와 악보, 앰프와 이펙터 등 주변기기로 넘어갔고 마침내 기타를 버리기 시작했단다. 그러나 상대는 데쓰 삼촌이다. 설령 버린다 쳐도 장소가 아무려니 오사카만일까. 거짓말이 아니었음을 안 것은 고2 때로, 방대한 양의 레코드를 폐기할 타이밍에 데쓰 삼촌의 요통이 도졌다. 우는소리를 해서 그해 연말 처음으로 내가 거들었다.

그 후로 연례행사가 됐다. 좋지 않은 일인 줄은 잘 안다. 그러나 한편으로 폐기물 처리장에 내놓거나 푼돈에 팔아치우고 싶지 않은 심정도 알 것 같았다. 다행이라고 할까, 누군가의 눈에 띄어 주의를 받은 적은 한 번도 없다.

"마지막으로 버린 게 재작년 연말이었어. 드디어 더 버릴 것도 없어진 거야. 비우는 데 딱 20년 걸렸다면서 혼자 흐뭇해했어."

조용히 듣고 있던 형이 한숨을 뱉었다. 바닷물에 눈길을 떨어뜨린 채 띄엄띄엄 중얼거린다.

"퇴적해 있는 건가. 여기에, 20년분이."

"퇴적이라니, 무슨 소리야?"

형이 얼굴을 들고, 대답 대신 묻는다. "다케루, 너 형이 뭘 연구하는지 알아?"

"지구온난화. 바다 밑 진흙 연구. 그 정도밖에 모르는데." 변명하듯 덧붙인다. "아니, 바다를 오염시킨 거는, 나도 나쁘다고 생각해. 그래도……."

"그런 의미가 아니야." 형이 웃음 지으며 고개를 저었다. "내 연구 분야는 고古기후야. 바다나 호수 밑바닥에 쌓인 퇴적물은 과거의 환경을 기록한 테이프리코더 같은 거거든? 선박이나 시추탑 같은 데서 굴삭해 긴 원통 모양의 코어 자료를 채굴해. 그걸 실험실에서 분석해 옛 기후를 조사하지. 지금 있는 부서는 분명 지구온난화 문제를 다루지만, 내 일은 미래 예측이 아니야. 오히려 그 반대지. 과거 수천수만 년의 기후 변천을 복원해 현재 일어나는 온난화가 얼마나 이상 현상인지 검토하는 거야."

"퇴적물이라면 진흙이나 흙을 말하는 거야? 그런 걸로 옛날 기후를 알 수 있다고?"

"이를테면 호수의 퇴적물 안에는 가늘고 예쁜 줄무늬가 보이는 것이 있어. 계절별로 조금씩 색깔이 다른 층을 이루니까."

"나무의 나이테처럼?"

"그렇지. 퇴적물의 경우는 '연층'이라고 하지만. 줄무늬 개수를 꾸준히 헤아려나가면 몇 년 전에 쌓인 진흙인지 알 수 있거든. 말하자면 연대의 눈금이지. 줄무늬가 없는 경우는 방사성 탄소연대나 산소 동위체비를 분석해서……."

내 얼굴을 보더니 형이 쓴웃음을 떠올리고 설명을 단축한다.

"아무튼 퇴적물의 연대를 결정하는 방법은 몇 가지 있다는 말이야. 그런 다음 줄무늬 속에 어떤 물질이 포함됐는지 조사해. 이것도 여러 가지 있지만, 제일 알기 쉬운 거는 꽃가루야. 진흙 속에서 꽃가루를 찾아내서 같은 식물 종류끼리 묶어. 그 시대에 어떤 식물이 우거졌는지 알면 당시의 기후…… 기온이며 강수량을 알 수 있어."

"그런 거구나. 처음으로 이해했다."

"이해는 했는데 그래서 뭐, 하는 얼굴인데?"

"뭐 솔직히."

형이 작게 소리 내어 웃고는 바다로 눈길을 돌린다.

"후쿠이의 와카사만 근처에 스이게쓰코라는 호수가 있는데, 거기 퇴적물은 과거 7만 년분 연층이 거의 완벽하게 보존된 걸로 세계적으로 유명하지. 내가 학생일 때, 그 코어 자료 분석을 거든 적 있어. 줄무늬 '읽는 법'을 배우면서 연층을 헤아려 나가자 어느 날을 기점으로 줄무늬 외의 것이 보이는 거야."

"뭐, 눈을 하도 혹사해서 요정이라도 나왔어?"

"그거랑 비슷해." 형이 또 웃는다. "인간."

"응? 뭔 소리야?"

"그때 내가 담당했던 것은 3만 년 전 자료였거든. 후기구석기 시대니까 일본열도에도 인간이 살고 있었어. 3만 년 전부터 지금까지, 대충 1000세대쯤인가. 태어나고, 아이 낳고, 죽고. 그걸 단순 반복만 한 게 아니야. 더위에 시달린 해가 있는가 하면, 추위로 몸서리친 해도 있어. 홍수가 나거나 가뭄이 지거나. 우리 몸에 여러 가지 일이 일어나는 것처럼 그들의 일생에도 다사다난한 일이 있었을 거야. 연층은 그것을 1년 단위로 꼬박꼬박 기록해두지."

"단순한 눈금이 아니란 말이구나."

"당시 사람들이 어떤 시대를 살아왔는지 상상할 수 있게 되면 코어 자료의 줄무늬가 마치 일기처럼 보여. 사랑스러워져. 누군가의 소중한 기록을 보는 기분이 들어. 고기후의 세계에 빠져버린 건, 그게 계기야."

"형답다."

형은 처음으로 겸연쩍은 것처럼 인중에 주름을 잡고, 칠흑 같은 바닷물을 들여다보았다.

"여기 쌓인 데쓰 삼촌의 퇴적물도 조사해보면 뭔가 알 수 있을지 몰라."

"뭔가라니?"

"데쓰 삼촌의 머릿속. 만일 네가 삼촌이면 어떤 순서로 버릴래?"

"그야 추억이 깃든 물건이나 값나가는 물건은 뒤로 미루겠지?"

"처음에 버린 게 자신들 앨범이랑, 기사가 실린 잡지랬지? 추억의 물품이지만, 과거의 영광은 아무래도 좋았던 걸까."

"아니면 제일 먼저 그것부터 떨쳐내야 한다고 생각했거나."

"그렇군." 형이 진지한 표정으로 팔짱을 지른다. "값나가는 물건 하면 기타지. 그것도 비교적 빠른 단계에 버렸어. 기타라면 다시 사면 된다 그건가?"

"모르지 뭐. 데쓰 삼촌이 자랑하던 명기가 하나 있었던 모양인데, 그것도 악기류 마지막에 버린 것 같아."

"명기? 어떤 기타인데?"

"깁슨 풀 어쿠스틱. 그 이상은 몰라. 내가 거들기 시작한 게 고2 겨울이잖아. 마침 그 전해에 마지막으로 그것도 버렸나 보더라고. 그니까 어떤 모델이었는지는 나도 몰라."

"흠."

형은 뭔가 생각하는 것처럼 먼 곳을 바라보았다.

"아깝단 생각 들잖아? 그래서 아버지한테 얘기했어. 버린 장소는 덮어뒀지만. 아버지 말로는 **짝퉁**이래."

"기타에도 위조품 같은 게 있어?"

"아니, 이른바 명기로 통하는 모델을 흉내 내서 만든 염가품이라는 거지. 비싸게 팔 수 있는 거면 왜 버리느냐고 아버지는 그러시대? 내 생각도 그렇지만, 아무튼 상대는 데쓰 삼촌이니까."

"으음."

형이 또 김빠지는 소리를 냈다.

"그다음이 레코드랑 CD 컬렉션이야. 생산이 중지된 것도 있을 테니까 바로 버릴 기분은 안 들었는지도 몰라."

한동안 침묵하던 형이 어둠을 바라본 채 불쑥 말한다. "하이에이터스군."

"하이에이터스? 그게 뭐야?"

"아무것도 아냐. 그냥 혼잣말." 형이 나를 바라보며 물었다. "레코드 다음은?"

"오래된 공책들. 그걸로 끝이야. 무려 몇 십 권인데, 넘겨보니까 코드 진행이랑 가사가 지저분한 글씨로 사방에 적혀 있었어. 레코딩할 날을 꿈꾸면서 곡이나 모티프를 적어뒀겠지. 그걸 마지막까지 품고 있었던 심정은, 뭐 좀 알 것 같아."

"그게 재작년이라고?"

"응…… 아, 아니다, 아니야." 갑자기 생각났다. "그건 3년 전, 재작년은 음악이랑 아무 관계도 없는 '자원 쓰레기' 버리는 데 동원됐다고."

"자원 쓰레기?"

"빈 병. 열 몇 병쯤 됐나. 방을 싹 비우고 보니 구석에 처박혀 있던 쓰레기가 나왔겠지 뭐. 라벨은 없었지만 보나 마나 술병일걸."

"그런 걸 일부러 여기까지 버리러 왔다고?"

"응. 최후의 그것만은 정말로 순수한 불법 투기지."

결국 그날 밤은 한 마리도 잡지 못했다. 데쓰 삼촌에게 돈을 건넨 건에 대해 대답을 듣지 않은 사실을 이불 속에서 깨달았지만, 다음 날 일어났을 때 형은 이미 집을 나간 뒤였다.

*

'장마 걷히면 열흘' 장마가 끝나면 태평양 고기압 세력의 영향으로 무덥고 쾌청한 날이 열흘쯤 이어진다는 뜻이라더니, 아무튼 불볕더위가 기승을 부린다. 상점가 아케이드는 볕을 가려준다기보다는 찜통 뚜껑처럼 거리에 열기를 가두고 있었다. 1분도 걷지 않아 땀이 관자놀이를 타고 흘러갔다.

그 뒤 데쓰 삼촌은 얼굴도 보지 못했고, 형도 연락할 기회가 없었으므로 예의 돈 봉투 문제도 미카 건도 허공에 매달린 채다.

하이에이터스.

그날 밤 형이 중얼거린 말만은 아무래도 신경 쓰여서 인터넷을 검색해봤다. 무료 디지털 사전에 의하면 '①중단, 잠시 쉼 ②지구온난화에 의한 기온 상승이 일시적으로 정체하는 현상'이란다. 형의 전공으로 생각하건대 ②로 짐작된다. 그건 알겠는데, 형이 무슨 말을 하고 싶었는지는 모르겠다. 상승세를 타던 데쓰 삼촌의 인생이 일시적으로 정체 중이라는 건가? 그렇다면 사실과 너무 다른데? 상승세였던 것은 20대 무렵뿐이고 그 뒤로는 줄기차게 하강 곡선을 그리는 중일 터다.

끌차를 밀며 걷는 할머니가 "아주 가마솥더위네?"라며 알은체를 했다. 어쩐지 낯익은 얼굴이니 가게 손님인지도 모른다. 순간 가게 앞치마를 두른 채 나온 사실을 알아차렸다. 허둥대며 벗으면서, 앞치마 두른 모습을 아직 부끄럽게 느끼는 자신이 부끄러워진다.

반년 전쯤부터 가게에 나오면서 상점가 사람들과 손님에게 "수재 형님은 잘 지내고?"라는 인사를 수시로 듣게 되었다. "네, 덕분에요" 하고 웃어넘기는 데는 이골이 났지만, 비교당하는 것 같아서 씁쓸하다. 형에게 콤플렉스가 없다면 거짓말이다. 다만 형의 우수함에 대한 열등감은 아니다. 그 증거로 데쓰 삼촌에게도 똑같은 기분을 품고 있다. '평범'하고 싶지 않으면서도 '평범'할 수밖에 없는 자신, 전형적인 사사노가 차남, 콤플렉스라면 그쪽이다.

고등학교 시절 베이스를 시작했다. 중학교 때부터 친했던 친구 꼬임에 넘어가 경음악부에 들어갔다. 데쓰 삼촌은 이미 음악을 그만둔 후니까 삼촌의 영향이랄 수는 없다. 딱히 록을 좋아했던 것도 아니다. 여자애들한테 인기를 얻고 싶다는 저의가 낮춰 잡아 80퍼센트. 당시 부부장이었던 사람이 선배다. 특별히 인기를 구가하는 일도 없이 문화제 때만 반짝 빛나는 안온한 3년을 보내고, 진로 미정인 채 졸업했다. 로커입네 하는 열여덟 살짜리에게 어묵 만들기가 천직으로 보일 리도 없다. 마찬가지로 백수 신세였던 선배가 밴드에 넣어준다기에 꼬드겨서 일단 음악을 계속하기로 했다.

아르바이트 가고, 연습하고, 한밤 패밀리 레스토랑에서 시시한 잡담으로 달아오르고, 가끔 라이브에 출연한다. 그런 속 편한 나날은 4년 만에 느닷없이 끝났다. 어느 날 선배가 "기타 록은 이제 낡았어,

앞으로는 믹스처주로 일본에서 널리 퍼진 록 장르거든" 하고 선언하고는 일방적으로 밴드를 해산한 것이다. 선배는 지금도 힙합계 사람들과 어울리는 눈치인데, 집이 가깝기도 해서 여전히 친하게 지낸다.

그 뒤에 가입한 것이 반년 전에 해산한 밴드다. 라이브하우스에서 알게 된 리더가, 베이스가 갑자기 그만뒀다며 다음 라이브까지 대타를 부탁한 것이 계기였다. 높이 살 만한 실력은 없지만 음악성이 이러쿵저러쿵 주장하는 일도 없다. 그 점이 리더로서는 다루기 쉬웠으리라. 야금야금 정식 멤버로 눌러앉았다.

돌이켜보면 한심하다. 뭐 하나 스스로 결정한 일이 없다. 만일 친구가 요시모토 양성소요시모토흥업이 창립한 신인 탤런트 육성을 위한 기관에 들어가자고 꾀었으면 개그맨을 목표로 할 뻔했다. 딱히 의지가 없어도 기타 케이스를 메고 걷는 한 '평범한' 백수는 아니라고 자신을 속일 수 있다. 그뿐이었다.

아니, 더 솔직하게 말하자. 어묵 가게 따위 절대 싫다는 한편, 여차하면 가업을 물려받으면 된다고 생각했다. 앞뒤도 안 맞거니와 철이 한참 없는 생각이지만, 그게 진심이었다. 그러기에 한가하게 밴드나 할 수 있었겠지. 말하자면 그건 그냥 놀이였다.

내년이면 서른이다. 형처럼 망설임 없이 이거다, 하는 길은 끝내 발견하지 못했다. 데쓰 삼촌처럼 와일드 사이드를 걸을 용기도 없다. 그럭저럭 어묵 가게 3대 점주로 낙착되려 하는 현실에 내심 안도감을 느낀다. 그런 자신의 '평범함'이 때로 참을 수 없이 싫어진다.

좁다란 계단을 올라가 찻집 '리리안'의 유리문을 밀자 빵빵한 냉기가 몰려왔다.

지정석에서 스마트폰을 만지작거리는 선배가 보인다. 계산대의 낯익은 종업원에게 믹스샌드위치 세트를 주문하고, 선배에게 직행했다.

"여유 부릴 시간 없어요." 건너편에 앉자마자 말했다. "밥만 먹고 바로 일어나야 해요. 또 엄마의 불호령이 떨어진다고요."

"뭐야, 점심시간 한 시간도 없어? 노동기준법 위반인데?"

선배로서는 꽤나 어려운 말을 한다. 아르바이트하는 청소 회사에서는 오랫동안 리더를 맡아온 눈치니까, 직원들 교대 근무표쯤은 작성할 것이다.

"우리 집은 엄마 독재국가라서, 치외법권이거든요."

나도 질세라 빈약한 지식을 동원한다.

"하기는 너희 엄마, 노동기준감독청 감독관보다 더 세 보여." 선배가 묽어진 믹스주스를 호로록 빨아들인다. "그래도 가게를 고스란히 물려받을 거 아냐. 부러울 따름이다. 바쁘다면 장사가 잘된다는 거잖아?"

"아니거든요."

아무것도 모르면서 저런 말을 하면 그만 정색하고 반박하게 된다.

"나도 일해보고 처음 알았어요. 보통 일 아니에요. 아버지가 얼마나 고생하신다고요. 잘나가서 바쁜 게 아니라, 영세 가게도 나름의 기업 노력 없이는 못 버티니까 바쁘다고요."

"······오, 뭐 그야 그럴 테지만."

눈을 슬쩍 돌리는 선배를 보고 문득 생각했다. 허구한 날 꿈 쫓는 얘기만 하는 이 사람답지 않은걸.

"혹시 선배, 취업 준비라도 해요?"

최근 밴드 활동을 하지 않는다는 사실은 알고 있었다.

"뭐, 응. 솔직히 빡빡해. 삼류라도 좋으니까 대학 가둘걸."

"무슨, 이제 와서······."

실은 고3이 되면서 나도 잠깐 대학 진학을 생각한 일이 있다. 하고 싶은 공부가 있었던 것은 아니다. "대학 들어가서 뭔가 발견하는 것도 좋지"라는 형의 말에 잠시 혹했을 뿐이다. 당시 선배에게 그 얘기를 했더니 "그깟 대학, 아무 재능도 없는 녀석들이 가는 곳이잖아"라며 코웃음 쳤다. 멋지다, 고 감동했는데 나중에 들으니 이마와노 기요시로일본의 록 뮤지션의 명언을 그대로 갖다 쓴 거였다. 그런 선배가 11년이 지난 지금 후회를 입에 담는다. 눈을 내리깔고 빨대로 얼음을 갖고 노는 선배의 모습이 애잔하다고 할까, 화가 살짝 치민다고 할까. 나는 선배와는 달라, 그렇게 생각하고 싶지만 그럴 만한 근거는 전혀 눈에 띄지 않는다.

침울해지려 할 때 마침 샌드위치가 나왔다. 계란 샌드위치를 한 입 베어 물고 화제를 바꾼다.

"보여줄 거 있다면서요, 뭔데요?"

"오, 그렇지." 선배가 토트백을 열었다. LP 레코드를 한 장 내밀며 여유로운 웃음을 짓는다. "어때, 본 적 있나?"

레코드를 받아 들고 재킷 글자가 눈에 들어온 순간 알았다.

"이거, 데쓰 삼촌의⋯⋯."

"〈더 마리즈〉 세컨드 앨범."

제각기 포즈를 취한 네 명의 멤버. 왼쪽 끝이 20대의 데쓰 삼촌이다. 앰프에 걸터앉아 다리를 꼰 채 기타를 안고 있다. 헌팅캡에 선글라스 스타일은 지금과 똑같지만, 검은 머리가 어깨까지 내려왔다.

"밴드 명만 알았지, 앨범은 처음 봐요. 본인한테도 이제 없고. 어떻게 된 거예요, 이거?"

"최근 내가 미나미호리에 있는 소울 바를 자주 드나들잖아. 거기 마스터한테 빌려왔어. 어마어마한 레코드 수집가거든. 소울뿐 아니라 록, 블루스 할 것 없이. 사사노 데쓰하루라는 기타리스트 아느냐고 물어봤더니 바로 레코드장에서 이걸 꺼내오더라. 전설의 블루스 밴드라는데?"

"왜 선배가 데쓰 삼촌 일을⋯⋯."

"본인 얼굴 보고 나니까 신경 쓰이잖아, 어떤 뮤지션이었는지. 너희 삼촌 기타, 들어봤냐?"

"아뇨, 혹시 들었다고 해도 기억이 나겠어요?"

데쓰 삼촌이 음악을 했던 것은 내가 일고여덟 살까지다.

"선배는요, 들어보셨어요? 이거."

"물론이지. 내가 원래 블루스는 따분해서 좀 별로거든. 그런데도⋯⋯." 선배가 눈을 한껏 치뜨면서 나를 노려본다. "완전 **소름**, 대박이야."

"헉, 그렇게나?"

선배도 일단 기타리스트인지라 귀는 제법 정확할 터다.

"살벌해, 슬라이드 기타가. 마스터 얘기로도 '사사노 데쓰하루는 슬라이드 주법의 명수'였대."

슬라이드 기타 혹은 슬라이드 주법. 기타 연주 기법의 하나다. 주변에 이 주법을 쓰는 기타리스트는 없었지만, 주워들은 지식은 있다. 원주처럼 생긴 슬라이드 바를 손가락에 끼고 줄 위에서 슬라이드하면서 피킹할 쓰는 손으로 줄을 튕겨 소리를 울리는 주법한다. 줄을 프렛에 붙이지 않으므로 음정을 연속해서 바꿀 수 있다. 블루스나 컨트리에서는 필수 기술이라고 한다.

"그 정도라면, 나도 들어보고 싶은데요."

레코드 본체를 꺼내본다.

"그래. 가져가."

"근데 레코드플레이어 없거든요."

"뭐어? 그럼 다음에 우리 집에 와서 들어." 선배가 몸을 내밀어 매정하게 재킷을 회수해갔다. 겉면을 내게로 향하고, 데쓰 삼촌을 가리키며 말한다. "그런데 이 기타가 또 엄청나단 말이지. 깁슨 L-5 CES."

실력은 평범할지언정 기타 지식만은 풍부한 선배다.

"자랑하는 명기가 하나 있었다던데, 그걸까요?"

"심지어 1960년대에 잠깐 제작됐던 플로렌타인 커터웨이. 초超레어 빈티지 기타거든. 지금 내다 팔면 100만, 아니, 상태만 좋으면

200만 엔 이상은 할걸."

"200만!"

계란 흰자 파편이 입에서 튀어나갔다.

그런 고가의 물건을, 설마 바다에 버릴까? 역시 생김새만 비슷하게 제작한 염가품일 거야. 아니지, 그런 기타를 들고 재킷 촬영에 임할 리는 없는데.

식후의 아이스커피를 단번에 마시고, 선배를 남겨두고 '리리안'을 나왔다.

빠른 걸음으로 가게로 향하는데 뒷주머니에서 스마트폰이 진동했다. 형이다.

"다케루, 지금 잠깐 괜찮아?" 형이 말했다.

"응, 무슨 일인데?"

"오봉•8월 15일을 전후로 선조들의 명복을 기리는 기간에는 13일 점심쯤 내려갈게. 엄마한테 말해줘."

그런 말을 하자고 일부러 전화씩이나, 하면서 알았다고 대답한다.

"그리고." 형이 한 박자 뜸을 두었다. "네가 뭐 하나 찾아봐줬으면 하는데."

"응. 뭔데?"

"사이다 있잖아."

"마시는 사이다?"

"마시는 사이다. 후쿠야 사이다라고, 알아?"

"후쿠야? 미쓰야 아니고?"

"아니, 후쿠야 사이다. 옛날 히가시오사카에 후쿠야 음료라는 회사가 있었어. 간사이 쪽에서는 비교적 메이저급 사이다였대. 한 40년 전 회사가 망하면서 사라진 모양이지만."

"그런 옛날 일을 내가 어떻게 알아. 그게 어쨌는데?"

"그게……."

처음에는 그런 물건을 찾는다는 게 어이없게 느껴졌다. 그러나 형의 설명을 듣는 사이, 왜 그때 바로 알아채지 못했는지 가벼운 자기혐오가 일었다.

*

밤 10시, 제방에는 역시 인적이 없었다.

고베의 야경과 난코 포트타운 거리 불빛이 뚜렷이 보인다. 여전히 지독한 습기였지만 바람이 부는 덕인지 크게 불쾌하지는 않다.

지난번 그 자리에 오자 형이 쇼핑백을 바닥에 가만히 내려놓았다. '찾는 물건'은 결국 형이 도쿄에서 구해왔다. 나도 마쓰무시 상점가의 다케미야 주류점을 비롯해 가능성 있는 장소를 몇 군데 돌아다녀 봤지만, 성과가 없었다.

하드케이스에서 기타를 꺼낸다. 선배에게 빌려온 극히 평범한 어쿠스틱 기타다. 콘크리트 바닥에 책상다리로 앉아, 튜너를 사용해 튜닝을 시작한다. 같은 기타라도 베이스 기타와는 사정이 다르다. 어설프게 손을 놀려 음정을 확인하면서 형에게 물었다.

"지난번 '하이에이터스'라는 거는 결국 뭔데?" 쇼핑백을 턱짓으로 가리킨다. "이거랑도 관계있지?"

"있다면 있고, 없다면 없고."

형은 옆에 서서 어두운 바다를 바라본다.

"알아봤더니, 지구온난화가 일시적으로 정체하는 현상이라고 되어 있던데. 그래서 뭐, 하는 느낌?"

"인터넷 검색하면 요샌 그것밖에 안 뜨나 보네."

"다른 뜻도 있어?"

"원래 뜻은 '중단'이야. 지질학에서도 곧잘 쓰는 용어지. 다른 말로는 '무퇴적'인데, 퇴적물 속에 퇴적이 중단된 기간이 있는 경우를 하이에이터스라고 해."

"그래서…… 어쨌다는 건데?" 곰곰이 생각하면서 중얼거린다.

"데쓰 삼촌 퇴적물 속에도 하이에이터스가 있어. 20년 중에 딱 1년."

"그 말은, 아무것도 안 버린 해가 있다고? 아, 혹시……." 마음에 짚이는 것은 하나뿐이다. "깁슨 L-5 CES?"

"오, 모델까지 알아냈냐. 얼마쯤 하는 거야?"

"선배 말로는, 가볍게 100만 엔 이상."

"뭐 그렇겠지."

"그렇겠지?" 형을 올려다보며 되묻는다. "안 버리고 팔았다는 거야? 어째서 형이 그런 걸 알고 있어?"

"그 깁슨인가 하는 기타를 버렸다고 추정되는 게 너 고1, 나 대학

4학년 때잖아. 당시 가게가 엄청 힘들었던 거, 알아?"

"뭐 어렴풋이는."

"부모님도 너한테는 자세한 얘기 안 하셨겠지만, 꽤 위태로웠어. 오래된 조리 기계들이 일제히 수명이 다해서 새로 들여놓느라 빚을 많이 졌지. 거기다 할머니가 뇌경색으로 쓰러지셨잖아."

"응. 엄마는 할머니 곁에 계속 붙어 있었지."

"가게는 잘 안 돌아가는데 상환 날짜는 꼬박꼬박 닥치고. 저금도 바닥나고, 가게를 접는 수밖에 없다는 얘기까지 나왔던 모양이야."

"그랬구나." 한숨을 섞으며 말한다. "거기까지는 몰랐는데."

"나는 대학원에 갈 작정이었지만, 입학금이랑 등록금 얘기는 도저히 못하겠더라. 학생 대출을 말하면 아버진 보나 마나 질색하실 거고. 내 학비 때문에 또 빚을 질 수밖에 없어. 일단 학원 강사로 취직해 돈을 모을까 생각했지. 대학 4학년, 가을쯤인가. 어쩌다 그 얘기를 데쓰 삼촌한테 했거든."

"아아."

거기까지 듣자 감이 왔다.

"데쓰 삼촌이 '괜히 먼 길 돌아가지 마라, 돈은 내가 어떻게든 해볼 테니'라는 거야. 그다음 주, 정말 돈을 가져오셨어. 현금으로 150만 엔. '아버지한텐 말하지 마'라면서. 아버지한테는 대학원 입시 성적이 좋아서 장학금을 받게 됐다고 설명했어. 지금도 그렇게 믿으실걸."

"그럼 '리리안'에서 데쓰 삼촌한테 건넨 돈은, 그거 갚은 거야?"

"아니, 삼촌은 처음부터 '갚을 필요 없는 돈'이라고 못 박았어. '바보, 블루스 맨이 돈 빌려주는 거 봤냐? 돈은 빌리거나 주거나, 둘 중 하나잖아' 하면서."

"그럼 지난번 그건 뭐였는데?"

"말했잖아, 미카를 만났다고." 형이 마침내 콘크리트 바닥에 몸을 내려놓았다. 무릎을 세워 가볍게 감싸고 말을 잇는다. "악기를 팔았으리라 당시부터 짐작은 했어. 삼촌한테 지금이 있을 리 만무하고. 아무렴 기타가 없어서 음악을 못하랴 하면서도, 역시 줄곧 마음에 걸렸거든. 지난번에 삼촌을 '리리안'으로 불러내 미카 얘기를 했어."

"데쓰 삼촌은 뭐래?"

"아무 말도." 형이 고개를 저었다. "미카는 미치코 씨를 닮았든? 그거 하나만 묻더라."

문득 흥미가 동했다.

"오, 어떤데?"

"눈썹은 딱 데쓰 삼촌인데, 그 외엔 전부 엄마 닮은 것 같아."

"흠, 다행이네. 눈썹이야 밀어버리면 되니까."

형도 실눈을 뜨며 고개를 끄덕이고, 이야기를 되돌린다.

"쓸데없을 줄 알면서도 마지막에 30만 엔을 건네봤어."

"괜찮은 기타 하나 장만하시라 그거구나?"

"응. 그런데 '쓸데없는 짓 한다'고 화내시더라. 안 받으셨어."

"아아, 그랬구나."

요컨대 선배는 데쓰 삼촌이 봉투를 물리치는 장면을 놓쳤던 거다.

말이 없어진 형 옆에서, 왼손 새끼손가락에 금속 슬라이드 바를 끼우고 줄을 올렸다. 〈더스트 마이 브룸〉을 치기 시작한다. 1950년 대를 중심으로 활약한 블루스 기타리스트 엘모어 제임스의 곡으로, 슬라이드 기타를 많이 쓰는 명곡이다. 그래 봤자 아직 전주뿐이지만. 일주일 꼬박 연습한 덕에 조금은 그럴싸해졌다고 딴에는 생각한다.

　같은 소절을 되풀이하는 사이 제방이 시작되는 곳에서 울타리 소리가 들렸다. 데쓰 삼촌이다. "뭐 이리 깜깜해, 발 헛디디기 딱 좋네" 하고 투덜대는 소리를 듣고 형이 랜턴을 들고 일어섰다.

　형을 뒤따라온 데쓰 삼촌이 담뱃불을 붙이며 말한다. "오봉에는 물가에 가는 거 아니다. 너희들 할머니도 늘 말씀하셨잖아."

　"혼령 나온다고요?" 형이 피식 웃었다. "괜찮아요. 지금껏 몇 번이나 오봉 시기에 해저 굴삭을 했지만, 혼령이 걸려 나온 일은 한 번도 없어요."

　"따분하구나, 과학자라는 인종은."

　"저는 그나마 감성이 풍부한 편인데요? 바다나 호수 밑 진흙을 뒤적거리면서 먼 옛날을 떠올리니까요. 컴퓨터로 온난화 시뮬레이션하는 사람들 한 번 봐보세요. 하나같이 목석이죠."

　데쓰 삼촌이 연기를 뱉고는, 실눈을 뜬 채 조카들의 얼굴을 번갈아 바라본다.

　"그래, 오늘은 뭐냐? 나한테 선물이 있다면서." 기타를 흘금 보고는 입가를 일그러뜨린다. "미리 말하지만 기타라면 사절이다."

　형이 쇼핑백을 데쓰 삼촌 얼굴 앞에 들이댄다.

"이거예요."

데쓰 삼촌이 내용물을 꺼냈다. 투명한 빈 병이다. 색 바랜 라벨을 보고 누런 이를 드러내며 히죽 웃는다.

"뭐냐, 이거."

"바다 밑에서 주워왔어요."

"신소리 말고."

"그 뒤에 미치코 씨를 만나러 갔어요. 그때 들었어요. 데쓰 삼촌 슬라이드 기타에는 **후쿠야 사이다 병**이 꼭 필요하다고. 그게 없으면 데쓰 삼촌 소리가 아니라고."

데쓰 삼촌이 짧은 콧숨을 내쉬었다. "바닷속 진흙이나 팔 일이지, 쓸데없이 남의 과거는 왜 파고 다녀?"

"말했잖아요." 형이 씽긋 웃는다. "저는 연구자치고는 감성 있는 편이라고요. 게다가 연구자인 만큼 집요하죠."

데쓰 삼촌은 히히히 웃고는 느물느물한 얼굴로 "그나저나" 하고 턱을 쓰다듬었다.

"미치코 씨가 그런 것까지 기억한다고? 흠, 나한테 아직 마음이 있구만."

슬라이드 주법은 일명 보틀넥 주법이라고 한다. 옛날에 흑인 블루스 맨들이 술병 주둥이를 잘라내 손가락에 끼워 연주한 데서 유래한다. 시판 슬라이드 바가 일반적인 지금도 병 주둥이를 애용하는 기타리스트가 있다.

데쓰 삼촌도 그런 사람으로, 프로가 되기 전부터 줄곧 후쿠야 사이다 병을 사용했던 모양이다. 후쿠야 음료가 망했을 때는 시내 주류점이란 주류점을 다 훑어 재고품을 사들였단다.

재작년 연말, 둘이 마지막으로 이 바다에 버린 것은 그 병이었다. 데쓰 삼촌이 현역 시절 모아뒀던 가장 중요한 생업 도구의 재고, 여남은 병의 데드 스톡이다.

"고생 좀 했어요." 형이 말했다. "다케루한테도 부탁해 주류점을 몇 군데나 돌았지만, 그런 옛날 물건은 아무리 오래된 가게 창고에도 남아 있지 않았어요. 그런데 세상엔 별별 마니아가 다 있더군요. 도쿄에 유명한 병 수집가가 있다기에 사정을 얘기했더니, 특별히 한 병 내주더라고요. 뭔가 공감하는 게 있었던 모양이에요."

데쓰 삼촌은 담배를 바다로 튕기고 제방 끝에 쭈그리고 앉았다. 콘크리트 모서리를 확인하더니, 병 주둥이를 틀어쥐고 불룩한 부분을 갖다 댄다.

"잠깐, 뭐하시게요?"

내가 기겁하거나 말거나 데쓰 삼촌은 병을 높이 쳐들었다. 주저 없이 콘크리트 모서리에 내려친다. 유리 부서지는 소리와 함께 몸통 부분만 바다에 떨어졌다.

"아, 뭐냐고요."

"이게 제일 손쉬운 방법이야."

병 주둥이 밑이 놀랄 만큼 깔끔하게 깨져 있다. 거친 부분을 콘크리트에 득득 갈면서 데쓰 삼촌이 이야기를 시작한다.

"고등학교 때려치우고 기타만 붙들고 살던 시절, 아베노의 록 찻집에서 우연히 어떤 블루스 밴드 라이브를 들었어. 기타리스트가 말이 안 되게 잘하는 거야. 나이는 나랑 비슷한데, 슬라이드 기타가 아주 기막혀. 그 사람이 누구냐 하면, 바로 젊은 날의 우치다 간타로."

"그 얘기도 미치코 씨한테 들었어요." 형이 빙그레 웃었다. "누구랑 다르게 그쪽은 지금도 일선에서 활약 중이라대요."

데쓰 삼촌은 콧방귀를 뀔 뿐, 얼굴도 들지 않고 말을 잇는다. "어떻게든 기술을 훔칠 생각으로 밴드가 나올 때마다 가게에 출근하다시피 했더니, 하루는 단골손님이 그러대? 그 사람이 쓰는 슬라이드 바가 칼피스 병이라고. 집에 가자마자 칼피스부터 찾았지. 엄마, 니들 할머니가 '없다'면서 냉장고에서 대신 꺼내온 게, 마시다 만 후쿠야 사이다였어. 혹시나 하고 주둥이에 새끼손가락을 넣어보고 깜짝 놀랐잖아. 원래부터 몸의 일부였던 것처럼 착 감겨. 흔한 말로 운명의 만남이지. ⋯⋯이거다, 싶었어."

깨진 곳을 더듬어 감촉을 확인하고는, 내 손에 병 주둥이를 쥐어준다.

"끼고 쳐봐."

"네? 제가요?"

"아까 시원찮은 엘모어 제임스 잘만 치더만. 다시 해봐."

새끼손가락을 넣어보니 맞춘 것처럼 딱 맞았다. 손가락이 데쓰 삼촌과 닮았는지도 모른다. 병 주둥이를 줄에 갖다 대고 슬라이드하면서 같은 소절을 쳐본다. 확실히 치기 쉽다. 소리도 좋아진 느낌이다.

"우아, 좋다. 그죠, 확 다르지 않아요?" 두 청중에게 물었다.

"딱히. 아까랑 똑같은데." 형이 고개를 저었다.

"그런다고 단박에 실력이 늘면 누가 고생하겠냐?" 데쓰 삼촌이 말하고 오른손을 뻗는다. "됐어. 줘봐."

병 주둥이를 기타와 함께 건넸다. 땅바닥에 책상다리로 앉은 데쓰 삼촌이 기타를 안고 줄감개로 손을 가져간다.

"우선 튜닝부터 달라. 레귤러가 아니라, 오픈E라고."

여섯 줄을 순서대로 튕겨가며 오직 귀만 의지해 줄감개를 돌려 나간다. 새끼손가락으로 능란히 병 주둥이를 걸치자 물 흐르듯 곡이 시작된다. 〈더스트 마이 브룸〉이다.

첫머리부터 숨을 삼켰다.

병 주둥이가 줄을 미끄러질 때마다 울려 퍼지는 윤택하고 복잡한 음색. 노랫소리 같은 비브라토와 기분 좋은 희미한 불협화음. 정말 같은 기타인가 귀를 의심하고 싶어진다. 남자인 나도 반해버릴 손가락의 움직임은 격렬한 듯 상냥하고, 무엇보다 아름답다.

선배 집에서 들었던 옛 앨범의 연주도 훌륭했지만, 라이브로 듣는 소리는 그야말로 소름이 돋았다. 20년 공백이 있다고는 상상도 할 수 없다. 옆에서 형도 눈이 휘둥그레진다.

일단락 끝나자 마침내 깊은 한숨을 터뜨린다.

"굉장하다……." 나도 모르게 중얼거렸다.

"안 되네, 손가락이 생각처럼 안 움직여." 데쓰 삼촌이 양손을 문지르며 말한다.

"아니, 정말 놀랍네요." 형이 차분히 말했다. "너희 아버지의 굉장한 연주를 들었어……라고, 미카한테 전해줄게요."

데쓰 삼촌은 잠자코 담뱃불을 붙였다.

형이 말을 잇는다. "내친김에 남은 두 가지 질문도 대답 좀 해주세요."

"뭐였더라?"

"하나는, 딸을 어떻게 생각하는지."

"어떻게고 뭐고 세상에서 제일 귀한 사람이지 뭐야. 옆에 없어도 귀하게 생각할 수는 있어."

"또 하나는, 음악을 그렇게 접은 거 후회 없는지."

"후회하지. 하나부터 열까지 죄다 후회야." 얼굴을 찡그리고 코에서 연기를 내뿜는다. "이런 인생이 될 줄 알았으면 어묵 가게라도 물려받을걸."

"잠깐, **라도**는 뭡니까? 너무 쉽게 보시네요?" 내가 발끈한다. "데쓰 삼촌 같은 사람이 할 수 있는 일이 아니거든요."

진심으로 울컥했다. 최근에는 왠지 이런 말에도 과민 반응을 일으킨다.

"오오, 다케루." 데쓰 삼촌이 히죽 웃는다. "제법 사사노가 차남 티를 낸다?"

"차남을 바보로 아시는 거예요?" 앙칼지게 말했다. "이거 아셔야 하거든요, 아버지나 저나 매일매일……."

"그런데 말이다, 다케루." 데쓰 삼촌이 말허리를 끊는다. "잘난 척은 네 아버지만 한 일을 하나라도 하고 나서 해라. 최소한 연근생강 튀김 정도 되는 건 내놓고 나서 해. 그건 진짜 맛있거든. **안줏거리로** 는 아주 최고라고."

"……알거든요, 그런 것쯤."

"지금 가게에서 파는 튀김은 절반 이상 네 아버지 작품이야. 상품이 되지 못한 시제품까지 넣으면 그 몇 배는 될걸. 설렁설렁 가게나 보면서는 역대 사사노가 차남들을 못 쫓아간다."

뭐라고 반박하고 싶었지만 말이 목에 걸려 나오지 않는다. 입술만 실룩거렸다.

"마사루……." 데쓰 삼촌이 형에게 얼굴을 돌린다. "아까 그 마지막 대답은 농담이고, 미카한테 말해줘. 인생에 후회는 으레 따라다닌다고. *그*걸로 됐지 않느냐고. 그래서 블루스가 있는 거라고. 마사루에게는 마사루의, 다케루에게는 다케루의, 미카에게는 미카의 블루스가. 아빠는 기분 좋게 아빠의 블루스를 하고 있다, 라고 말이야."

"그런 '태깔스러운' 말은 본인이 직접 해주시죠?" 형이 어딘지 기쁜 것처럼 쓴웃음을 지었다.

데쓰 삼촌이 히히히 웃고, 짧아진 담배를 콘크리트 바닥에 비벼 껐다. 기타를 다시 안고 심심풀이처럼 애드리브를 치기 시작한다.

어딘지 애잔하게 되풀이되는 선율을 들으며 눈앞의 바다를 내려다보았다. 검고 탁한 수면에 사사노 어묵집의 색 바랜 포렴이 떠오른다.

그렇구나…….

문득 생각했다. 그 가게에도 퇴적해 있다. 할아버지와 아버지의

55년 치 웃음과 눈물이 연충처럼 쌓여 있다. 그 블루스를 이어받자면 역시 자신이 적역인지도 모른다. 누구보다 사사노가 차남다운 자신이. 그렇게 생각하자 목에 걸렸던 것이 조금 내려간 느낌이었다.

이윽고 데쓰 삼촌이 손을 멈추었다.

얼굴을 들고 바다 너머 누군가에게 들려주듯 상냥하게 말한다.

"그럼 이번엔, 로버트 존슨이라도 갈까?"

데쓰 삼촌의 블루스가 오사카 바다에 녹아들었다.

エイリアンの食堂

외계인의 식당

"우린 이 나카별 사람들이야.
이 나카별에서 빚은 우주선 케이토리호를 타고
이곳 쓰쿠바별을 찾아왔어."

카운터석 끝에서 스즈카가 "아!"라고 소리를 흘렸다.

파자마 바람으로 계산 연습장을 풀던 손을 멈추고 출입구 쪽을 바라본다. 젖빛 유리 미닫이문에 헤드라이트 불빛이 비치자 용수철처럼 의자에서 뛰어내렸다.

"왔다!"라고 소리치면서 주방으로 달려와 겐스케의 허리에 달라붙는다.

겐스케가 벽시계를 쳐다본다. 8시 45분. 오늘 밤도 정확하다. 테이블 세 개와 카운터뿐인 작은 가게 안에 다른 손님은 이미 남아 있지 않다.

미닫이문이 소리도 없이 열렸다. '플레이아 씨'가 노트북 컴퓨터를 옆구리에 끼고 들어온다. 플레이아 씨는 스즈카가 붙인 별명이고, 겐스케가 보기에는 극히 평범한 일본 여성이다. 스즈카가 긴장한 얼굴로 겐스케의 앞치마를 잡아당긴다.

"어서 오세요."

겐스케의 말에는 아무 반응도 보이지 않고, 플레이아 씨는 지정석으로 간다. 들어와서 바로 왼쪽 테이블이다. 벽을 등지고 앉아 노트북을 연다.

겐스케가 물컵을 들고 테이블로 향한다. 나이는 지난달 마흔하나가 된 겐스케와 얼추 비슷하지 싶다. 호리호리한 체격에 큰 키, 어깨까지 오는 검은 머리를 고무줄로 묶었다. 흰 셔츠, 검은 카디건, 회색 바지. 컴퓨터 화면을 보는 길고 가느다란 눈에서는 아무런 감정도 읽을 수 없다. 이렇게 보면 스즈카가 이상한 망상을 하는 이유도 왠지 알 것 같다.

컵 내려놓는 소리에 플레이아 씨가 얼굴을 들었다. 벽과 탁자 위 메뉴판에는 눈길 한 번 주지 않고, 억양 없는 소리로 말한다.

"전갱이 튀김 정식 주세요."

"전갱이 튀김……."

복창은 했지만, 사실 그럴 필요도 없다. 오늘은 월요일이다.

플레이아 씨가 평일 저녁 꼬박꼬박 찾아오기 시작한 지 석 달째. 어김없이 8시 45분 정각에 나타나 늘 정해놓고 주문한다. 월요일은 전갱이 튀김, 화요일은 고등어 된장조림, 수요일은 돼지고기 생강구이, 목요일은 생선회, 금요일은 간 부추볶음. 석 달 동안 그녀는 이런 순서로 다섯 종류의 정식만 번갈아가며 먹는다.

이 **법칙**을 처음 알아차린 것은 스즈카다. 자랑 같지만 초등학교

3학년치고는 대단한 관찰안이다. 스즈카 말로는 처음 가게에 왔을 때부터 **어딘가 수상하다** 싶더란다. 겐스케도 이전부터 별난 손님이라고는 생각했다. 이유는 단순하다. 그녀가 '오늘의 특선'을 주문한 적이 한 번도 없기 때문이다.

이곳 '사카에 식당'의 자랑은 저녁에 내놓는 '오늘의 특선'이다. 제철 식재료를 써서 이른바 정석 조리법을 살짝 비튼 메뉴를 제공한다. 솔직히 세금 포함 900엔으로는 남는 게 거의 없다. 그런데도 판에 박힌 메뉴만 계속 내놓으니 차라리 가게를 접고 만다는 게 겐스케의 생각이다. 평판이 꽤 좋아서 저녁 손님 대부분이 오늘의 특선을 노리고 온다. 겐스케 혼자 꾸리는지라 하루에 내놓을 수 있는 양이 많지 않아 8시 전에 다 팔리는 일이 잦다. 단골들도 그 사실을 잘 알아서 8시 반을 넘기면 손님이 거의 끊긴다.

그러므로 플레이아 씨는 대개 마지막 손님이다. 어쩌다 특선 메뉴가 남은 날은 '오늘의 특선'이라 적힌 작은 칠판을 카운터에 내놓지만, 절대 주문하는 법이 없다. 참고로 오늘 밤은 '고등어 소금구이(향미 양념장을 곁들여), 가을 뿌리채소 모둠, 마씨앗밥, 버섯국, 낫토'이다. 용케 1인분 남아 있다.

한편 플레이아 씨가 주문한 메뉴는 전갱이 튀김, 오늘의 특선과 같은 모둠, 밥, 된장국, 채소 절임으로 구성된다. 다섯 품목을 쟁반에 담아 플레이아 씨 자리로 가져간다. 그녀가 바로 노트북을 덮어 테이블에 한쪽으로 밀어놓는다. 단정하게 손을 모으고 "잘 먹겠습니다" 하고 혼잣말처럼 중얼거린다. 무표정이지만 먹는 모습은 아름답다. 스마트폰 따위에는 눈도 주지 않고 묵묵히 젓가락을 움직인다.

스즈카는 발돋움해 주방과 카운터를 가르는 칸막이에서 얼굴을 내밀고 플레이아 씨를 관찰 중이다. 상대는 눈앞의 음식에 집중하느라 스즈카의 시선을 알아차리지 못한다. 여느 때처럼 20분쯤 들여다 먹었다. "잘 먹었습니다" 하고 손을 모은 걸 확인하고 쟁반을 거두러 간다. 그녀가 다시 컴퓨터를 열고, 녹차를 홀짝거리며 뭔가 입력하기 시작한다. 이것도 매번 똑같다.

쟁반을 갖고 주방으로 돌아오자 스즈카가 "아이참!" 하고 입술을 내밀었다.

"빨리 안 하면 가버린다니까?"

"알아."

겐스케가 짧은 한숨을 뱉었다. 큼직한 업소용 찻주전자를 들고 플레이아 씨 탁자로 향한다.

찻잔에 녹차를 더 따르려 하자 그녀가 놀란 것처럼 올려다보았다. 평소에는 하지 않는 서비스다.

"저기……." 겐스케가 마침내 입을 뗀다. "잠깐, 괜찮으세요?"

"무슨 일이신데요?" 플레이아 씨가 키보드에 손을 얹어놓은 채 물었다.

표정은 딱딱하지만 경계하는 기색은 없다. 어차피 저쪽이나 이쪽이나 웃는 데는 소질이 없다. 지금도 미간에 주름이 잡힌 것을 겐스케 본인도 알고 있다.

"실은……." 말을 꺼내다 말고 주춤한다. 자신을 건너다보는 그녀의 눈빛이 한없이 똑바르다. "아시는지 모르겠지만, 저희 가게에는 오늘의 특선이란 게 있거든요."

카운터의 칠판을 손가락으로 가리키려다 스즈카와 눈이 마주쳤다. 뭐하는 거야, 하는 표정으로 이쪽을 노려보고 있다. 글쎄 기다리래도, 하고 눈짓을 보냈다. 어른들의 대화에는 순서가 있는 법이다.

"네, 알고 있습니다." 플레이아 씨가 태연하게 대답했다.

"일단 저희 집 추천 메뉴니까. 괜찮으시다면, 언젠가 꼭 드셔봐주세요."

플레이아 씨가 잠시 칠판을 뚫어져라 바라본 후 대답한다. "그러네요. 기회가 되면."

어른들의 대화는 허망하게 끝났다. 플레이아 씨가 녹차를 한 모금 마시고, 지갑을 손에 들고 일어났다.

스즈카의 따가운 눈총을 느끼면서 계산대에서 1000엔 지폐를 받고 잔돈을 건넨다. 컴퓨터를 안고 가게를 나가려는 플레이아 씨를 보고, 스즈카가 겐스케의 앞치마를 "응?" 하고 힘껏 잡아당겼다.

"저기, 죄송한데요." 반사적으로 말이 튀어나간다. "하나만 더, 괜찮을까요?"

플레이아 씨가 미닫이문에 손을 댄 채 돌아보았다.

"뭔데요?"

"아니, 저…… 사시는 곳이, 이 근처인가요?"

스즈카가 엉덩이를 때린다. 하기는 '하나만 더'의 알맹이가 이래서야 곤란하다.

"그러네요. '근처'를 어떻게 정의하느냐에 따라 다릅니다만." 플레이아 씨가 웃음기 하나 없이 대답한다. "여기서 정확한 거리는 재본 적이 없지만 감각적으로 말씀드리면, 도보라면 기진맥진, 자동차라면 눈 깜짝할 새 정도의 거리입니다."

무뚝뚝한지 친절한지 종잡을 수 없는 독특한 표현이다. 역시 보통 사람은 아닌 것 같다.

"그렇군요. 그럼, 두 번째 질문이 되어버립니다만……. 저, 손님은, 뭘 하시는 분일까요? 일이라든가."

"그건 무슨 취지의 질문인지요?" 플레이아 씨가 미간을 살짝 찡그렸다. "필요하다면 대답하기는 어렵지 않습니다만."

"아뇨, 필요하다기보다…… 뭐라고 할까, 그러니까……."

횡설수설하는 겐스케 옆에서 스즈카가 날카로운 소리를 낸다.

"플레이아데스 별!"

"어이, 스즈카!"

"플레이아데스 별이죠, 진짜 집은!"

스즈카가 칸막이에 손을 짚고 플레이아 씨에게 냅다 외쳤다. 이럴 땐 영락없이 제 엄마 도모미다. 처음에는 머무적거리다가도 일단 마음먹으면 쭉쭉 밀고 나가는 타입이다.

"플레이아데스라면……." 플레이아 씨가 스즈카를 향해 묻는다. **"좀생이별** 말이니?"

스즈카가 고개를 갸웃했다. 겐스케도 무슨 말인지 알 수 없었다.

플레이아 씨가 잠자코 문을 밀었다. 문을 열어둔 채 가게 앞 주차장으로 향한다. 하늘을 올려다보며 몇 발짝 걷다가 멈췄다. 이쪽을 돌아보고 손짓한다.

겐스케는 스즈카와 얼굴을 마주 보았다. 스즈카가 작게 고개를 끄덕이고 겐스케의 앞치마를 붙잡는다. 그대로 끌려가듯 같이 밖으로 나왔다. 플레이아 씨가 도로를 향해 약간 왼쪽 방향, 남동쪽 하늘을 손가락으로 가리켰다.

11월의 밤하늘은 몹시 맑아서 별이 뚜렷이 보인다. 쓰쿠바시에서도 중심부는 높은 건물이 많지만, 이곳은 시의 북쪽 변두리다. 주위는 대부분 논과 민가라서 하늘 전체가 한눈에 들어온다.

"저쪽에 별 모여 있는 거, 보이니? 삐삐삐삐삣 하고……." 플레이아 씨가 검지를 짧은 간격으로 움직였다. "다섯 개 정도."

스즈카가 한참 찾아보다가 고개를 저었다. 겐스케 눈에도 보이지 않는다.

"그럼, 오리온자리는 알아?"

"알아요."

스즈카가 낮은 하늘에 있는 그 별자리를 손가락으로 가리켰다.

"오리온자리 한복판에 별 세 개가 나란히 있지? 일직선으로. 그걸 오른쪽 위로 죽 늘여나가면……."

"아!" 스즈카가 소리쳤다. "있다!"

"있지? 삐삐삐삐삣 하고."

"삐, 삐, 삐, 삐, 삐, 삐, 삐." 스즈카가 말하면서 손가락을 꼽는다. "일곱 개 있어요!"

"일곱 개, 눈이 좋구나."

"어디, 응, 어디?"

겐스케도 필사적으로 눈을 부릅떠보지만 전혀 알 수 없다.

"저게, 플레이아데스 **성단**." 플레이아 씨는 겐스케를 아랑곳 않고 계속한다. "다른 말로는 좀생이별이라고도 불러. 육안으로 보이는 건 몇 개뿐이지만 실제로는 100개 이상의 항성이 저기 모여 있어. 그러니까 플레이아데스 별이라는 이름의 별은, 존재하지 않아."

스즈카는 플레이아 씨를 올려다본 채 굳어 있다. 반쯤 겁에 질린 표정이다. 스즈카 안에서 망상이 확신으로 변하는 중인지도 모른다.

"그래도." 플레이아 씨가 스즈카에게 물었다. "어째서 내 집이 플레이아데스야?"

스즈카가 반걸음 뒤로 물러섰다. 구조라도 요청하듯 겐스케에게 몸을 붙인다.

"죄송합니다." 별수 없이 겐스케가 나선다. "얘가, 최근 묘한 얘기를 꺼내서요. 지구에는 플레이아데스 성인星人이라는 우주인이 많이 자리 잡고 산다나 뭐라나요. 친구한테 빌려온 만화책에 그런 말이 적혀 있었던 모양입니다."

"만화책 아니거든." 스즈카가 종알거린다. "《사실은 무서운 우주의 비밀》이라는 책이야."

"요컨대 내가 그 플레이아데스 성인 가운데 한 명이다?"

플레이아 씨는 얼굴빛 하나 변하지 않는다.

"플레이아데스 성인은 지구인이랑 꼭 닮았으니까요." 스즈카가 말했다. "매일 우리 가게 와서, 지구인이 뭘 먹는지 조사하고 컴퓨터에 기록해서……."

"어이." 겐스케가 황급히 스즈카의 입을 막는다. "정말 죄송합니다, 실례되는 말만."

"그렇다 해도." 플레이아 씨가 겐스케와 스즈카의 얼굴을 차례로 바라보았다. "뭔가 이유가 있을 텐데요. 제가 외계인이라고 생각하게 된 이유가."

신기한 표정으로 턱에 손을 갖다 대는 플레이아 씨에게 스즈카가 말한다. "봤단 말이에요."

"뭘?" 플레이아 씨가 묻는다.

"어제저녁 때, 신사 앞에서. 하늘 보면서 '어이'라고 외쳤잖아요. 그때 날아가던 노란빛이 동료들 UFO죠?"

보완하면 이런 얘기다. 어제…… 일요일 오후 5시 반쯤. 스즈카가 친구 집에서 돌아오는 길에 근처 가누마신사 앞에서 플레이아 씨를 봤다. 차를 길가에 세우고 서서, 해가 떨어진 하늘을 올려다보고 있더란다. 스즈카가 가만히 다가가면서 플레이아 씨의 시선 끝을 쫓아갔다. 노란빛이 스으윽 하늘을 가로지르고 있었다. 근거는 잘 모르지만 스즈카의 주장에 의하면 그건 절대 비행기가 아니란다. 더욱이 그 빛을 향해 플레이아 씨가 "어이" 하고 소리쳤다는 것이다.

스즈카의 엉뚱한 주장에도 플레이아 씨는 표정을 바꾸지 않는다. 오히려 이해한 것처럼 "그렇구나" 하고 두어 번 고개를 끄덕였다.

"논리적인 추론이야. 게다가 전부 사실이고."

"전부 사실이라면." 겐스케가 놀라서 확인한다. "설마, UFO라는 것도?"

"그러네요." 플레이아 씨는 스즈카에게서 눈을 떼지 않는다. "미확인비행물체는 아니지만, 어제 그것은 분명 우주선이니까."

"역시……."

겐스케의 앞치마를 붙들고 있는 스즈카의 손에 힘이 들어간다.

"그리고 플레이아데스 성인은 아니지만, 나는 분명 우주인이고."

스즈카가 숨을 삼킨다. 얼어붙은 스즈카를 보고 플레이아 씨가 처음으로 미소를 떠올린다.

"그때 내가 보고 있던 건 ISS, 국제 우주스테이션이야."

"우주스테이션?" 스즈카의 눈이 휘둥그레진다.

"고도 400킬로미터의 우주 공간을 빙글빙글빙글 돌고 있어. 우주비행사도 타고 있으니까 우주선의 일종이라고 봐도 틀리지 않아."

"그런 게, 육안으로 보입니까?" 겐스케가 옆에서 물었다.

"물론 그때의 궤도에 따라 다릅니다만. 시간대로는 새벽이나 해질 녘에 노란빛이 하늘을 스으윽 가로질러 갑니다."

"비행기랑 헷갈릴 것 같은데요."

"느낌이 조금 달라요. 비행기처럼 빨강이나 초록빛은 보이지 않고, 부웅 하는 소리도 나지 않습니다. 조용히 스으윽 지나가죠. 그러니까……."

플레이아 씨는 스즈카에게 시선을 다시 돌리고 고개를 끄덕인다.

"그 빛을 뭔가 특별한 비행체라고 생각한 너의 관찰은 지극히 정확해."

스즈카가 기쁜 표정을 지으며 겐스케의 앞치마 자락을 좌우로 흔들었다.

"그래도……." 스즈카가 멋쩍음을 얼버무리는 것처럼 말한다. "이런 데서 '어이' 하고 소리쳐도 우주 비행사한테는 안 들린다고 생각해요."

"하기는. 그래도 그런 건 논리가 아니거든. 거기 우주에서 일하는 사람들이 있다고 생각하면 소리치지 않고는 못 배기지."

"나도, 한 번 더 제대로 보고 싶다."

스즈카의 말에 플레이아 씨가 움직였다. 선 채로 노트북을 열어, 손가락을 놀려 뭔가 검색하기 시작한다.

"JAXA 홈페이지에 ISS 궤도 정보가 공개되니까 언제 이곳 상공을 지나가는지 알 수 있어."

JAXA라면 겐스케도 안다. 우주 관계 연구기관이다. 이곳 쓰쿠바에도 쓰쿠바 우주센터라는 시설이 있다. 플레이아 씨는 그곳 관계자일까. 그렇지만 이 일대는 오래된 지역이다. 타지에서 온 연구자나 기술자는 대부분 시 중심부(이른바 연구학원지구)에서 도회적인 생활을 한다. 이런 시골구석에 볼일은 없을 테고, 가게 단골손님 가운데도 그런 인종은 없다.

"내일도 좋은 조건으로 관측할 수 있겠다. 날씨도 맑은 모양이고." 플레이아 씨가 말하고는 겐스케의 얼굴을 쳐다보았다. "괜찮으세요?"

"네?"

"메모 준비라든가."

"아 네, 네." 허둥대며 앞치마 주머니를 더듬어 수첩과 몽당연필을 꺼냈다. '미림, 흰 된장, 청경채'라고 휘갈겨 적은 첫 장을 찢어 구긴다. "말씀하십시오."

"내일, 11월 16일. 관측지 쓰쿠바. 보이기 시작하는 시각이 17시 24분 30초, 남남서 상공. 최대 앙각, 다시 말해 하늘 가장 높이 오는 시각은……."

담담하게 읽어 내려가는 시각과 방위를 지저분한 글씨로 받아 적는다. 옆에서 들여다보던 스즈카가 참견했다.

"아니야, 맨 마지막은 북북동이 아니라 동북동이거든."

"아, 그런가."

고쳐 쓰고 처음부터 복창하자 플레이아 씨가 만족한 얼굴로 컴퓨터를 닫았다. 스즈카가 겐스케의 손에서 수첩을 낚아채 눈을 반짝이면서 다시 읽는다.

"혹시 손님께서는……." 겐스케가 물었다. "우주센터 연구원이신가요?"

"아뇨." 플레이아 씨가 고개를 저었다. "연구자는 맞는데, 직장은 고高에너지 가속기 연구기구라는 곳입니다."

"아아, 저 국도변이요?"

겐스케가 남쪽을 가리켰다. 여기서부터 시 중심부를 향해 몇 킬로미터 가면 넓은 대지 앞에 간판이 나와 있다.

"저야 뭘 하는 곳인지 짐작도 안 가지만요."겐스케는 무리해서 입가를 올린다.

"여러 프로젝트가 동시 진행됩니다만, 저는 소립자 물리학을 연구합니다."

"**소립자**가 뭔데요?"스즈카가 재빨리 질문한다.

"소립자의 '소'는 '기본'이라는 뜻이야. 입자는 작은 가루를 말해."

플레이아 씨는 스즈카의 표정을 확인하면서 설명을 덧붙여 나간다. 서비스 정신과는 좀 다르지 싶다. 조금 전 플레이아데스 성단 건도 그렇고, 과학 지식을 잘못 알고 있는 걸 그냥 넘기지 못하는 타입일까.

"예를 들어 이 컴퓨터 몸체."플레이아 씨가 은색 표면을 손톱으로 톡톡 두드렸다. "이건 알루미늄이라는 원소의 가루로, 원자라고 하는데 이게 규칙적으로 늘어서서 만들어진 거야."

"알루미늄은 자석에 안 달라붙어요."스즈카가 뽐내듯 끼어든다.

"맞아. 원자를 풀어헤치면 전자와 양자와 중성자가 돼. 양자와 중성자는 더 풀어헤칠 수 있는데, 그걸 쿼크라고 한다."

"쿼크……."스즈카가 홀린 것처럼 되뇐다.

이쯤 되면 겐스케도 두 손 들 수밖에 없다.

"쿼크에도 여러 종류가 있지만, 현재는 그 이상 풀어헤치기는 불가능하다고 보고 있지. 쿼크처럼 물질의 **기본**이 되는 입자를 소립자라고 해."

"그렇다면 다시 말해……."스즈카가 한껏 어른스럽게 생각하는 표정을 짓는다. "세계에서 제일 작은 걸 연구한다고요?"

"맞아. 동시에……." 플레이아 씨가 눈썹을 살짝 치켜올린다. "세계에서 가장 커다란 것을 연구하는 일도 되지."

"네?" 스즈카가 눈을 크게 뜬다. "세계에서 제일 큰 거라면……."

플레이아 씨가 좁은 턱을 쓱 쳐들고 밤하늘을 올려다보았다.

"우주."

*

새벽 1시를 넘긴 국도는 오가는 차가 거의 없었다.

여유 있게 조성된 4차선 도로에는 신호도 조명도 없다시피 했다. 좌우에 펼쳐지는 어둠은 전부 논이다. 앞쪽에 자동차 불빛이나마 보이지 않으면 건설 중인 고속도로에라도 잘못 들어온 것 같은 착각에 빠진다. 조금씩 민가가 늘어나지만, 불이 밝혀진 창은 많지 않다. 신호를 넘어간 곳부터 도로 오른쪽에 높은 울타리가 시작된다. 그 너머가 고에너지 가속기 연구기구다.

겐스케가 핸들을 쥔 채 턱짓을 하며 조수석의 스즈카에게 말한다. "여기야, 그 사람 연구소."

"그렇구나." 스즈카가 나직이 말했다.

파자마 위에 플리스 저고리를 입혀 나왔지만, 조금 추운지 양손을 허벅지와 시트 사이에 찔러 넣고 있다. 겐스케가 히터를 켰다.

"엄청 넓다." 스즈카가 한없이 계속되는 울타리를 바라보면서 말했다.

건물은 보이지도 않는다.

"여기 지하에, 실험에 쓰는 커다란 기계가 묻혀 있대. 전에 뉴스에서 봤어."

"흐응."

낮게 소리를 흘리는 스즈카의 옆얼굴을 엿본다. 창밖을 향한 눈은 이 아이가 한밤중에만 보이는 그 눈이었다. 경치를 보는 것 같은데, 보지 않는다. 이 세상이 아닌 어딘가를 보는 듯한 눈. 평소 명랑하게 지내는 것처럼 보이지만 사실은 이게 진짜 표정인지도 모른다는 생각이 이따금 든다.

오늘 밤은 필경 드라이브를 하겠구나 짐작은 했다. 플레이아 씨와 그런 이야기를 했으니까.

스즈카가 2학년에 올라가면서부터니까 벌써 1년 반째다. 멀쩡히 제 방 이불 속에 누워 있다 말고 한밤중에 '잠이 안 온다'고 호소하게 되었다.

그런 일이 일주일에 두세 번, 많을 때는 나흘 계속된 적도 있다. 조금이라도 평소와 다른 일이 있었던 날 밤은 반드시 그랬다. 딱히 별일 없었다 싶은 날도 겐스케는 모르는 계기가 본인에게는 분명 있을 터였다.

그럴 때 스즈카를 재우는 방법은 하나뿐이다. 경트럭에 태워 모두 잠든 동네를 달리는 것이다. 대개 한 시간쯤 달리면 하품을 시작한다. 그것을 확인하고 집에 돌아오면 순순히 이불 속으로 들어가 다시 잠을 청했다. 시행착오를 거쳐 고안해낸 대처법이다.

물론 이걸로 됐다고 생각하지는 않는다. 불면의 원인을 밝혀내서 제거해줘야 한다는 것도 안다. 그렇지만 구체적으로 뭘 어떻게 해야 할까?

이럴 때 도모미라면…….

자신도 모르게 상상하다 말고 피식 웃는다. 애초에 도모미가 살아 있었다면 이렇게 되지도 않았겠지.

올해 5월, 가정방문이 있었다. 아빠와 딸 2인 가구. 새 담임선생님 은 이 댁엔 시간을 듬뿍 할애하겠습니다, 하는 얼굴로 현관 앞에 서 있었다. 일단 전해줘야 할 것 같아 그 얘기를 하자, 담임은 애처롭다 는 양 몇 번이고 고개를 끄덕이고 "우선 학교 심리교사와 상담하고, 경우에 따라서는 병원을 소개받는 편이 좋을지도 모르겠네요"라고 말했다.

겐스케는 움직이지 않았다. 여름방학 전에 한 번, 담임이 전화로 그 뒤의 상황을 물었을 때도 "조금 더 지켜보겠다"고 잘라 말했다. 좋지 않은 태도인 줄은 안다. 그런데도 상담사나 의사가 내 딸의 뭘 안다고, 하는 생각을 지울 수 없었다. 스즈카가 마음의 병이라고 처 음부터 단정 짓는 듯한 말투에 반감이 일었다.

도모미가 세상을 떠난 지 곧 4년이다. 부모로서 부족함 없이, 딸 이 외로움을 느끼지 않게 겐스케 나름대로 필사적으로 노력했다. 도 모미만 있었더라면, 하고 생각하지 않는 날은 없었지만, 영정 앞에 서 우는소리는 삼키고 버텨왔다. 그 고생을, 아무것도 모르는 생판

남이 부정하는 것 같아 그저 기분이 나빴다.

그래도……. 겐스케는 조그맣게 한숨을 뱉었다. 이제 그런 여유로운 소리도 못할 입장일까. 최근 스즈카의 관심이 이상한 쪽으로 향하는 기색이다. 어디서 빌려오는지 마법이니 심령, 괴기 현상에 대한 책과 만화책이 책상에 놓여 있고는 했다. 플레이아데스 성인 건도 그렇다.

신비한 것에 끌리기 시작할 나이라지만, 쏠려도 너무 쏠린다 싶다. 며칠 전 방에 놓여 있던 태블릿을 슬쩍 보니 '윤회 전생'과 '환생'을 검색한 페이지가 열려 있었다. 자신이 가게에 나가 있는 동안 스즈카가 혼자 그런 것을 뒤적인다고 생각하면 등줄기가 차가워지고 가슴이 죄어든다.

스즈카의 머릿속을 이런 종류의 망상이 차지한다면 일종의 현실 도피가 아닐까. 스즈카에게 현실은 그 정도로 괴로울까. 이 세상이 아닌 어딘가로 도망치고 싶을 만큼…….

교차점에서 오른쪽으로 꺾어져 가쿠엔니시대로로 접어든다. 여기서부터 쓰쿠바역 방면으로 향하는 것이 최근 몇 달의 정해진 코스였다. 오른쪽에 토목 연구소 대지가 계속 이어진다. 왼쪽에는 가게나 사옥도 드문드문 보이지만, 환한 빛을 밝힌 것은 편의점 정도다.

"아빠가, 좀 알아봤거든?" 겐스케가 대수롭지 않다는 듯이 입을 열었다.

"뭘?"

"잠을 잘 못 자는 사람들을 위한 병원이란 게 있나 보더라. 이 근

201

처에도 있어."

정신과나 심료내과를 가자는 게 아니야, 속으로 스즈카와 자신에게 애써 변명했다.

"흐응."

"시험 삼아 한 번 가보고……."

"안 가." 스즈카가 말허리를 끊었다. "나 병 아니거든. 튼튼해."

"그래도 무슨 병의 전조이거나 하면 좀 그렇잖아? 그러니까……."

"싫어. 절대 안 가."

이렇게 나오리라 짐작은 했다. 소아과건 치과건, 스즈카는 병원 이름이 붙는 곳이라면 아무튼 질색한다. 무리도 아닐 터다. 엄마와 할머니. 누구보다 자신을 사랑해줬던 두 사람을 4년 사이에 연이어 떠나보냈다. 소독약 냄새가 떠다니는, 비슷하게 생긴 병실에서. 스즈카에게 병원은 사람이 죽는 장소다.

높은 맨션과 빌딩이 시야에 들어왔다. 연구학원지구 중심부로 들어섰다. 도로가 편도 3차선으로 늘어나는 부근부터 경치가 확 달라진다. 옛것과 새것이 무질서하게 뒤섞인 시골 마을에서 싸늘하리만큼 균형 잡힌 무기질의 거리로.

교차점에서 좌회전해 가쿠엔주오거리로 들어간다. 호텔과 입체주차장 사이를 지나면 오른쪽이 버스터미널, 왼쪽이 중앙 공원. 쓰쿠바역은 바로 그 지하다. 그 너머에 걸쳐진 육교 못미처 갓길 가까이에 경트럭을 댔다.

엔진도 끄기 전에 스즈카가 문을 열었다. 이곳에 오면 스즈카는 반드시 밖에 나가 걷고 싶어 한다. 같이 차에서 내려, 여느 때처럼 공원 쪽에서 경사로를 지나 육교 옆으로 올라갔다. 6차선을 가로지르는 긴 육교는 폭만 해도 10미터 정도 된다. 이 주변이 개발될 때 생긴 육교라 디자인도 현대적이다. 바닥은 타일, 난간은 알루미늄이다. 전체적으로 완만한 아치를 그린다.

인적은 없다. 육교 건너편의 쇼핑센터와 호텔도 얼마 남지 않은 불빛만이 건물의 윤곽을 드러낸다. 쓰쿠바 유수의 번화가라지만 이 시간이면 조용하다. 아래 도로를 지나가는 자동차 소리가 간간이 들릴 뿐이다.

몇 미터 앞장서서 걷던 스즈카가 육교 한복판에서 발을 멈췄다. 난간으로 다가가 맨 윗부분을 붙잡고 발돋움한다. 스즈카는 여기서 한밤의 거리를 바라보는 걸 좋아한다.

겐스케도 옆으로 가서 난간에 팔꿈치를 짚었다.

바로 아래는 활주로처럼 도로가 똑바로 뻗어 있다. 도로 양쪽에 같은 간격으로 늘어선 노란색 조명은 막다른 길 표지등이다. 왼쪽으로 눈을 돌리면 똑같이 생긴 맨션들, 오른쪽에는 빌딩들이 우뚝우뚝 서 있다.

언제 봐도 어딘가 현실과 동떨어진 광경이다. 거리 전체를 다른 데서 만들어다 논밭 가운데 툭 내려놓은 것 같다. 잠시 보기만 해도 꿈꾸는 듯한 감각에 사로잡힌다.

"이러니까 꼭……." 빌딩 옥상에서 반짝이는 붉은 불빛을 바라보면서 입을 연다. "우리가 외계인 같네?"

스즈카가 고개를 돌려 올려다본다. "왜?"

"이러고 있으면 다른 별에서 온 것 같은 기분이 들지 않아?"

"안 들어." 스즈카가 쌀쌀맞게 말했다.

"상상해봐. 우린 이나카'시골'을 뜻하는 일본어별 사람들이야. 이나카별에서 낡은 우주선 게이토라'경트럭'을 뜻하는 일본어호를 타고 이곳 쓰쿠바별을 찾아왔어."

"아, 뭐야."

"깊은 밤 은밀히 착륙해서 우주선 문을 열지. 그리고 처음으로 쓰쿠바별 수도의 풍경을 보는 거야. 그때 이나카 성인의 심정이 이렇지 않겠어?"

"뭐래." 스즈카의 입가에 마침내 웃음이 번진다. "처음 보는 것도 아니면서."

"그런가? 그렇구나."

겐스케가 소리 없이 웃으며 자신이 한 말을 곱씹었다.

겐스케와 스즈카는 단둘이 이 별을 찾아온 외계인이다. 그렇게 생각하면 신기할 정도로 아귀가 맞는다. 늘 가슴에 품은 뭐라 말할 수 없는 쓸쓸함이, 나란히 선 자신과 딸아이의 발밑을 흐르는 불안이 잘 설명되는 기분이었다.

겐스케는 야마나시에서 태어나 이사와 온천가에서 자랐다. 어릴 때 부모님이 이혼해, 어머니가 온천 료칸의 나카이료칸이나 요정에서 손님 시중을 들거나 심부름하는 여성로 일하면서 외아들 겐스케를 길렀다. 고등학교를 졸업하고 상경해 야간 조리 전문학교에 들어갔다. 낮에는 학교가 알선한 레스토랑에서 아르바이트를 해 학비와 생활비를 벌었다. 조리사 면허를 따자 니혼바시에 있는 요정에 취업했다. 묵묵히 7년 일하고 니카타요릿집에서 끓이는 일을 담당하는 요리사를 맡게 됐을 즈음, 슬슬 이사와로 돌아가 료칸 주방에 자리를 찾아볼까 하는데 어머니가 갑자기 세상을 떠났다. 지주막하 출혈이었다.

천애 고아 신세가 된 겐스케가 안쓰러웠는지, 조리장이 소개하고 싶은 아가씨가 있다고 했다. 맞선이란 부담은 갖지 말라면서 긴자의 한 레스토랑으로 끌고 가다시피 해 만나게 해준 사람이 도모미였다. 조리장의 오랜 친구 외동딸로 겐스케와 동갑이었다. 아버지가 생전에 쓰쿠바에서 작은 초밥집을 경영했단다.

첫인상은 비교적 희미했다. 뭔지 머무적거려서 무슨 생각을 하는지 잘 알 수 없었다. 딱히 미인이랄 수는 없었지만 웃을 때 생기는 보조개가 눈을 끌었다. 저쪽은 저쪽대로, 이 남자는 도대체 따분한 건지 긴장한 건지 가늠이 되지 않더란다. 두어 번 만나면서 원래 그런 얼굴인 걸 알자 도모미는 딴사람처럼 말이 많아졌다. 사귄 지 한 달도 되지 않아 하코네로 1박 2일 여행을 다녀오자는 말을 먼저 꺼낸 쪽도 실은 도모미였다. 이쪽이 애써 화제를 찾지 않아도 도모미는 혼자 떠들고 혼자 웃었다. 섬세한 구석은 좀 부족한 대신 이쪽의 결점을 잡아내 왈가왈부하는 일도 없다. 일생일대의 연애는 아니지만 이 여자라면 몇 십 년을 같이 할 수 있을 것 같았다.

1년 후, 친족만 모여 조촐한 신전식신사에서 혼인을 서약하는 일본의 전통 결혼식을 치렀다. 두 사람이 서른 살 때다. 당초 식까지 올릴 엄두는 내지 못했는데 조리장이 펄쩍 뛰었다. 먼저 간 벗 대신인지 아무튼 팔을 걷어붙이고 지인의 신사에 식을 부탁하고, 가게를 빌려 피로연까지 열어주었다. 니시카사이에 아파트를 얻어 둥지를 틀고 2년 후 스즈카가 태어났다. 아무 불만도 불안도 없었다. 언젠가 둘이 자그마한 식당을 열자는 소박한 꿈도 품게 되었다.

도모미의 유방암이 발견된 것은 스즈카가 세 살이 된 직후다. 이미 림프절과 뼈로 전이되어 수술은 힘들다고 했다. 절망한 겐스케 곁에서 도모미는 명랑함을 잃지 않았다. 아니, 잃을 수가 없었을 것이다. 스즈카가 있었으니까.

치료를 앞두고 부부가 의논한 결과 도모미의 쓰쿠바 본가에 의지하기로 했다. 도모미를 간병하고 스즈카를 돌보자면 아무래도 장모님의 도움이 필요했다. 장모님 혼자 사는 집은 오래된 단독주택으로, 1층의 절반을 문 닫은 초밥집이 차지하고 있었지만 방은 넉넉했다. 조리장에게 자초지종을 설명하고 도쿄를 떠나 가족 셋이 이곳으로 옮겨왔다.

도모미는 대학병원에서 약물 치료를 시작하고, 겐스케는 주문 도시락가게 주방에서 일했다. 급료는 적었지만 근무 시간이 짧아서다. 장모님은 딸과 손녀를 위해 최선을 다했다. 어린 스즈카도 이것저것 참는 법을 배웠다. 각자 나름대로 애썼지만 사태는 호전되지 않았다. 빛이 보이지 않는 2년의 투병 끝에 도모미의 체력과 기력이 눈에 띄게 쇠약해지기 시작했다. 겐스케는 그때 결심했다. 방치됐던 1층 가게 자리에 식당을 열자. 둘만의 가게를 가지는 것은 도모미의 꿈이기도 했다. 이렇게나마 첫발을 내딛는 것이 기적을 불러올지도 모른다.

반년쯤 들여 필요한 곳을 혼자 손보고, 중고 조리도구와 식기를 사들였다. 장인어른의 옛 가게 '사카에 초밥'에서 멋대로 따다가 이름도 '사카에 식당'으로 정했다.

병실에서 그 사실을 일러주자 도모미는 촌스럽다며 오랜만에 소리 내어 웃었다. "이름은 좀 그렇지만, 요리로 깜짝 놀래주는 가게로 만들자. 나, 이 사람 도쿄 니혼바시 요정에서 수련했답니다, 하고 손님한테 자랑하고 싶어." 겐스케가 채산도 맞지 않는 '오늘의 특선'을 고집하는 것도 도모미의 그 말이 가슴에 새겨져 있기 때문이다.

겐스케가 '사카에 식당' 주방에 서는 모습을 보지 못하고 도모미는 세상을 떠났다. 오픈 예정일을 한 달 남기고서. 다섯 살의 스즈카가 엄마의 죽음을 어떻게 받아들였는지 겐스케는 솔직히 상상조차 할 수 없다. 받아들이지 못한 채 지금에 이르렀을 가능성도 있다. 도모미가 죽고 반년이 지나자 스즈카는 엄마 얘기를 일절 입에 담지 않게 되었다.

겐스케는 슬픔에 잠겨 있을 형편이 아니었다. 스즈카는 한창 손이 필요할 나이였고, 석 달 늦춰 개업한 식당도 궤도에 올려야 했다. 지금 돌이켜보면 당시는 필요 이상으로 많은 것을 스스로 짊어졌다는 생각도 든다. 고민할 겨를을 주지 않음으로써 자신의 마음을 지키려 했는지도 모른다.

동분서주하는 겐스케와는 대조적으로 장모님은 단번에 늙어버렸다. 스즈카에게는 변함없이 다정한 할머니였지만, 방에만 틀어박혀 지내다 지병인 당뇨병을 악화시켰다. 딸을 잃은 스트레스와 당뇨병이 기력을 빼앗았으리라. 도모미가 죽고 2년 후 겨울, 감기를 묵혀 폐렴을 일으키더니 그길로 허망하게 세상을 떠나고 말았다.

그로써 연고도 무엇도 없는 이곳에 겐스케는 스즈카와 덜렁 남겨졌다.

"슬슬 갈까?"

스즈카의 웃옷 지퍼를 턱 밑까지 올려준다.

"응."

고개를 끄덕이는 스즈카에게 겐스케가 왼손을 내밀었다. 스즈카가 순순히 손을 잡았다. 오랜만에 잡아보는 손이다. 천천히 육교를 걷는다. 왼손에 전해지는 온기가 이전과는 희미하게 감촉이 달랐다. 그새 손이 컸구나. 믿기지 않게 조그맣던 스즈카의 손이, 어느새 이렇게.

문득 도모미와 마지막으로 나눴던 말을 떠올린다. 12월 9일 밤, 병실에 단둘이 있을 때다.

잠든 줄 알았던 도모미가 잠꼬대처럼 겐스케를 찾았다. 항암제로 부은 얼굴을 천장으로 향하고, 눈을 감은 채 입술만 움직였다.

"스즈카, 우는 거 아니야?"

"스즈카는 안 왔는데." 겐스케가 말했다.

"젖 먹을 시간인가, 기저귀인가……."

스즈카가 아기 때 꿈을 꾸는지, 진정제 탓으로 환청을 듣는지.

"알았어. 보고 올게." 겐스케가 말을 맞추었다. "스즈카는 내가 안고 있으니까 괜찮아."

도모미는 안심한 듯 고개를 끄덕이고 다시 잠에 빠졌다. 그리고 그대로 혼수상태에 빠져 이틀 후, 조용히 숨을 거두었다.

어이, 도모미. 스즈카가 이렇게 컸어. 봐, 좀 보라고.

잡은 손을 자신도 모르게 치켜들려는데 스즈카가 소리를 높였다.

"어, 봐봐."

눈앞의 노면에 비치는 그림자를 손가락으로 가리킨다. 육교 난간에 설치된 조명이 만든 크고 작은 두 개의 그림자가 손을 잡고 있다.

"봐, 외계인 같지 않아?"

"정말이네."

빛의 가감 탓이겠지만 둘 다 기이하리만큼 머리가 크다.

"우,리,는,우,주,인,이,다."

겐스케가 고개를 좌우로 까딱거리자 그림자도 커다란 머리를 덜걱덜걱 움직였다. 스즈카가 낄낄 웃는다.

외계인 부녀는 손을 잡은 채 다시 걸음을 옮겼다.

*

"컴퓨터는 쿼크로 만들어졌어요." 테이블 한쪽으로 밀려난 노트북 컴퓨터를 보며 스즈카가 거듭 확인하듯 말했다.

"정확히는 쿼크와 렙톤이야." 고등어 된장조림을 젓가락으로 가르면서 플레이아 씨가 대답한다. "렙톤도 소립자인데, 전자電子는 그 동료지."

"렙톤······." 스즈카가 신묘한 표정을 지으며 되풀이하듯 말하고 또 묻는다. "그럼 생물은 뭘로 만들어져 있어요?"

"똑같아. 쿼크와 렙톤. 무척 맛있는 이 고등어도······." 플레이아 씨가 흰 살을 한 점 집어 올렸다. "참치도 돼지도, 나도 너도. 생물만이 아니야. 이 테이블도 의자도 컵도 물도. 이 세계에 존재하는 물질은 저언부 다 쿼크와 렙톤으로 만들어져 있어."

"저언부 다······."

스즈카는 여우에게 홀린 듯한 표정으로 다른 손님이 없는 가게 안을 휘둘러보았다.

주방에서 듣고 있던 겐스케의 입가에 웃음이 번졌다. 쿼크니 소립자니, 이 허름한 식당과는 도무지 연이 없어 보였다. 그나저나, 식재료를 냉장고에 넣으면서 생각한다. 과학자란 어지간히 무미건조한 인종이구나. 고등어도 참치도 돼지도, 파고들면 똑같은 걸로 만들어졌다니. 과학적으로는 그럴지 몰라도 밥집에서 저런 말을 들으면 입장이 뭐가 돼. 이쪽은 저마다 다른 식재료의 개성을 최대한 끌어내려고 노력 중이건만.

문득 궁금해진다. 혹시 저 사람이 똑같은 정식을 돌아가며 주문하는 것은 뭘 먹건 어차피 **기본**은 똑같다고 생각하기 때문일까······.

겐스케가 주방 칸막이에서 고개를 내밀며 말한다. "어이, 스즈카. 질문은 나중에 하자. 식사하시는 데 방해되잖아."

"저는 별로 상관없습니다."

플레이아 씨의 말에 스즈카가 우쭐대며 턱을 치켜든다. 겐스케가 죄송합니다, 하고 플레이아 씨에게 고개를 숙였다.

오늘 저녁, 우주스테이션은 확실히 잘 보였다. 겐스케도 내일 영업 준비를 하다 말고 스즈카와 나란히 서서 그것이 나타나기를 기다렸다. 당연하지만, 노란빛은 플레이아 씨가 가르쳐준 시각에 남쪽 상공에 나타나, 몇 분 동안 하늘을 가로질러 동쪽 상공으로 사라졌다. 스즈카는 플레이아 씨가 그랬다는 것처럼 "어이! 어이!" 하고 깡충깡충 뛰면서 사라져가는 빛을 향해 두 손을 흔들었다.

플레이아 씨가 어김없이 가게에 나타나자 스즈카는 냉큼 달려가 흥분한 기색으로 그 사실을 보고했다. 그러고는 그대로 맞은편에 눌러앉아 이것저것 물어대는 중이다.

젓가락을 부지런히 움직이는 플레이아 씨를 빤히 바라보며 스즈카가 묻는다. "맛있어요?"

"맛있어. 굉장히."

"왜 맨날 똑같은 것만 먹어요? 월요일은 이거, 화요일은 저거."

"아아⋯⋯." 플레이아 씨가 인중에 주름을 잡으며 말했다. "미리 정해두지 않으면 선택이 힘들어서 곤란하니까. 여기 올 때는 연구 모드에서 미처 전환이 안 된 상태라 딴 일을 생각하지 못해."

"안 질려요?"

"이 집 음식은 전혀 안 질려. 뭘 먹어도 맛있어. 그래도 슬슬 석 달째니까 요일별 순서를 좀 바꿔볼까 해."

"우리 가게는 누가 가르쳐줬어요?"

플레이아 씨는 입속에 든 걸 삼키고 고개를 저었다. "자력으로 찾아냈어. 새로운 지역에 오면 제일 먼저 믿을 만한 식당부터 찾아. 이번엔 쉽지 않아서, 여기 오는 데 몇 달이나 걸렸지만. 나 같은 떠돌이한테는 엄청 중요한 일이야."

"떠돌이가 뭔데요?"

"여러 지역을 돌아다니면서 살아가는 사람."

그렇다면…… 겐스케는 생각했다. 이 사람은 연구소 정직원은 아니란 말일까. 워낙 연이 없는 세계의 일인지라 그게 일반적인지 어떤지도 알 수 없다.

"그럼……." 겐스케가 주방에서 말했다. "이쪽엔 최근에 오신 거네요?"

"네, 올봄에."

"그때까지는, 어디에……."

"작은 걸 보는 것은 현미경이죠." 스즈카가 불쑥 끼어들었다. "소립자도 현미경으로 봐요?"

플레이아 씨가 셔츠 윗주머니에 손가락을 넣어 작은 은색 루페를 꺼냈다. 목에 건 검은 줄에 이어져 있다. 고등어 살점을 젓가락 봉투 위에 올려놓고 렌즈를 당겨 들여다본다.

"으음, 근섬유 다발밖에 안 보이네."

그러고는 루페를 스즈카에게 건넸다. 스즈카가 흉내 내어 렌즈를 들여다본다.

"유감스럽지만 고성능 전자현미경을 사용해도 소립자는 볼 수 없어. 소립자에 애초부터 크기나 형태가 있는지 어떤지조차 알려진 게 없고. 그래도 소립자의 존재나 행동 방식은 특별한 장치를 사용해서 관측할 수 있지. 그게, 가속기야."

"가속기. 아, 연구소 이름에 들어간 거다." 스즈카가 뭔가 생각해 낸 것처럼 플레이아 씨의 눈을 엿본다. "이름은요?"

"이름이라면, 가속기?"

"아뇨. 저는, 다나베 스즈카예요."

"아아, 내 이름? 혼조 사토코."

"혼조, 사토코." 소리 내어 또박또박 말해본다.

"가속기 얘기는, 이제 됐어?"

"아직요." 스즈카가 고개를 젓는다. "그 기계가 연구소 지하에 묻혀 있어요?"

"아아, 그건 알고 있구나."

"어젯밤 그 옆을 지나갈 때 아빠한테 들었어요."

"어젯밤?" 플레이아 씨가 되물었다. "나 가고 나서?"

표정이 어둡다. 어린아이가 밤을 돌아다니기에는 늦은 시간이라고 생각한 눈치다.

"아, 네." 겐스케가 끼어들었다. 허둥대는 목소리다. "차로, 좀 지나갔습니다."

"그러신가요."

수긍한 눈치는 아니었지만, 플레이아 씨는 다시 스즈카에게 시선을 돌렸다.

"맞아. 거기 지하에 가속기가 있어. 입자를 가속하는 링은 직경 1킬로미터, 둘레 3킬로미터. 아마 네가 다니는 학교 100개쯤은 들어갈걸."

"100개요? 무시 조그만 걸 조사하는데 그렇게 큰 기계가……."

"조사하려는 게 작으면 작을수록 장치는 커지고 실험도 힘들어져. 이 루페로 소립자까지 보인다면 최고로 즐거울 텐데."

플레이아 씨는 스즈카에게서 루페를 받아 들고 오른쪽 눈에 갖다 댔다.

"아, 우향성 중성미자다. K중간자와 뮤 입자도 튀어나왔네."

장난치는 표정은 전혀 없고 지극히 진지하다.

"오오, CP 대칭성 깨짐까지 알 수 있어……. 음? 처음 보는 이 입자는 혹시, 힉스 입자?"

"그거 평소에는 뭐에 써요? 소립자 같은 것도 안 보이는데." 스즈카가 물었다.

플레이아 씨가 루페를 손바닥에 내려놓으며 말한다. "나는 어릴 때부터 작은 것 덕후여서."

"작은 것이요?"

"미니어처 인형이나 가구는 물론이고, 잔멸치 속에 섞인 팥알보다 작은 문어나 게를 수집하거나."

"아, 나도 본 적 있어요."

"어느 날 아버지가 이 루페를 사다주셨어. 초등학교 1학년 때였는데, 단단히 빠져버렸어. 어딜 가든 들고 다니면서 꽃, 곤충, 돌멩이 할 것 없이 눈에 띄는 족족 관찰하지 않고는 못 배기는 거야. 학교 끝나고 돌아오는 길에도 그러느라 좀처럼 집에 닿지를 않아. 부모님이 경찰에 신고할 뻔한 적도 있어."

플레이아 씨는 된장국을 다 마시고 말을 잇는다.

"열 살 생일 선물로 현미경을 사달라고 졸랐어. 저렴한 거였지만, 그 뒤 몇 년은 미생물 덕후로서 흠뻑 빠져 있었지. 물벼룩, 짚신벌레, 볼복스 녹조류의 한 속. 고등학교 들어가면서는 그걸로 성에 차지 않았어. 더 작은 거, 더욱 작은 거, 더더욱 작은 걸 보여줘 하고." 플레이아 씨가 목을 긁는 시늉을 했다. "하루빨리 대학에, 최첨단 전자현미경이 있는 대학에 들어가 분자나 원자의 세계를 내 눈으로 보고 싶어서 몸이 근질근질했어. 그런데 잊을 수도 없는 고2 여름방학, 빅뱅이 일어났지."

스즈카는 입을 반쯤 벌린 채 거의 얼어붙어 있다.

"나는 고등학교에서 과학부였거든. 특별 활동 시간에 지금 내가 근무하는 연구소에 견학을 왔어. 당시는 고에너지 물리학 연구소라는 이름이었지만. 그때 처음 거대한 가속기 실물도 보고 전문 연구원의 이야기도 들었어. 소립자 물리학의 목표가 뭔지 알고 엄청난 충격을 받았지. 눈이 번쩍 뜨이는 수준을 뛰어넘어 머릿속에서 빅뱅이 일어났어."

"소립자 얘기를 듣고 왜 머릿속이 폭발해요?"

"소립자를 알면 우주를 안다는 걸 알게 됐으니까. 우주 탄생 직후는 소립자만의 세계였고, 따라서 소립자를 알면 지금의 우주가 왜 이러한지 알 수 있다. 가속기란 그 안에 우주를 창조하는 것과 같다. 세계에서 제일 작은 것을 들여다보면 세계에서 가장 큰 것이 보인다. 그 얘기를 듣고……." 플레이아 씨가 얼굴을 쓱 내밀며 두 눈을 부릅떴다. "눈앞이 활짝 열렸어."

스즈카가 흠칫하며 물러난다. 플레이아 씨는 다시 서늘한 표정을 짓고 루페 끈을 목에 걸었다.

"지금 내가 소립자 연구를 할 수 있는 건 이 루페 덕분이야. 그래서 늘 몸에 지니고 다녀. 이것만 있으면 나는 어디 있어도 괜찮아."

"어디 있어도……?"

"그래. 정글이건 사막이건, 공장이건 밤거리건. 이 루페를 들여다보면 진짜 내 자리가 보여. 이걸 받았던 무렵의 나로 돌아갈 수 있어. 내가 계속 나답게 있을 수 있는 용기를 얻어."

뜻도 모르면서 "흐응" 하고 소리를 흘리는 스즈카를 곁눈질하며 겐스케는 내심 놀랐다. 플레이아 씨는 실제로 공장이나 밤거리에서 일한 경험이 있을까.

플레이아 씨가 남은 채소 절임을 입에 넣었다. 젓가락을 내려놓고 손을 모은다.

"잘 먹었습니다."

"다 먹고 나서 항상 컴퓨터에 뭘 적어요?"

"밥 먹다가 문득 연구 아이디어가 떠오르는 일도 있으니까, 식후에 메모해."

"집에서 밥 안 해도 돼요?"

"어이, 스즈카." 주방에서 황급히 외쳤다.

"안 해도 돼." 플레이아 씨는 태연하게 응한다. "혼자 살고."

"아이, 없어요?"

"없어. 지금은 남편도 없고."

"아이, 싫어해요? 낳기 싫었어요?"

"스즈카, 그만하고 이리 와."

노여움을 담아 말했지만 스즈카는 처다보지도 않는다. 플레이아 씨도 이쪽은 아랑곳 않고 팔짱을 지른 채 "으음" 하고 신음을 낸다.

"아이는 싫지 않아. 낳기 싫었던 것도 아닌데, 그때그때 나한테 제일 중요한 일을 선택하다 보니 이렇게 됐어. 내가 전에 결혼했던 사람은 아이를 원했지만, 당시 나는 연구가 무척 순조롭던 터라 공백을 만들고 싶지 않았어. 부평초 같은 생활이 아이한테 좋을 성싶지 않았고. 그런 느낌."

"흐응."

"지금도 가아끔, 아이가 있는 생활은 어떨까 상상할 때는 있어. 하지만 그건……." 플레이아 씨가 가느다란 어깨를 움츠린 후 말을 잇는다. "없는 걸 욕심내는 거야."

"없는 걸 욕심내는 거." 스즈카가 혼잣말처럼 중얼거렸다.

"그래. 나는 없는 걸 욕심내기는 싫어. 내가 정말 하고 싶은 일을 하고 있으니까 그걸로 충분해."

영업 시각도 넘긴 터라 플레이아 씨를 따라 가게 밖으로 나간다. 스즈카는 이미 제 방으로 보냈다. 포렴을 걷기 전에 고개를 숙인다.

"정말 죄송합니다. 저 녀석이, 넉살 좋게."

"아이를 갖지 않는 선택을 하는 여성이 있다는 게 아직 믿기지 않는지도 모르겠네요." 플레이아 씨가 살짝 실눈을 뜬다. "그만큼 아주 멋진 어머니이신 거겠죠."

"뭐……라고 할까……." 한순간 머뭇거리다가 말해버린다. "애 엄마는 세상을 떠나서."

플레이아 씨의 눈썹이 꿈틀했다.

"그랬나요."

"네, 4년 전에 병으로요."

이런 말이 무슨 의미가 있으랴. 그것은 잘 알았다. 다만 아이도 없고, 소립자나 우주밖에 모르는 이 사람에게는 이야기해도 될 것 같았다.

"엄마가 없어선지 저 녀석, 이런 얘기에 민감합니다. 자기 처지와 포개서 생각한다고 할까, 비교한다고 할까."

플레이아 씨가 말없이 겐스케를 바라본다. 겐스케는 가슴에 가득한 불안이 흘러넘치는 대로 빠르게 말을 쏟아냈다.

"저 애도 많이 커서, 아버지만으로는 이것저것 미흡한 데가 있겠죠. 전에도 말씀드렸지만 최근에 뭔가 우주인이니 마술이니 환생, 그런 것만 흥미를 품는군요. 딸아이가 이상해지고 있다고는 생각하기 싫지만, 불면증도 좋아지지 않고요."

"불면증이요?"

"어젯밤도 그래서, 재우려고 드라이브를 나갔습니다."

"그랬군요."

눈을 내리깔고 침묵을 지키는 플레이아 씨를 보고는 정신이 돌아왔다.

"아니, 죄송합니다. 손님께 이런 쓸데없는 얘기를."

"제가…….." 플레이아 씨가 턱에 손을 갖다 대며 말한다. "심한 말을 해버렸군요."

"네?"

"없는 걸 욕심낸다, 같은 말을."

*

밭을 뒤덮은 어둠을 벗어나자 오른쪽 앞에 연구소 대지가 보였다.

노란색 점멸 신호를 지나고 조수석을 슬쩍 쳐다본다. 스즈카가 차창 너머 울타리를 텅 빈 눈빛으로 바라보고 있다. 연구소 입구 신호등을 지나 바로 왼쪽으로 들어간다. 농협 시설 주차장이다. 겐스케는 입을 열려다 말고 잠자코 엔진을 껐다. 스즈카도 말없이 차를 내린다.

주차장을 나와 횡단보도를 건너면 눈앞이 입구다. 문은 없고, 넓은 도로가 대지 안으로 곧게 뻗어 있다. 외등 아래 노란색 차단기와 무인 초소가 있을 뿐이다. 좌우로 나무 그림자만 보이고 소리 하나 없다. 마치 한밤의 공원 같다.

모퉁이 화단에 박힌 근사한 돌에 '고에너지 가속기 연구기구'라는 금색 글자가 빛난다. 스즈카는 그 옆에 서서 대지 안을 가만히 바라보았다. 멀리 보이는 건물 유리창에 불빛이 더러 있지만 인적은 없다. 새벽 1시, 연구소에서 누가 무슨 일을 하고 있는지 겐스케는 짐작도 할 수 없다.

3분쯤 기다렸다가 스즈카의 작은 등을 향해 말했다. "이제 그만하자, 이런 일. 여기서 버티고 서 있어도 별수 없어. 일이 바쁜 거겠지."

"이렇게 오랫동안 계속 바쁘다고?" 스즈카가 고개를 돌리고 노려본다. "그럴 리 없잖아."

하긴 벌써 2주째다. 무슨 연유인지 그날 이후 플레이아 씨가 가게에 한 번도 모습을 보이지 않았다. 이런 일은 물론 처음이다. 그 탓도 있으리라. 스즈카가 불면을 호소하는 밤이 늘어났다. 그리고 드라이브를 나올 때마다 이렇게 연구소 앞에 내려, 뭔가를 기다리는 것도 아니면서 그저 안쪽을 바라본 채 15분이고 20분이고 서 있다.

"......역시 나 때문이야?"

"응?"

"지난번에 내가, 물어보면 안 되는 걸 잔뜩 물어봤잖아. 아빠가 그렇다며."

"그랬지만." 겐스케가 한숨을 뱉었다. "아무려니 그런 일로 발길을 끊겠어."

그보다, 그날 헤어질 때 플레이아 씨가 신경 쓰던 일이 마음에 걸렸다. '없는 걸 욕심낸다'는 말은 분명 스즈카의 마음에 남은 눈치다. 엄마 일을 떠올렸을 것이다. 그날 밤 드라이브를 하면서 "없는 걸 욕심낸다는 게 무슨 뜻이야?"라고 스즈카가 물었다. 겐스케는 "손에 들어오지 않는 걸 갖고 싶어 하는 거"라고만 대답했다. 스즈카도 그 이상은 묻지 않았다.

메마른 북풍이 국도를 훑고 지나간다. 겐스케가 몸을 부르르 떨다 말고 알아차렸다. 스즈카는 파자마 위에 카디건만 걸치고 있다.

"너 점퍼는? 차에 두고 왔어?"겐스케와 색깔만 다른 걸로 사준 다운재킷을 챙겨 나왔을 터다. "여기 더 있을 거면 입어야 돼. 가서 가져오자."

머무적거리는 스즈카의 팔을 붙들고 빨간불이 점멸하는 횡단보도를 성큼성큼 건넌다. 농협 주차장에 들어섰을 때 스즈카가 발을 멈췄다. 음료수 자동판매기를 올려다보고 있다.

"뭐 따뜻한 거 마실래?"주머니에서 동전을 꺼내 스즈카에게 쥐여주었다. "아빠 것도 부탁해. 커피, 설탕 조금만 들어간 걸로."

겐스케가 스즈카만 남겨두고 경트럭으로 향한다. 국도를 달려온 승용차 한 대가 신호 근처에서 속도를 줄였다. 그대로 연구소로 들어가는 기척을 등 뒤에서 느낀다.

경트럭 좌석에서 스즈카의 다운재킷을 집어 자동판매기 쪽으로 눈길을 던지고 질겁했다. 스즈카가 없다. 주차장을 뛰쳐나와 "스즈카! 스즈카!"하고 소리치며 사방을 두리번거린다. 보도에는 인적이 없다. 그렇다면 연구소로 들어갔나.

주저 없이 부지로 들어섰다. 스즈카를 부르면서 안으로 들어간다.

차단기 왼쪽에 건물이 보였다. 달려가보니 유리창 밑에 접수대가 있고 영어로 '인포메이션'이라 적혀 있다. 안에는 불빛이 없다. "실례합니다!"라고 큰 소리로 불러보지만 반응이 없다. 지체 없이 길 건너편 주차장으로 뛰어갔다. 자동차 두 대뿐이다. 안쪽에 있는 단층 건물로 달려가본다. 유리문 너머의 복도는 컴컴하고, 당연하지만 문도 잠겨 있다.

어두운 대지 안을 한동안 닥치는 대로 찾아다녔다. 스즈카는커녕 개미 한 마리 없다. 급기야 자신이 지금 어디 있는지도 알 수 없어졌다. 그만 경찰에, 하는 생각이 머릿속을 스칠 때 길 너머에 작은 불빛이 보였다. 회중전등을 쥔 수위가 나타난다. 바로 뒤에서 작은 그림자가 튀어나와 이쪽으로 달려온다. 당장이라도 울음을 터뜨릴 것 같은 스즈카였다.

인포메이션 안쪽 수위실.

파이프의자에 얕게 걸터앉아, 건네받은 종이에 이름과 주소를 적는다. 스즈카가 옆에서 실쭉한 표정으로 바닥을 노려보고 있다.

백발의 수위가 책상 앞에 앉아 명부를 넘긴다. 겐스케 부녀의 주장이 사실인지 일단 확인해볼 모양이다. 오밤중의 미아 소동이니 무리도 아니다.

스즈카의 말에 따르면 자판기 앞에서 둘이 헤어진 직후, 연구소로 들어간 승용차에 플레이아 씨와 비슷한 사람이 타고 있었다. 스즈카는 플레이아 씨인 줄 알고 자동차를 쫓아갔다. 몇 번 모퉁이를 돈 데서 차를 놓쳤고 어둠 속에서 길을 잃었다. 울다시피 "아빠!" 하고 외치는데 마침 근처를 순회하던 수위가 발견했단다.

마지막으로 전화번호를 적고 볼펜을 내려놓은 후, 스즈카의 옆얼굴을 향해 한숨을 뱉었다. 아직 아무 말도 하지 않았는데 스즈카는 "아니, 그러게" 하고 입을 뾰족하게 내민다.

"닮았더란 말이야. 머리 스타일도."

"얼굴은 못 봤잖아? 차가, 파란색이었어?"

"아마 흰색이었을걸."

"그럼 아니네, 그 사람 자동차."

수위가 낮은 신음을 내고 돌아보며 말했다. "혼조, 라는 직원은 없는 것 같은데요."

"엇, 정말입니까?" 스즈카와 얼굴을 마주 본 후 말했다. "그래도 분명히 여기……."

"그 사람, 정직원이에요?"

"그러고 보면, 아닐지도 모릅니다."

"그럼 이쪽이군." 수위가 이번에는 컴퓨터 모니터를 향하고 파일을 훑는다. "비정규직은 워낙 자주 들락날락하니까요. 젊은 연구원이죠?"

"아뇨, 그렇게 젊다고는……."

"아, 그래요?" 수위가 새하얀 머리를 긁적였다. "으음, 이쪽도 데이터가 없네요. 벌써 그만둔 거 아닌가?"

"아뇨, 그런 일은……."

아무것도 들은 바 없다.

"뭐 사무 쪽도 일손이 부족한 모양이라, 단기 연구원의 경우는 이쪽까지 데이터가 넘어오기 전에 그만두는 일도 곧잘 있어요."

"그렇군요."

"소속은 알아요? 연구실 이름이라든가. 그것만 알면 내일이라도 전화 한 통이면 확인하는데."

"죄송합니다." 겐스케가 고개를 저었다. "그런 건, 아무것도."

*

결국 다음 주도, 그다음 주도 플레이아 씨는 나타나지 않았다. 물론 소식도 모른다.

늘 오던 손님이 갑자기 발길을 끊는 것은 드문 일은 아니다. 인생에는 뜻하지 않은 일이 일어난다. 사정은 불시에 변한다. 일상이라고 믿었던 나날은 놀랍도록 간단히 끊어진다. 자신의 반생이 그랬던 것처럼. 겐스케는 그렇게 이해할 수 있지만, 스즈카는 달랐다.

저녁 8시 반이면 가게로 나와 플레이아 씨를 기다리다가, 9시가 지나면 말없이 방으로 돌아간다. 그것을 매일 밤 되풀이했다.

해가 바뀔 무렵에는 두 사람 다 플레이아 씨 얘기를 입에 올리지 않게 되었다. 다만 영업이 끝날 때까지 카운터 한쪽에서 숙제를 하는 것이 스즈카의 일과가 되었다.

한밤의 드라이브는 여전하다. 연구소 앞에서 내리는 일은 이제 없지만, 쓰쿠바역 앞 육교는 반드시 들른다. 거기서 쓰쿠바 거리를 바라보고 있으면 겐스케도 문득 플레이아 씨를 떠올릴 때가 있다. 그리고 이런 생각이 드는 것이다.

그 사람은 정말로 실재했을까. 어쩌면 진짜 외계인이었고, 이미 자신의 별로 돌아간 것은 아닐까……

*

'삼치 뫼니에르生선에 밀가루를 묻혀 버터에 지져내는 요리(일식 레몬 풍미), 유채꽃대와 불똥꼴뚜기 초된장 무침, 죽순밥, 햇양파와 감자 된장국, 낫토.'

행주를 들고 카운터 칠판 앞에 서자, 한자 연습장을 풀던 스즈카가 얼굴을 들었다.

"왜? 오늘의 특선 아직 있잖아?"

"있는데, 낫토가 떨어졌지 뭐야. 나도 참."

겐스케는 '낫토' 두 글자만 지우고 '채소 절임'으로 고쳐 썼다. 그러는 김에 스즈카의 연습장을 엿본다. 연필로 '의議'라는 한자를 연습 중이다.

"4학년쯤 되니까 어려운 글자를 배우네."

"전부 다 아는 한자거든." 스즈카가 서늘한 얼굴로 말한다.

최근 스즈카는 독서에 더한층 열을 올리게 되었다. 주말마다 서점에 데려가 한 권씩 사준다. 마법이나 심령 책에만 쏠리지 않게 하려는 겐스케 나름의 대책이다. 지금은 추리소설에 흠뻑 빠진 눈치로, 어린이용 시리즈물을 몰아서 읽는 중이다.

불면 쪽은 좋아지지도 나빠지지도 않았다. 어찌어찌 달래고 얼러서 한 번 병원에 데려갈 수는 있었다. 그렇지만 수면표를 기록해 제출한 데서 치료가 중단됐다. 마음속 일을 의사가 꼬치꼬치 캐물은 게 어지간히 싫었으리라. 스즈카는 다시는 안 간다고 버티고 있다. 다음 달에는 또 가정방문이 있다. 담임은 그대로니까 분명 이 얘기가 나올 텐데. 생각할 때마다 마음이 무거워진다.

테이블석에서 스포츠 신문을 읽던 마지막 손님이 계산을 치르고 나갔다. 쟁반을 물리고 테이블을 닦으면서 문득 벽시계에 눈을 던진다. 8시 45분…….

그때다. 젖빛 유리 미닫이문에 헤드라이트 불빛이 들이비쳤다. 숨을 멈춘 스즈카와 얼굴을 마주 본다.

"알겠지, 스즈카." 겐스케가 빠르게 말한다. "만일 그렇다 하더라도 미주알고주알 캐묻는 거 아니다. 원망하는 말투도 안 돼. 그 사람은 어디까지나 손님이야."

1분도 지나지 않아 문이 열렸다. 플레이아 씨가 마치 어제도 왔던 것 같은 얼굴로 들어선다.

"어서 오세요." 겐스케도 평소와 다름없이 말했다. "오랜만이네요."

"오랜만입니다."

플레이아 씨는 카운터에서 굳어 있는 스즈카에게도 고개를 끄덕이고 지정석에 앉았다. 머리 스타일도 옷차림도 노트북 컴퓨터도, 이전과 다르지 않다. 유일하게 다른 점이라면 카운터 칠판에 눈길이 머문 것이다.

"오늘의 특선 주세요."

"오늘의 특선."

마침내 받아보는 첫 주문을 복창하고 주방으로 돌아가자, 스즈카가 뭔가 할 말이 있는 얼굴로 바라본다. 겐스케는 잠자코 고개를 끄덕이고 조리를 시작한다. 겐스케가 삼치를 프라이팬에 올리고, 플레이아 씨가 당연한 것처럼 노트북을 연다. 스즈카만 안절부절못하면서 플레이아 씨 쪽을 흘금거린다.

기이한 침묵과 긴장 속에 10여 분이 지나고 요리가 준비됐다. 다섯 품목을 쟁반에 올려 플레이아 씨 자리로 가져간다. 플레이아 씨가 "잘 먹겠습니다" 하고 손을 모은 다음 젓가락을 가른다. 된장국 그릇에 입을 댔을 때 마침내 스즈카의 인내심이 바닥났다. 의자를 홱 돌려 플레이아 씨 쪽을 향한다.

"왜요?" 날카롭게 묻는다. 제지할 겨를도 없이 스즈카가 내처 말한다. "왜 오늘은 오늘의 특선이에요?"

그쪽이냐, 겐스케가 숨을 뱉었다. 그거라면, 뭐 괜찮겠지.

"아아……." 플레이아 씨가 그릇을 내려놓으며 말했다. "오늘은 채소 절임이니까."

"채소 절임? 채소 절임 좋아해요?"

"오늘의 특선은 항상 낫토가 나오잖아. 나 낫토 못 먹어."

"앗! 그래서 주문을 안 했다고요?" 스즈카가 겐스케의 얼굴을 보며 묻는다. "들었어?"

"오늘은 우연히 낫토가 떨어져서 그런 건데요." 겐스케가 플레이아 씨를 향해 빙그레 웃었다. "말씀해주셨으면 채소 절임으로 바꾸는 건 일도 아니었을 텐데요."

"뭐예요, 처음부터 그렇게 말하면 좋을걸." 스즈카가 자못 어른스럽게 플레이아 씨에게 말했다. "따로 순서 같은 거 안 정해도 되고 매일 오늘의 특선 먹을 수 있었잖아요."

"이바라키 이바라키현은 낫토 생산량이 많기로 유명하다 사람한테 낫토가 싫다고 하기 좀 미안해서."

"우리 아빠 이바라키 사람 아닌데요."

"그래?"

"이나카별에서 온 이나카 성인이에요."

"이나카 성인?"

"네." 스즈카가 뭔가 생각해낸 것처럼 의자에서 뛰어내렸다. "내일도 와요?"

"내일은 못 와. 모레도, 글피도."

"그렇구나." 스즈카는 조그맣게 말하고 플레이아 씨에게 한 발짝 다가간다. "그럼 같이 어디 좀 가줄 수 있어요? 밥 먹고 나서요."

"좋아." 플레이아 씨가 스즈카의 눈을 보며 고개를 끄덕였다. "나도 너한테 줄곧 하고 싶었던 말이 있었어."

육교 위에서 바라보는 밤 10시의 거리는 마치 잠자리에 들 채비를 하는 것처럼 느리게 굼실거렸다. 호텔 창문들은 아직 대부분 환했고, 버스터미널에는 막차를 기다리는 승객들이 보였다. 아래를 지나가는 자동차는 끊이지 않고, 갓길에는 휴식 중인 택시가 서 있다.

스즈카를 가운데 두고 플레이아 씨와 겐스케가 섰다. 눈앞의 경치가 평소와 달라 보이는 것은 오늘은 한 사람 더 가세한 까닭도 있을 것이다.

"호오, 이게 쓰쿠바별 전망인가?" 육교 난간을 짚고 플레이아 씨가 말했다.

"와본 적 없어요?" 옆에서 스즈카가 묻는다.

"응. 육교가 있는 건 알았지만."

반려견을 데리고 나온 남자가 뒤를 지나 공원 안으로 사라진다. 남녀가 쇼핑센터 쪽으로 걸어가고 나자 육교 위에는 겐스케 일행만 남았다.

"연구소 그만뒀어요?" 스즈카가 불쑥 물었다.

"그만뒀다고 할까, 계약이 끊어졌어." 플레이아 씨가 담담하게 대답한다. "나 계약직 연구원이었으니까. 1년 단위로 계약을 연장해서 2~3년은 있을 수 있댔는데, 예산이 삭감되는 바람에 연장이 불가능해졌어. 뭐 자주 있는 일이야."

전부 알아들었을 성싶지는 않지만 스즈카는 잠자코 듣는다.

"그 사실을 안 게 작년 11월인데, 사카에 식당에서 너랑 여러 이야기를 했던 다음 날이야. 상사와 앞으로의 일을 논의하고, 바로 기후로 갔어."

"뭐하러요?" 스즈카가 말했다.

"가미오카에 있는 슈퍼가미오카덴이라는 시설에서 쓰쿠바 연구소와 공동으로 진행 중인 실험을 도와주러. 뉴트리노라는 소립자 실험이야."

"뉴트리노……."

"실험을 도와가며 공부해서 얼굴을 팔아놓으면 올 4월부터 가미오카에 계약직 자리를 얻을 수도 있다고 들었는데……." 플레이아씨가 어깨를 으쓱했다. "그 얘기도 인건비 부족으로 없었던 일이 됐어. 이것도 자주 있는 일이야."

겐스케가 머뭇거리면서 끼어든다. "그럼, 지금은……."

"백수입니다." 플레이아 씨는 선선히 말했다. "오늘은 줄곧 비워놨던 이쪽 아파트를 정리하러 왔어요. 짐이라고 해봤자 자동차 트렁크에 다 실을 정도지만."

겐스케는 살풍경한 그 방을 상상했다. 얇은 매트리스와 이불뿐인, 잠만 자기 위한 방. TV도 테이블도 없고, 물리학 책과 논문들이 바닥에 쌓여 있다. 옷과 생활용품은 커다란 슈트케이스 하나에 들어갈 만큼뿐…….

정말 그럴지 어떨지는 모른다. 다만 그녀가 몸을 최대한 가볍게 해 대학이나 연구기관을 전전하는 생활을 계속해왔음은 짐작할 수 있다. 떠돌이. 부평초. 언젠가 들었던 말의 참뜻을 비로소 이해한 것 같았다.

"연구, 이젠 못 해요?" 스즈카가 불만스러운 표정으로 입을 삐죽 내민다. "그렇게 좋아하는 일이고, 그렇게 열심히 했는데요?"

"해야지, 물론."

"뭐 전망은 있으신가요. 앞으로." 겐스케가 말했다.

"도쿄 사는 친척이 방을 하나 내주겠다니까 일단 신세 지려고요. 뭔가 아르바이트를 하면서 연구직 자리를 찾으려고 합니다."

플레이아 씨가 심각한 표정을 짓는 스즈카를 내려다보았다. 할 말을 찾는지 계속 눈을 깜박거린다.

"괜찮아. 일시적으로 연구를 못 하게 되는 일이 처음도 아니고. 이번에도 어떻게든 될 거야. 그러게……." 플레이아 씨가 윗주머니에서 루페를 꺼냈다. "나한텐 이게 있거든."

"네." 스즈카가 조그맣게 답하곤 고개를 끄덕였다. "여긴 이제 안 와요?"

"오고 싶어. 몇 년 후가 될지 모르지만." 플레이아 씨는 얼굴을 들고 한밤의 거리로 시선을 돌렸다. "한동안은 이 쓰쿠바별 경치와도 작별이네."

그 옆얼굴을 훔쳐보면서 겐스케는 생각했다. 이 사람은 역시 외계인이었다. 먼 우주를 생각하면서, 고생도 마다 않고 유랑을 계속하는 외계인, 어쩌면 자신이나 스즈카보다 훨씬 고독한…….

어디선가 구급차 사이렌이 울린다. 소리가 멀어지기를 기다려 플레이아 씨가 다시 입을 연다.

"작별하기 전에 좋은 거 하나 가르쳐줄게. 줄곧 너한테 하고 싶었던 말이야."

검지를 들어 올리며 말하는 플레이아 씨를 스즈카가 올려다본다.

"뭔데요?"

"전에 내가 우주인이라고 말했던 거 기억하니?"

"기억해요."

"비밀이 하나 더 있어." 플레이아 씨가 진지하게 말했다. "실은 나 138억 년 전에 태어났어."

"138억 년?" 스즈카가 목소리를 뒤집으며 웃는다. "거짓말!"

"거짓말 아니야. 138억 년 전에 무슨 일이 있었는지 알아?"

"몰라요."

"이 우주가 태어났어."

플레이아 씨가 밤하늘을 올려다보았다.

"우주……."

스즈카도 덩달아 하늘을 올려다본다.

"우주 탄생 직후 단 3분 동안, 소립자가 모여 양자와 중성자가 되고, 헬륨과 수소 원자핵이 생겼어. 수소, 알아?"

"들어는 봤어요."

"제일 작고 가벼운 원소야. 인간의 몸은 원자 개수로 말하면 약 60퍼센트가 수소로 만들어졌어. 우주와 함께 태어난 수소로."

"138억 년 전에요?"

"맞아."

"굉장하다."

"몸에는 수분이 많잖아? 물은 산소 원자에 수소 원자가 두 개 붙은 거야. 수소는 바다가 되고, 구름이 되고, 비가 되고, 생물의 몸도 만들면서 지구를 돌고 있어. 너도 나도, 138억 년 전의 수소로 만들어져 있어. 그러니까 우리는 모두 우주인이지."

"굉장하다." 스즈카가 또 중얼거리고 제 팔을 쓰다듬었다.

"몸의 원자는 대개 길어도 몇 년이면 교체돼. 죽으면 흙이나 공기로 돌아가지. 지금 내 안에 있는 수소는 옛날에 다른 누군가가 사용했던 수소인지도 몰라. 내가 사용한 수소는 분명 언젠가 다른 생물이 사용하지. 내가 죽은 다음에도 되풀이하고 되풀이하면서 줄곧."

"줄곧……."

"그러니까 그런 생물은 모두 내 아이들이나 같아. 설령 유글레나라도 바다코끼리라도."

스즈카가 발돋움해 난간 너머로 손을 뻗었다. 공기를 움켜쥐듯 하며 확인한다.

"수소, 여기도 있어요?"

"있어. 수증기로 사방에 있어."

스즈카가 안심한 표정으로 고개를 끄덕였다. 아직 한참 어렸을 때, 겐스케와 도모미에게 곧잘 보여주던 얼굴이다. 스즈카는 양손을 뻗은 채 사랑스러운 것을 만지듯 공기를 어루만진다. 그 옆얼굴을 바라보는 사이 겐스케의 눈에 눈물이 차올랐다. 슬쩍 등을 돌리고 이를 악물어 눈물을 삼킨다.

스즈카는 없는 걸 욕심냈던 것이 아니다. 스즈카 안에 도모미는 지금도 살아 있다. 스즈카는 그저 그 존재를 언제나 느끼고 싶었을 뿐이다. 엄마의 감촉을 확인할 방법을 찾느라 그렇게 신비의 세계에 끌리고, 잠들지 못하는 밤을 보냈다.

젠스케는 달랐다. 도모미의 죽음을, 부재를, 한결같이 탄식했다. 도모미만 있었더라면……. 그런 공허한 바람에 계속 붙들려 있었다. 그렇다. 없는 걸 욕심냈던 사람은 오히려 자신이다.

"목성." 남쪽 밤하늘을 올려다보며 플레이아 씨가 중얼거렸다. "오늘은 목성이 예쁘게 보인다."

"어디요?" 스즈카가 물었다.

플레이아 씨가 쪼그리고 앉아, 스즈카에게 얼굴을 가까이 대고 손가락으로 가리킨다.

"저기 하나만, 무척 밝은 별이 있지?"

"아, 있다!"

스즈카가 폴짝 뛰어오른다.

"어디? 어딘데?"

이번에도 젠스케만 뒷전이다.

"목성에도 지구의 달처럼 위성이 몇 개 있는데……." 플레이아 씨가 말을 잇는다. "그중 하나가 에우로파라는 별이야. 에우로파 표면은 두툼한 얼음으로 덮여 있지만, 얼음 밑에 깊은 바다가 있어. 그 바다에 생명이 있을지도 모른다고 추정하지."

"에우로파 성인이라고요?"

스즈카가 눈을 동그랗게 떴다.

"유감이지만." 플레이아 씨가 고개를 저으며 말한다. "있다고 해도 미생물 같은 것일걸."

"그래도 굉장하다."

"에우로파만이 아니야. 토성의 위성 타이탄에는 메탄 바다가 있다고 추정돼. 엔켈라두스라는 위성에도 에우로파와 마찬가지로 바다가 있어. 그러니까 그 두 별에도 생명이 있을 가능성이 있어. 상상도 할 수 없는 기묘한 생물이."

"보고 싶다."

"에우로파나 타이탄이나 엔켈라두스의 생명체도, 몸에 수소 원자를 많이 갖고 있을 거고. 그 수소도 우리와 똑같이 138억 년 전에 생긴 것이니까, 뭐 전부 형제자매 비슷한 셈이지."

"조그맣고 기묘한 형제자매요?"

"거기다……." 플레이아 씨는 진지하게 말을 잇는다. "실은 지구의 수소는 조금씩 우주 공간으로 흘러가고 있으니까, 내가 사용했던 수소 원자를 언젠가 에우로파나 타이탄의 생명체가 쓸지도 몰라. 그렇게 되면 그 생명체는, 내 아이지."

"우아, 그런 게요?" 스즈카가 신이 나서 말했다.

플레이아 씨가 갑자기 난간 너머로 몸을 내밀었다. 그러곤 두 손으로 손나팔을 만들고, 뭔가 털어버리려는 것처럼 목성을 향해 힘차게 외친다.

"어이! 에우로파!"

바로 아래 길에서 담배를 피우던 택시 운전사가 놀라서 올려다본다. 그러거나 말거나 스즈카도 지지 않고 외친다.

"어이! 타이탄!"

둘이 할 말 있는 사람들처럼 겐스케를 바라본다. 별수 없이 겐스케도 밤하늘로 얼굴을 쳐들고 깊은숨을 들이쉬었다.

"어이! 엔……." 외치다 말고 말이 막힌다. "아니, 너무하네. 어려운 거 남기기야?"

웃음이 터지고, 세 외계인의 그림자가 흔들렸다.

山を刻む

산을 잘게 쪼개다

산을, 잘게 쪼갠다……
나도, 얼핏거린 산을 것이다.
가족 모두가 나를 잘게 쪼갠다. 내 마음을, 내 사랑을.

기울기 시작한 하지의 태양이 무릎을 감싸고 앉은 내 목덜미를 사정없이 달군다.

2시 반이 지났다. 아무리 눈치 없기로서니 남편도 지금쯤 식탁 위의 메모를 알아차렸을 것이다.

화가 났을까. 아니, 아직 사태를 잘 파악하지 못하고 허둥대는지도 모른다.

스마트폰은 전원을 꺼 배낭에 쑤셔박아두었다. 부재중 메시지에는 남편의 침착하지 못한 목소리가 몇 건이나 쌓여 있으리라. 내게 연결되지 않으면 마이에게 전화하겠지. 그래 봤자 그 아이에게서는 "몰라요, 그런 거" 하는 말이나 돌아올 것이다.

하루히코는, 집에 있는지 없는지도 모른다. 어젯밤에는 결국 들어오지 않았다. 내가 얼굴도 이름도 모르는 '친구' 집에서라도 잤을 테지.

문제의 시어머니는…….

이러지 말자. 하산하기 전에 경치를 충분히 눈에 담을 작정이었는데, 어느새 또 집 걱정이라니.

눈앞에 펼쳐진 미다가이케닛코 시라네산 등산로 도중에 있는 작은 못 수면에 주위의 짙은 초록이 비친다. 등산객 몇 그룹이 물가에 앉아 담소하면서 한숨 돌리고 있다. 대부분 비슷비슷한 차림새의 중장년층이다. 동세대인 내가 혼자 섞여 있다 해도 눈에 띌 일은 없다.

몸을 일으키고, 비스듬히 멘 가방에서 카메라를 꺼낸다. 오래된 일안 리플렉스, 30년도 전에 산 카메라다. 못 너머로 렌즈를 향하고 구도를 잡아가며 셔터를 몇 번 누른다. 역시 소리가 좋다.

카메라를 든 채 몸을 왼쪽으로 틀어 못 서쪽에 펼쳐지는 비탈을 바라보았다. 이 일대도 시라네접시꽃 군생지라 들었는데, 가련한 연보랏빛 꽃은 한 송이도 보이지 않는다. 시라네접시꽃이란 이름은 이곳 닛코 시라네산에서 유래한단다. 산을 오르기 전 기초 조사를 할 때 처음 알았다.

다시 못 쪽을 향하고 파인더를 들여다보려는데 등 뒤에서 "선생니임……" 하며 신음하듯 부르는 남자의 목소리가 들렸다.

"일단 스톱이요. 잠깐 배낭 좀 내리게 해주세요."

돌아보니 남자 둘이 서 있다. 죽어가는 소리를 낸 이는 20대로 보이는 청년이고, 또 한 사람은 구릿빛 피부의 40줄 남성이다.

"나 참, 도움이 안 되네." 선생이라 불린 남성이 혀를 찬다. "딱

5분이다."

청년은 배낭을 멘 채 엉덩방아 찧듯 땅바닥에 주저앉아 어깨끈에서 양손을 빼냈다. 어지간히 무거워 보인다. 두 사람 다 본격적인 등산 때 쓰는 크고 길쭉한 배낭이다. 종주라도 하는 걸까.

티 나지 않게 둘을 관찰한다. 선생 쪽은 키는 썩 크지 않아도 체격이 다부지다. 손때가 묻은 장비로 보건대 산깨나 다녀본 분위기다. 한편 청년 쪽은 키는 훤칠한데 선이 가늘다. 새것이다시피 한 등산화로 짐작하건대 산은 초보에 가깝지 않을까.

"이러다 진짜 어깨 작살난다고요."

청년이 얼굴을 찡그리고 어깻죽지를 돌렸다.

"엄살. 나 때는 말이야, 그 갑절은 지고 다녔다. 그런데도 선배들한테 올해 신입은 쓸모없다, 쓸모없다, 맨 타박만 들었어."

아직 학생인 듯하다. 선생도 가차 없지만 학생도 주눅 드는 기색이라고는 없다.

"선생님이랑 전 몸의 만듦새부터가 다르거든요." 학생이 말했다.

"하기는 너처럼 껑충하고 여리여리한 도시 아이한테 **고리키**가 적성에 맞겠냐."

고리키強力? 귀를 의심했다. 고리키라면, 산에서 짐을 져 나르는 일을 생업으로 삼는 사람일 터인데? 옛날에 어느 산에선가 본 적 있다. 산장에 배달할 물자를 커다란 지게에 얹고 발걸음도 가볍게 오르는 모습에 감탄했는데. 설마 이 두 사람이……?

"이상적인 고리키의 몸은 말이야." 선생이 말을 잇는다. "넓은 어깨, 굵은 목, 탄탄한 허리, 짧은 다리. 저 고미야마 다다시 같은 사람은 발도 아주 컸다더라."

고미야마 다다시. 어디선가 들어본 이름 같은데…….

"다리 짧기로 말하면 선생님도 뒤지지 않거든요." 학생이 반쯤 웃으면서 응수한다. "적성에 안 맞아도 됩니다. 아무리 먹을 게 없어도 고리키는 안 될 거니까요. 무슨 일을 하는지는 잘 모르겠지만."

"잘 몰라?" 선생이 굵은 눈썹을 찡그리며 말한다. "하아, 너 안 읽어왔구나?"

"아……《고리키전傳》이요? 아니 그게요."

"논문은 못 읽어도 그 소설은 필히 읽어오랬을 텐데?"

"아니, 그러니까 서점은 갔는데, 없었다고요."

생각났다. 후지산을 누볐던 전설의 고리키, 고미야마 다다시. 무려 50간(약 187킬로그램)의 화강암으로 만든 방향 지시판을 시로우마산 정상까지 혼자 지고 올라가 이름을 떨쳤다.《고리키전》은 그를 모델로 한 소설로, 주옥같은 산악소설을 많이 남긴 닛타 지로의 데뷔작이다.

의심의 눈초리를 보내는 선생에게 학생이 변명을 계속한다.

"진짜래도요.《고고한 사람》인가 하는 책은 문고본 코너에 있었지만요. 그리고 또 뭐더라, 아니 이거 웬 〈유즈〉일본의 포크 듀오 노래냐 했는데……."

"〈유즈〉 노래? 그건 또 뭐야?"

나도 모르게 웃음을 터뜨리고 말았다. 마음에 짚이는 작품이 하나 있었다. 두 사람이 동시에 이쪽으로 고개를 돌렸다. 이제 와서 모르는 척할 수도 없어서 큰맘 먹고 입을 연다.

"혹시 《영광의 암벽》 아닌가요?"

"맞아요! 그거!" 학생이 검지를 치켜세운다. "유즈 노래는 〈영광의 가교〉였다!"

"암벽과 가교는 완전히 다르잖아." 선생이 학생의 손을 찰싹 때리고 내게로 눈을 돌렸다. "좋아하시나 봅니다, 닛타 지로?"

"네, 뭐. 열심히 읽은 건 한참 옛날이지만요."

선생이 내 일안 리플렉스를 쳐다보면서 흐음 소리를 낸다. "카메라도 깊은 맛이 있네요. 캐논 뉴F-1."

"이것도 한참 옛날 물건이고요." 내가 웃으며 네모난 몸통을 어루만진다. "지금 들면, 역시 무겁네요."

"그래도 튼튼하죠. 저도 옛날에 아버지가 쓰시던 걸 사용했습니다. 산에서는 최고로 **쓸모 있는** 카메라였습니다. 잠깐만 좀 들어봐도 괜찮을까요?"

손을 내뻗는 선생에게 카메라를 건넸다.

"오, 오랜만이다, 이 감촉." 선생의 눈가에 잔주름이 잡힌다. "그나저나 물건 참 소중히 다루시네요. 상태가 아주 좋아 보입니다."

"쓰지 않을 때도 가끔 관리는 해줬으니까요." 카메라를 받아 들면서 이번에는 내가 묻는다. "두 분은 짐이 무거워 보이네요. 산에서 주무시나요?"

"아뇨, 당일치깁니다. 이제 내려가는 길입니다. 무거운 건 안에 돌이 들어서 그렇고요."

"돌이요?"

"화산 연구에 쓸 암석 자료입니다."

선생이 배낭을 열어, 두툼한 비닐 주머니에 든 주먹만 한 덩어리를 하나 꺼낸다. 표면이 꺼끌꺼끌한 검은 돌이다.

'헉, 저런 걸?' 나는 속으로 어이없는 소리를 낸다.

저런 돌을 몇 개나 채워 넣었다면 어깨나 허리가 어떻게 되는 것도 무리가 아니다.

"저는 대학에서 가르치고 있어서요." 선생이 말했다.

"아아, 교수님이셨군요. 그럼, 이쪽은 연구실의……."

"대학원생입니다, 일단은." 학생이 어딘지 비딱하게 대답했다.

"화산 연구라니, 멋지네요." 나는 순수하게 감탄했다. "그러고 보니 이곳도 화산이고요."

"말 그대로 '현역'이죠. 최근 5000년 동안 적어도 일곱 번은 분화했어요. 가장 가까운 분화는 메이지시대1868~1912죠. 가족분들이 걱정 안 하시던가요?"

"걱정이라니……. 이 산, 지금 위험한가요?"

그런 정보는 없었을 텐데.

"아뇨, 그런 게 아니라. 올겨울 구사쓰 시라네산이 분화해서 사상자가 나오지 않았습니까. 같은 시라네산이라, 여기랑 혼동하는 사람이 제법 있습니다."

"아아, 그렇구나."

어쩐지 생각보다 등산객이 적더라니. 혹 구사쓰 시라네산 분화와 관계있는지도 모른다.

여기 온다는 말은 가족 누구에게도 하지 않았다. 얘기한들 걱정할 사람도 없다. 식탁에 남긴 메모에는 '등산 다녀올게요, 귀가가 늦어질 테니 오늘 저녁 일은 잘 부탁해요'라고만 써두었다. 가출이나 사고가 아니라는 것만 알면 된다.

"뭐 그 정도 분화는⋯⋯." 선생이 고개를 돌려 바위 표면이 드러난 산봉우리를 바라본다. "이 산에서도 언제 일어나도 이상할 게 없지만요."

"분화를 예측하기 위해 암석을 조사하시나요?"

"아뇨, 과거의 분출물을 아무리 조사해봤자 분화 예지는 불가능합니다. 분화의 전조를 알아차리자면 지진계나 경사계에 의한 상시 관측이죠. 다만 지난번 구사쓰 시라네산도 그렇고, 2014년 온다케산도 그렇고, 극히 소규모 수증기 분화거든요. 화산 입장에선 어쩌다 나오는 트림 같은 것이죠."

"트림이요?"

그렇게 막대한 피해가 있었는데.

"마그마로 뜨거워진 지하수가 기화해 폭발했을 뿐, 마그마 자체를 토해내는 진짜 분화는 아닙니다. 수증기 분화의 경우 기계 관측으로도 전조를 포착하기 어려워요."

"산 좋아하는 사람한테는 가혹한 이야기네요." 나는 진지한 얼굴로 말하고, 선생이 손에 쥔 돌을 흘금 쳐다보았다. "그래도 그럼 왜 암석 같은 걸……"

거기서 말을 멈춘다. 그만 부정적인 말이 튀어나가고 말았다. 선생은 기다렸다는 듯 고개를 크게 끄덕였다.

"화산이란, 당연하지만, 화구에서 나온 분출물이 오랜 기간 쌓이고 쌓여 만들어집니다. 용암, 경석, 화산재. 이 닛코 시라네산은 각각 다른 시기에 흘러나온 적어도 열세 층의 두툼한 용암으로 이루어졌어요. 이를테면 이것……." 선생이 손안의 돌을 내게로 향하며 말을 이었다. "이건 그 가운데서도 가장 새로운, 산정용암입니다. 지표에 나온 건 짐작건대 수천 년 전이고요. 정상 부근은 바닥이 대개 이런 느낌이었죠?"

"아아, 그랬던가요." 나는 적당히 얼버무렸다.

고산식물만 찾느라 솔직히 발밑의 바위는 관심도 없었다.

"그보다 조금 앞서 흘러나온 게 저." 선생이 못 서쪽의 비탈을 가리키며 말했다. "자젠야마 용암입니다. 그리고 못 너머는 미다가이케 용암이 얹혀 있어요. 이 못은 그 두 용암에 가로막혀 생긴 겁니다. 어이……."

선생이 학생을 험상궂은 눈초리로 쳐다본다.

"멍하니 있지 말고 잘 들어라. 너한테도 설명하는 거야."

"듣고 있다고요."

학생이 입을 내밀고는 성가신 표정으로 몸을 일으킨다.

"용암에도 이름이 있다니, 처음 알았습니다." 나는 감탄하며 말했다. "무척 자세히 조사하시는군요."

"용암만 조사해도 안 됩니다. 그 사이에 어떤 화산재층, 경석, 화쇄류^{화산 분출물과 뜨거운 가스의 혼합체로, 사면을 따라 빠르게 이동해 화산 분출 재해 중 가장 위험하다고 여겨진다} 퇴적물 등이 끼어 있는지, 말하자면 화산 연구자는 가능한 한 세밀히 **산을 잘게 쪼개는** 겁니다."

"산을, 잘게 쪼갠다……"

재미있는 표현이다.

"그렇습니다." 선생이 고개를 끄덕이며 말한다. "화산의 형태를 만든 지층을 잘게 나누어 조사하면 하나하나의 분화의 추이와 규모를 알 수 있어요. 수증기 분화만으로 끝났는지, 화산탄^{화산 폭발로 분출되는 용암이 굳어진 덩어리}을 성대하게 날렸는지, 대규모 용암 유출에 이르렀는지. 그리고 각 규모별 분화 빈도까지. 요컨대 그 화산의 습관이나 체질을 파악해 분화 시나리오를 상정해두는 겁니다. 그러면 언젠가 산이 활동을 시작해도 맞춤형 대책을 세울 수 있죠."

"그렇군요."

그들이 암석을 모으는 이유를 조금은 알 것 같았다. 과거의 사례를 배워 미래에 대비하려는 것이리라.

"5분 지났다." 선생이 학생에게 말했다. "이왕 온 김에 자젠야마 용암도 좀 보고 가자."

선생과 학생이 각자 배낭 속에 손을 집어넣어 해머를 꺼냈다. 짐은 놔둔 채 못 서쪽 비탈로 향한다. 나는 카메라를 들고 둘의 뒤를 따라갔다. '산을 잘게 쪼개는' 현장을 내 눈으로 보고 싶었다. 좀 떨어져서 구경만 하면 방해는 되지 않을 것이다.

급경사면에 달라붙은 두 사람이 노출된 바위 표면을 관찰하거나, 흙과 풀을 해머로 긁어내거나 하면서 옆으로 조금씩 이동한다. 마침내 선생만 혼자 가볍게 몸을 움직여 비탈을 오르기 시작했다. 3미터쯤 올라가 튀어나온 바윗덩어리에 달라붙더니, 불안정한 자세로 능란하게 해머를 휘두른다. 망치질 몇 번 만에 벌써 적당한 크기의 돌을 손에 쥐고 있다. 숙련된 석공 같다. 선생이 퐁 던진 돌을 밑에서 학생이 후다닥 잡는다.

"고철질 함유암인가요?" 학생이 검은 돌을 들여다보며 말했다.

"응. 전형적인 놈이니까 교재로 좋아. 대여섯 개 가져가자."

"웃지 못할 농담이네요. 제 배낭은 이미 중량 오버거든요."

"나 참, 그러게 《고리키전》을 읽어오랬잖아. 겨우 돌 대여섯 개에, 한심하다. 고미야마 다다시가 웃겠어."

"겨우 대여섯 개니까 선생님 배낭에 넣으시면 되겠네요."

"쓸모없는 녀석한테는 기대 안 하니까 안심해라."

"그 이상 말씀하시면 갑질 교수로 고소합니다."

"너야말로 연구실에선 나를 있는 대로 형편없이 취급하면서? IT 약자라는 둥 원시인이라는 둥."

내가 상상하는 사제 관계와는 사뭇 다르다. 둘의 주거니 받거니도 조마조마하기는커녕 개그라도 보는 기분이다. 익숙한 손길로 돌을 두드려 깨는 선생의 모습을 밑에서 카메라에 담았다. 거대한 바윗덩어리 어디에 주목하는지는 몰라도, 날카로운 눈빛으로 장소를 골라가면서 작게 조각내어 채집해나간다.

그렇구나. 산을 잘게 쪼갠다는 건 이런 일인가. 비탈 꼭대기를 올려다보았다. 높이가 수십 미터는 된다. 이게 전부 용암이라면 그가 쪼갠 한 조각은 얼마나 작디작은가. 그것을 화산 전체에서 하겠다는 얘기다. 아무리 잘게 쪼갠들 다 쪼갰다고는 할 수 없다. 아무래도 화산학자란 얼토당토않은 일을 하려 드는 사람들인 듯하다.

불과 15분 만에 자료 몇 개를 채집해 내려온 선생에게 나는 물었다. "몇 장 찍었습니다만, 괜찮을까요?"

"저야 괜찮지만, 꽃 대신 '아저씨'라는 것도 좀……." 선생이 웃었다. "목적은 시라네접시꽃 아닌가요?"

"네, 뭐."

"예전엔 이 비탈 일대에 흔했는데 사슴이 죄다 먹어 치웠습니다. 여기까지는 어떤 경로로 오셨어요?"

"로프웨이로 마루누마고원 꼭대기까지 올라가서, 나나이로다이라에서 산정으로요. 내려오는 길은 고시키누마 쪽으로 돌아서……."

"고시키누마에서 여기로 오는 도중에, 자생지 보셨죠?"

"네, 무척 예뻤습니다."

"그 밖에는 흐음……."

선생은 그렇게 말하고 고산식물을 볼 수 있는 근처의 포인트를 몇 군데 가르쳐주었다.

"역시 자세히 아시네요." 내가 말했다. "이쪽은 자주 오시나요?"

"눈이 없는 시기에, 매년 대여섯 번쯤일까요. 대학이 이쪽이고, 일단 이 산은 제 **소관**인지라."

"소관이요?"

"맡는달까, 담당이랄까. 이 업계는 뭔가 '이 화산은 이 연구자가' 하는 게 있습니다."

"영역 같은 것인가요?"

"아뇨아뇨. 영역을 다툴 정도로 화산 연구자는 많지 않습니다. 오히려 연구해야 할 화산은 많은데 손이 정말 부족하죠. 그래서……." 선생이 턱짓으로 학생을 가리킨다. "청년들은 귀중한 인재죠. 소중히 길러야 합니다."

"네에?" 학생이 눈을 부라리며 말했다. "이쪽은 턱없는 '블랙' 연구실에 걸려들었다고 생각합니다만?"

*

이와카가미일본의 야생화로, 반짝이는 잎이 바위 거울과 같다고 해서 붙은 이름를 찍으려던 것이 어찌된 셈인지 핑크색 꽃잎 대신 지면의 돌만 눈에 들어온다. 아까 그런 이야기를 들은 탓이다.

선생과 학생은 각각 무거운 배낭을 짊어지고 조금 전 이 길을 내려갔다. 하산하면 일단 학교로 돌아가서 암석 자료를 내려놓는다고 했다.

산을 잘게 쪼갠다. 적당히 셔터를 누르면서 인상적인 그 말을 곱씹는다.

산을, 잘게 쪼갠다…….

나도, 말하자면 산 같은 것이다.

가족 모두가 나를 잘게 쪼갠다. 내 마음을. 내 사랑을.

사이타마현 기타모토시에 있는 집은 시아버지가 지은 단독주택으로, 많을 때는 여섯 명과 세 마리가 살았다. 시부모님, 남편과 나, 두 아이, 개 한 마리와 잉꼬 두 마리. 제법 대가족이다.

떠들썩한 가족이었다면 그럴듯하게 들린다. 실제로는 저마다 마음껏 쏟아내는 요구에 내가 군말 없이 응해왔을 뿐, 내게 고마워하는 사람은 없다. 내 마음을 헤아리거나 몸을 염려하는 사람도 없다. 어느새 나는 가족들이 잘게 쪼개도 괜찮은 상대가 되어 있었다. 마치 아무리 잘게 쪼개 가져가도 늘 똑같은 모습으로 서 있는 산처럼.

전업주부가 다 그렇지…… 마음속 어딘가에서 여전히 속삭이는 소리가 들린다. 하지만 이미 첫발을 내디뎌버렸다. 앞으로 사태가 어떻게 되건 제자리로 돌아가지는 못할 것이다.

오늘은 시어머니 생신이다. 저녁때 온 가족이 조촐한 파티를 하는 것이 관례. 그런 자리의 주인공이 되는 걸 좋아하는 시어머니는 해마다 여간 기대하지 않는다. 딸 마이와 아들 하루히코도 마지못해하면서도 반드시 참석했다. 사이가 좋달 수는 없는 남매가 함께 선물까지 준비해오는 것은 번번이 내가 한 달 전부터 잔소리를 해대기 때문이다.

가족이 전부 모이는 파티를, 오늘 나는 바람맞힐 생각이다. 결혼하고 30년 만에 처음 있는 일이다.

말은 그래도 준비는 다 해두고 나왔다. 식탁의 오르되브르식욕을 돋

우기 위해 식사 전에 나오는 간단한 요리를 보면 남편도 알 것이다. 시어머니가 좋아하는 요리도 만들어뒀고 냉장고에는 케이크도 들어 있다. 꽃다발도 선물도 눈에 잘 띄는 자리에 놔두고 왔다. 요리를 데워 접시에 담는 일쯤 내가 없어도 될 것이다. 다들 어른이니까.

올 3월에 정년을 맞은 남편은 지금도 같은 회사에서 주 3일, 촉탁으로 근무한다. 다행히 오늘, 목요일은 쉬는 날이다. 아침 5시에 내가 집을 나올 때는 당연히 코를 골고 있었지만, 파티 준비를 할 시간은 충분할 터다.

쪼개지기 직전의 나무 두레박 같은 가족이다. 그나마 내가 이음매를 지탱하는 **양철테**를 필사적으로 누르고 있지 않았으면 벌써 박살났을 것이다. 그걸 알면서도 모르는 척 다들 물을 퍼 쓴다. 손을 빌려주는 사람은 없다. 설마 내가 그 손을 떼리라고는 상상도 하지 않는다.

오늘 나의 작은 반란으로 가족들은 혼란에 빠질 것이다. 그리고 터무니없이 화를 내리라. 미안하지만 아직 후반부가 남았다. 그걸 알면 얼이 빠져 말문이 막히겠지. 그럴 만하다. 실은 나 자신도 머뭇거리고 있으니까. 그런 결단을 해버리다니, 정말 괜찮을까.

그 사람에게는 오늘내일 중에 답을 주겠다고 해두었다. 오늘 이렇게 혼자 산에 오른 건 자신의 마음을, 각오를 확인하려는 뜻도 있다.

어느새 거의 무의식적으로 걷고 있었다.

완만한 내리막길. 미다가이케는 뒤로 물러나 이제 보이지 않는다. 등산로 양쪽에 무릎 높이로 무성한 개박쥐나물이 초록색 카펫처럼 펼쳐져 있다. 걸으면서 카메라를 가방에 넣고, 목에 두른 면 수건으로 관자놀이의 땀을 닦았다.

그러고 보면…… 어젯밤 식탁을 닦다 말고 알아차린 사실이 있다.

결혼 때 장만했던 6인용 식탁, 매일 그 식탁에 가족의 식사를 차리고 아이들을 키웠다.

가족이 다이닝룸에 없을 때도 혼자 앉아 있고는 했다. 거기서 글도 쓰고 생각도 했다. 그곳이 내 자리이자 무대였다. 그 식탁 상판에 그야말로 무수한 상처가 있는 것을 발견했다. 30여 년분의 상처. 가족이 나를 계속해서 잘게 쪼개온 상처다.

평일 오후. 우두커니 식탁 구석에 앉아 내가 무얼 생각하고 고민했는지 남편은 알고 있었을까. 최소한 상상해본 일은 있을까. 아니, 그조차 없을 것이다.

남편은 예나 지금이나 가족에게 무관심했고 그래서 나도 남편에게 관심을 잃었다. 남편이 정년 후에 어떤 인생을 살고 싶은지, 솔직히 나는 모른다. 이제는 남편이 어떤 인간인지조차 모르겠다.

도내의 주택설비 관련 회사에서 영업으로 한 우물을 팠다. 퇴사할 때의 마지막 직함은 영업부 차장이었다. 밖에서는 "제가 워낙 일밖에 몰라서"라고 면죄부처럼 말하고 다니고, 집에서는 "나는 매일 세 시간 반 들여 출퇴근하는 몸"이라는 게 입버릇이다.

본가를 벗어나본 적이 없으므로 집안일은 아무것도 할 줄 모른다. 아이들 방문을 함부로 열어젖히고 "공부해"라고 야단칠 줄은 알아도 숙제 한 번 봐준 적 없다. 지난번에는 자기 딸이 졸업한 고등학교 이름도 대지 못했다.

술은 남들 마시는 정도다. 담배는 10년 전쯤 끊었고 도박도 하지 않는다. 돈 쓰는 곳은 대개 취미인 무선 비행기다. 가족과 보내는 시간이 귀중한 취미 시간을 갉아먹는다는 의식이 늘 머릿속에 있다. 그런 사람이다.

군마의 땅 부잣집 딸이었다는 시어머니는 집안일 전반이 서투르다. 며느리가 들어오자 미련 없이 주부 자리를 넘겨주었다. 그래도 시아버지가 매번 며느리 요리를 칭찬하는 소리는 귀에 거슬렸던 모양이다. 집안일을 엽렵히 해낼 때마다 시어머니가 싫은 티를 내서 관계가 점차 불편해졌다. 시어머니는 썩 건강 체질도 아니고 다리도 좋지 않다. 거짓말은 아닐 테지만, 시누이와 여행이라도 갈라치면 딴사람처럼 꼿꼿해져서 커다란 슈트케이스를 끌고 바람처럼 가볍게 걸어간다.

10년 전 시아버지가 뇌경색으로 쓰러졌을 때도 시어머니는 건강을 평계로 내게 전부 떠넘겼다. 현내 고등학교 교장이었던 시아버지에게는 존경할 수 있는 부분도 있었다. 내 나름대로 최선을 다해 보살폈다고 생각한다. 시아버지가 돌아가실 때까지 6년은 마침 아이들의 고입, 대입도 겹쳐 심신이 쉴 겨를이 없었다. 일가의 걱정거리를 내가 오롯이 떠안고 있던 그 시절조차도 남편은 모르쇠였다. 희생은 혼자 다 하는 것 같은 얼굴로 사는 사람, 부모와 같이 사는 것만으로 아들 노릇은 끝난 줄 아는 사람이었다.

남편이 가계에도 무관심한 것이 다행이라면 다행이었다. 얼마 전

내 명의로 은행 계좌를 개설했다. 정기예금의 일부를 해약해 그쪽으로 옮겼지만, 남편은 당분간 알아채지 못할 것이다. 내가 결혼 전에 저축한 돈과 친정 부모님이 남겨주신 돈, 합쳐서 500만 엔이 좀 넘는 그 돈의 권리는 어디까지나 나한테 있다. 앞으로 얼마나 더 필요할지 가늠도 안 되지만.

문득 정신을 차렸다. 허둥대며 지도를 펼쳤다.

이런……. 조그맣게 혀를 찬다.

하산 경로를 잘못 들어섰다. 지금 있는 곳은 스가누마 등산로 입구로 내려가는 길이다. 선생과 학생이 내려간 길을 아무 생각 없이 따라와버렸다. 제대로라면 미다가이케 분기점에서 나나이로다이라 쪽으로 나아가, 왔던 길을 되짚어 산정의 로프웨이 역으로 돌아가야 한다.

오늘 아침, 로프웨이 승강장까지는 전철과 노선버스를 갈아타고 왔다. 물론 돌아가는 길도 그럴 계획이었다. 스가누마 등산로 입구에는 찻집과 주차장만 있을 뿐, 공공 교통기관은 없다. 등산 시즌만 운행하는 임시 버스는 편수가 많지 않아 지금부터 가도 막차는 무리일 터다. 역시 미다가이케로 돌아갈 수밖에…… 발길을 돌리려다가 생각을 접었다.

이만한 일로 주눅 들어서 어쩌려고. 앞으로는 생각지도 않은 일이 줄줄이 생길 텐데. 예상 밖의 일을 즐기겠다는 배짱 없이는 헤쳐 나가기 힘들다. 오랜 주부 생활 탓인지 어딜 가서도 '빨리 들어가야지' 하고 초조해하는 습관이 배어 있다. 우선 그것부터 고쳐야 한다.

일단 이대로 스가누마 등산로 입구로 내려가자. 나머지는 되는대로. 버스 정류장을 찾아 걸어도 좋고, 까짓거 히치하이크라도 해보든지. 최악의 경우 노숙한다 해도 죽지는 않는다.

그렇게 생각하자 등에 멘 배낭마저 가벼워졌다. 물을 한 모금 마시고 다시 걸음을 뗀다.

30분쯤 내려가자 벳지전나무와 좀솔송나무 숲이 해를 가렸다. 걸음을 늦추고 깊은숨을 들이마신다. 달콤하고 고소한 나무 냄새가 옛날부터 정말 좋았다. 서늘한 공기가 땀 흘린 살갗에 기분 좋게 닿는다. 나아가자 시야가 트였다. 조촐한 산등성이가 펼쳐진다. 골짜기를 끼고 건너편 비탈을 가로지르는 등산로에 작은 그림자 두 개가 보인다. 선생과 학생이다. 길가에 드러난 지층을 조사하는 기색이다. 학생이 해머를 휘둘렀다. 바위를 때리는 둔탁한 소리가 골짜기에 메아리친다.

대학원생이라면 하루히코 또래일 터다. '블랙' 연구실 운운하며 투덜댔지만, 내 눈에는 훌륭하기만 하다. 구슬땀을 흘리며 바위와, 화산과 대치하고 있지 않은가. 바깥 사회와 좀 동떨어질지 몰라도 학문의 세계는 정직하고 상쾌하다. 적어도 문외한인 내게는 그렇게 보인다.

하루히코가 처음 취직한 곳이 정말 블랙 기업이었는지 나는 잘 모른다. 그 아이는 참을성이 부족한 구석이 있다. 그래도 본인이 그렇다니까 믿는 수밖에.

하루히코를 생각하면 안쓰럽다. 제 딴에는 노력한다고 하는데 돌아오는 것이 적었다. 고등학교 입시도 기대에 어긋난 결과였고, 대학 입시도 실패했다. 재수해도 된다고 나는 말했지만, 본인은 의욕을 잃었다. 결국 친척 누구나 이름을 듣고 미묘한 표정을 짓는 신설 사립대학에 안착했다.

처음부터 기대하지 않았는지, 취업 준비에 썩 진심은 아니었던 모양이다. 한 군데 내정되자 깨끗하게 입사를 결정해버렸다. 내게는 IT 관계라고 설명했던 회사는 실제로는 무선 인터넷 회선을 판매하는 벤처기업이었다. 입사 후에는 도내에 원룸을 얻어 독립했다. 연락이 거의 없어서 나도 몰랐는데, 연수다운 연수도 없이 혹독한 영업으로 내돌렸던 모양이다. 2년째 가을, 느닷없이 양손에 짐을 들고 돌아왔다. 현관에서 눈이 휘둥그레진 내게 그 아이가 한 말은 딱 두 마디. "관뒀어. 블랙 기업이더라고."

얼마 후 지역 식품회사에서 계약직으로 일하기 시작했다. 정직원이 되는 길도 있다고 본인은 말했지만, 이러고저러고 할 것도 없었다. 1년 다니고 계약이 끊겼다. 그로부터 반년, 하루히코는 구직 활동은 고사하고 아르바이트도 하지 않는다. 일주일쯤 제 방에 틀어박혀 지냈나 싶으면 도쿄 친구한테 간다고 훌쩍 나가 며칠씩 돌아오지 않는다. 자신의 저금이 바닥나자 내게 손을 벌렸다. 요즘은 내가 돈을 주지 않으니까 할머니에게 타내는 눈치다.

최근 그 '친구'의 정체가 어슴푸레 드러났다. 며칠 전 하루히코가 50만 엔을 빌려달라고 했다. 이유를 묻자 투자 DVD 교재를 사겠단다. 친구는 '선배'에게 교재를 구입해 선물 거래로 꽤 수익을 올린단다. 하루히코도 그 선배를 소개받는다는 얘기였다. 아무래도 미심쩍어 인터넷을 뒤져보니 아니나 다를까, 고액의 투자 교재를 젊은이들에게 강매하는 자칭 '투자가' 그룹이 도쿄에 몇 개 있어 문제가 되고 있단다. 그 사실을 하루히코에게 들려주자 이런 대답이 돌아왔다. "아니 뭐, 요즘 세상에 싼 월급 받고 착실하게 일하는 녀석들이 바보지."

그때 진정으로 깨달았다. 내가 잘못 키웠구나.

이틀 전, 실로 몇 년 만에 하루히코의 신발을 빨았다. 현관에 한 짝만 뒤집어져 있던 흰색 스니커즈가 어찌나 더럽던지. 욕실에 쪼그리고 앉아 헌 칫솔로 검은 얼룩을 문지르고 있으니 눈물이 차올랐다. 20년 전, 유치원생이던 하루히코의 운동화를 이렇게 매주 빨았었다. 그 아이가 좋아하는 하늘색 운동화였다. 이 얼룩은 무슨 놀이를 하다 묻었을까, 그런 생각을 하면서 빨다 보면 절로 웃음이 번졌다.

그 무렵은 행복했다. 내가 **양철테**를 누르고 있지 않아도 우리는 가족이었다.

남편과는 다투는 일도 있었지만 아직 여러 추억이며 미래를 공유했다. 여름에는 남편이 운전해 해수욕장에 갔다. 크리스마스에는 내가 케이크를 굽고, 남편이 아이들 베갯머리에 선물을 놓아주었다. 마이가 깜찍한 말을 하거나 하루히코가 귀여운 짓을 할 때마다 남편과 마주 보고 웃었다.

시부모님도 정정해서 각자 생활을 즐겼기 때문에 집안에 앙금이 쌓일 일은 없었다.

첫애인 마이에 비하면 하루히코는 너무 오냐오냐 키웠다는 자각은 있다. 겁 많고 참을 줄 모르는 아이로 자란 것은 그 탓도 있으리라. 그래도 엄마를 생각하는 상냥한 아이였다.

내 생일과 어머니날에는 어김없이 서투른 글씨로 편지를 써주었다. 그 애가 좋아하는 배를 깎아주면 "이거는 엄마 거" 하면서 절반을 남겨 가져왔다. 볼에 가득 담긴 완두콩을 까고 있으면 나란히 앉아 저도 거들었다. 그렇다, 그 식탁에서…….

"아, 발견, 발견."

갑자기 소리가 들려 얼굴을 든다. 놀라서 발이 멈췄다. 무슨 영문인지 아까 그 학생이 이쪽으로 올라오고 있다. 선생은 안 보이고, 짐도 없다.

"어쩐 일이세요?" 내가 말했다.

"혹시 길 잘못 들지 않으셨어요?" 학생이 숨을 가다듬으며 되물었다.

"아…….'"

"이대로 가면 스가누마 등산로 입구거든요?" 학생이 빠른 말로 쏟아낸다. "마루누마 고원에서 로프웨이로 오신 거 맞죠? 거기로 되돌아가려면 미다가이케에서 왼쪽으로 가야 하는데."

"네, 그렇죠. 틀린 건 조금 전에 알았습니다만…….'"

"스가누마 쪽으로 내려가셔도 이미 버스는 없거든요."

"역시 그런가요. 그래도 어째서…….'"

"저 앞에서 돌 캐다가 무심코 돌아봤는데 딱 계시잖아요. 선생님한테 말했더니 좀 가보라고 하셔서요."

순간 몸이 휘청거릴 만큼 가슴이 떨렸다. 누군가 걱정해주는 것은 이렇게 기쁜 일이었구나. 까맣게 잊고 살았던 감각에 눈시울이 뜨거워진다. 안 돼. 느닷없이 울면 학생이 놀라잖아. 얼굴에 힘을 주고 눈물을 참으면서 간신히 목소리를 쥐어짠다.

"죄송합니다, 걱정을⋯⋯."

"지금부터 돌아가도 이번엔 로프웨이 마지막 편에 시간을 못 대고. 혹시 괜찮으시면 이대로 같이 스가누마 등산로 입구로 내려가지 않으실래요? 자동차로 가까운 역까지 데려다드리겠습니다, 라고 저희 선생님이요."

＊

"과학도 여러 분야가 있지만, 죽거나 다치는 연구자들이 가장 많이 나오는 게 아마 화산학일 겁니다." 옆을 걷는 선생이 어딘지 자랑하는 투로 말했다.

"그건 조사 중에 분화에 휘말려서, 라는 말인가요?"

"그렇죠. 1991년 운젠후겐다케에서도 외국인 연구자 세 명이 화쇄류에 휩쓸려 목숨을 잃었잖아요? 세 사람 다 저희 스승님 친구였어요."

"당시 뉴스에서 본 기억이 있는데, 그러셨군요."

나는 뒤에서 오는 학생을 신경 쓰면서 이야기에 맞춰주고 있다. 내가 없었으면 두 사람이 연구 이야기를 하면서 산을 내려갔을 것이다.

"저도 위기일발이 몇 번이나 있었습니다. 화구 근처까지 화산 가스를 채취하러 갔는데, 그 이튿날 대분화라든가. 직경 1미터짜리 화산탄이 머리 위를 횡횡 날아다니는데 필사적으로 달려서 도망쳤다든가."

"저런, 말 그대로 목숨 걸고 하시네요."

"아니 그보다." 뒤에서 학생이 말했다. "화산 연구자는 대개 자기들은 안 죽는다고 생각하거든요. 뭐 어떤 의미로는 애들이라고 할까. 어디서 분화만 있었다 하면 즉각 아드레날린이 최대치로 올라가요. 내가 먼저, 내가 먼저 하면서 현장으로 몰려들어요."

"멍청하긴." 선생이 고개를 돌리고 반론한다. "분연墳煙을 보고 피가 끓지 않는 인간이 화산을 연구할 수 있겠어? 거기다 다들, 물론나도 그렇지만, 확실한 사명감을 갖고 달려간다고."

"게다가……." 학생이 아랑곳 않고 계속한다. "술만 좀 들어가면 앞다퉈 늘어놓는 무용담은 또 얼마나 지겹게요. 이런 위험을 겪었네, 저런 아슬아슬한 상황에서 조사했네."

한 시간 반쯤 더 가면 산기슭인 까닭인지 학생은 발걸음도 입도한결 거침없다.

"뭐 그건 모르는 바도 아니야." 선생이 턱을 쓰다듬으면서 히죽웃는다. "이노우에 씨나 다나베 씨, 그 사람들 얘기는 딱 반만 믿으면 돼."

"선생님이 필두잖아요." 학생이 차갑게 내뱉었다. "회식 때마다 같은 얘기 무한 반복이라 이쪽은 귀에 딱지가 앉았다고요. 아프리카에서 아직 완전히 굳지도 않은 용암 위를 세상 경쾌하게 뛰어 건넜다는 둥, 항구도 없는 태평양 화산섬에서 자료를 캐고 돌이 가득한 배낭을 짊어진 채 헤엄쳐 바다 한복판에서 기다리던 배로 돌아왔다는 둥, 순 황당무계잖아요."

"황당무계 아니래도! 그야 술자리 특성상 엔터테인먼트적 감미료는 좀 쳤을지 몰라도."

"결론은 항상 요즘 학생들은 응석받이다, 쓸모없다……. 지금은요, 그런 '마초' 시대가 아니거든요. 무슨 사고라도 나면 목 날아가는 건 선생님들 쪽이라고요."

나는 "자, 자" 하고 끼어들면서 조금 안도했다. 늘 이런 식이면 내가 있어도 큰 민폐는 아닐지 모른다.

쓴웃음을 지은 채 학생에게 묻는다. "아까 블랙 연구실이라고 했는데 왜 화산 연구실에 들어가게 됐어요?"

"속아서요. 제 연구 주제는 마그마 혼상류_{기체나 액체 또는 고체가 혼합해 흐르는 현상}가 화도火道를 어떻게 올라오느냐 하는 수치 시뮬레이션이거든요. 책상 앞에 앉아서 컴퓨터로 하는 연구죠. 그것만 해도 된대서 이 연구실에 들어왔더니만."

"실제로는 달랐다?"

"4학년 때는 뭐 지낼 만했어요. 그래서 권하는 대로 대학원에 갔더니, 이분 태도가 싹 달라지는 거예요. 시뮬레이션 정도精度를 높이려면 화산을 피부로 알아야 하네 뭐네, 영문 모를 말을 하면서 억지로 산으로 끌고 가잖아요. 돌 져 나르게 하고 싶은 속셈이 훤히 보인다고요. 사기거든요, 사기."

"거 듣기 안 좋은 소리 좀 하지 마라. 나는, 네가 연구자로 성장할 수 있게끔……."

"달콤한 유혹 문구. 고압적인 지도. 학생을 노동력 취급." 학생이 손가락을 꼽는다. "블랙 연구실 요건을 완전히 충족시키네요."

두 사람의 주거니 받거니가 일단락하자 내가 선생에게 말했다.

"아무리 일이라지만, 위험한 화산에 자주 다니시니 가족들은 여간 걱정이 아니시겠죠."

"다행히 저는 맘 편한 독신이라서요." 선생이 담담히 대답했다.

"다행히?" 학생이 헤살을 놓는다. "아니 왜 나 같은 괜찮은 남자가 결혼을 못 하냐고오, 하고 취했다 하면 치근치근, 넋두리 작렬하시잖아요?"

"시끄러. 저도 여자친구 없으면서."

"만남이 없다고 푸념하기 전에 그 괴상한 **산 바보**부터 어떻게 좀 해보세요. 이대로 가면 평생 산이랑 연애한다고요."

"산에도, 만남은 있잖아요?" 내가 말했다.

뇌리에 일순 그 사람 얼굴이 떠오른다.

"그야 그렇겠지만, 제가 워낙 스토익하게 오르다 보니."

갑자기 멋진 남자처럼 구는 선생의 말투에 웃음이 치민다.

"그래도 산 바보시라면, 화산 말고도 두루 오르시는군요?" 내가 선생에게 묻는다.

"네." 학생이 먼저 고개를 끄덕인다. "화산 연구는 산에 가는 핑계고요. 산을 위해서라면 교수회도 위원회도 태연히 땡땡이치고, 다른 선생님들하고 딱히 어울리지도 않아요. 그러니 오늘날까지 준교수도 못 되고 만년 강사죠."

"멍청아. 학내 정치와 연구, 어느 쪽이 중요하냐?" 선생이 학생을 한 번 노려보고 내게 시선을 되돌린다. "분명 저의 토대를 이루는 건 산이군요. 아버지가 꽤 본격적으로 산을 타서서, 어릴 때부터 따라다녔습니다. 고등학교 때 설산을 다니기 시작했고 대학 산악부에선 히말라야와 남미 원정도 했습니다. 아르바이트도 거의 산 관계였는데, 산장 일, 짐 올리기, 클라이밍 짐 같은 거죠. 인생에서 중요한 공부는 전부 산에서 했다고 할까요."

호오, 하고 감탄하는 내 뒤에서 학생이 혼잣말처럼 중얼거린다.

"저런 게 싫다니까, 저런 게. 주점은 인생의 교실, 운운하는 아재들."

선생은 아랑곳 않고 계속 말한다. "10대 때부터 어떻게 산으로 먹고 살 방법 없나 궁리했습니다만, 구체적인 플랜 같은 건 없었죠. 책을 좋아해서, 산악잡지 편집자라도 해볼까 하는 안이한 생각으로 대학은 일단 문학부에 들어갔습니다."

"네? 문학부요?"

"그렇습니다. 그런데 말이죠, 2학년 때 들은 일반교양 강의에서 화산학이라는 학문이 있다는 걸 알아버렸어요. 이거다! 싶었습니다. 화산 연구자가 되면 언제라도 맘껏 산에 오를 수 있고 심지어 그게 생업이겠네? 강의 끝나는 길로 교무과로 달려가 냅다 외쳤습니다.

'이학부로 옮기려면 어떻게 하면 돼요?'라고."

"의외네요. 학자가 되는 분들은 어릴 때부터 외통길인 줄 알았는데요."

"아뇨, 본격적으로 공부를 시작한 건 그때부텁니다. 화산학자가 되고 싶다, 될 수밖에 없다 하고."

말은 간단하지만 화산학자로서 대학에 자리를 얻기까지는 이만 저만 노력하지 않았으리라. 크고 작은 희생도 치렀을 것이다.

"그래도⋯⋯." 선생은 올곧아 보이는 눈으로 먼 곳을 바라보며 말을 잇는다. "되고 나서야 알았습니다. 자신이 하는 일의 중요성을요. 산은 제 전부지만, 그 산 때문에 사람이 죽거나 다치는 건 무엇보다 싫으니까요."

"그렇지요."

나는 쉰 목소리로 대답하면서 선생의 옆얼굴을 바라보았다. 이 사람은 되고 싶은 사람, 될 가치가 있는 사람이 됐구나.

되고 싶은 사람⋯⋯.

그러기는 고사하고 나는 딸에게 제일 **되기 싫은** 사람이 되고 말았다. 나는 절대 엄마처럼 되기는 싫으니까. 면전에서 그런 말을 들은 것이 어디 한두 번이던가.

마이는 너무 엄하게 기르고 말았다. 첫애라 어깨에 힘이 들어갔다. 말귀를 잘 알아듣는 아이여서 나도 도중에 돌이켜보지 못했다. 감정 기복이 적은 아이라고 당시에는 생각했지만 아마 현실은 달랐을 것이다. 그 아이를 그렇게 만든 것은 나다. 세 살 아래 동생의 응석을 받아주는 모습을 보면서 마이의 마음은 얼마나 요동쳤을까.

몇 년 전, 옛날 사진을 정리하다가 깨달은 사실이 있다. 가족사진 속의 마이는 웃는 얼굴이 거의 없다. 사진 속 자리도 해가 갈수록 내게서 조금씩 멀어진다. 세 살, 마이는 젖먹이 하루히코를 품에 안은 내 다리에 달라붙다시피 서 있다. 다섯 살, 마이는 하루히코를 무릎에 앉힌 내게서 약간 떨어져 신묘한 표정으로 무릎을 꿇고 앉아 있다. 여덟 살, 마이는 아버지를 사이에 두고 서 있고, 열한 살에는 할머니 뒤에 몸을 반쯤 감추고 비스듬히 서 있다. 열네 살에는 혼자 구석에 떨어져 따분한 얼굴로 렌즈를 바라본다.

요령이 좋고 뭘 시켜도 보통 이상으로 해내는 아이였다. 내가 어딘지 손이 가는 하루히코에게 매달려 있는 사이, 현립 고등학교를 거쳐 도내 유명 여자대학에 가뿐히 합격해버렸다. 대학 시절은 남편 회사보다 더 먼 길을 불평 한마디 않고 통학하며 열심히 아르바이트까지 했다.

마이가 처음 우리를 놀라게 한 것은 대학 졸업을 얼마 앞둔 새해 연휴 때였다. 식탁에 둘러앉아 설음식을 먹던 가족들을 향해 느닷없이 선언했다. 합격한 보험회사는 안 들어간다, 프랑스로 유학 갈 거다, 4년 아르바이트해서 모은 돈으로 1년 체제비와 어학원 학비는 충당할 수 있다.

남편은 맹렬히 반대했다. 나도 찬성은 하지 않았다. 해외여행도 안 가본 딸이 갑자기 유학이라니 걱정이 앞섰다. 다만, 아무한테도 말하지 않고 계획을 세워 차곡차곡 자금을 모으다니 지극히 그 아이답다고 생각했다. '절대 엄마처럼 되기는 싫다'는 말을 들은 것은 그때가 처음이지 싶다. 결국 마이는 가출이나 다름없이 프랑스로 떠났고, 1년 후 거기서 알게 된 프랑스 남자와 함께 귀국했다. 남편의 노여움은 한도를 초과한 듯했다. "그 녀석 일은 이제 몰라"라고 선언하고 입을 다물어버렸다.

그로부터 5년. 마이는 지금도 그 프랑스 남자와 도내 맨션에서 동거하면서 외자계 고급 호텔에 근무하고 있다. 언젠가 호텔 그룹 본사로 불려갈 수 있게 열심히 하는 모양이다. 남자도 어디선가 프랑스어를 가르친다는데 자세히는 모른다. 남자는 에비스 식당에서 딱 한 번 만났을 뿐이다. 가끔은 둘이 집에 놀러 오라고 해도 '고루한 공기가 감도는 전형적인 옛날 집'에는 데려오고 싶지 않은 눈치다. 미래 계획을 묻자 마이는 코웃음 쳤다. 프랑스 사람들은 이미 결혼이라는 형태를 고집하지 않는단다.

해외를 오고 가는 업무. 일본과 프랑스를 넘나드는 생활. 마이의 꿈은 분명 그 언저리에 있으리라. 하기는 낡은 집 안을 쉴 새 없이 종종거리며 기껏 동네 마트나 자전거로 오갈 뿐인 나와는 극과 극의 인생이다.

그렇지만……

그 아이는 아마 모를 것이다. 생각하지 않아도 아는 일이지만, 생각해본 적이 없으리라. 그건 모르는 것과 매한가지다. 죄는 아니다.

내게도 스무 살이 있었다. 스무 살 나름의 꿈이 있었다.

다이닝룸 벽에 걸린 액자 속 4절판 사진. 아침 해로 붉게 물든 호타카연봉 히다산맥에 있는 표고 3190미터 산을 주봉으로 한 산들을 가라사와 권곡 빙하에 의해 생긴 반원상의 오목한 지형에서 찍은 광경이다. 35년 세월 속에서 산 표면을 물들였던 불꽃 같은 진홍색은 칙칙한 핑크색으로 바랬다. 지방 신문사의 사진 콘테스트 풍경 부문 은상, 내가 받은 유일한 훈장이다.

식탁의 내 자리에서는 정면으로 보인다. 가족들은 아무도 쳐다보지 않는다. 사진은 이미 다이닝룸의 광경에 녹아들어 누구 눈에도 보이지 않는다. 그렇다. 내 꿈이 거기 녹아 사라져버린 것처럼.

마이는 기억할까. 그 아이가 초등학교에 입학할 무렵에 "저 사진, 누가 찍었어?"라고 물은 적이 있다. "엄마가, 저걸로 상도 탔어"라고 일러주자 눈을 끔뻑이며 "굉장해, 굉장해!"를 연발했다.

"늘 혼자 오십니까?"

"네?" 선생의 기습 질문에 목소리가 뒤집힌다. "아뇨, 그룹으로 오르는 일도 있습니다. 그래도 최근엔 혼자가 많을까요."

"경력이 꽤 되시는 것 같은데요. 걸음걸이나 분위기로 압니다. 무엇보다, 닛타 지로 팬이시고."

나는 미소 짓고 고개를 저었다. "젊었을 땐 곧잘 올랐는데, 결혼하고 나서는 전혀 못 왔어요. 2년 전쯤 친구가 등산 동호회로 끌어줘서 다시 시작했고요. 공백이 길면 좋지 않네요. 체력뿐 아니라 집중력도 판단력도 떨어져요. 이렇게 길을 잘못 들어 폐를 끼치고요."

"옛날엔 어디어디 다니셨나요?"

"북알프스 혼슈 주부 지방의 히다산맥을 일컫는 말로, 기소산맥과 아카이시산맥을 아울러

일본 알프스라 부른다와 남알프스 어지간한 곳은 대개 다녔고요. 중앙알프스와 기타간토 쪽은 이따금요. 그 밖에 딱 한 번 다이세쓰산도 올랐어요. 설산도 아주 살짝 건드려봤습니다."

"호오, 대단하신데요." 선생이 내 카메라 가방에 눈길을 던지며 묻는다. "그 뉴F-1과 동행하셨군요?"

"네. 당시엔 상당한 출혈을 해서 장만했습니다."

그렇게 말하고 과거에 꿈을 함께했던 카메라가 든 가방을 어루만진다.

나는 산악사진가가 되고 싶었다. 부모님에게도 친구에게도 말한 적은 없다. 웃음거리나 될 뿐이라고 생각했다. 산악 사진이라지만 한겨울 알프스의 풍경 같은 것은 내 힘에 부친다. 누구나 갈 수 있는 장소의 경치나 식물로 산의 매력을 전할 수 있다면, 하는 순진한 꿈을 꾸었다.

나는 사이타마현 후카야시에서 농업을 하는 부모님 아래 태어나 자랐다. 파밭에 둘러싸인 본가에는 지금도 오빠 일가가 살고 있다.

산과 인연을 맺은 것은 중학교 1학년 때다. 산에 잘 다니던 담임 선생이 여름방학 때 학생 다섯을 남알프스 센조가다케에 데려간 것이 계기였다. 친구 따라 강남 가는 격으로 참가했는데, 감격은 외려 내가 했다.

초보자도 오를 수 있는 산이라 해도 무려 3000미터 봉우리다. 그게 좋았다. 웅대한 고센조다케 권곡을 왼편에 내려다보며 탁 트인 완만한 능선을 올라간다. 초록빛 눈잣나무와 새파란 하늘의 대비가 기막히게 아름다웠다. 처음 경험하는 웅장한 파노라마에 그저 압도되었다. 이 트레일은 천국으로 이어진 게 아닐까 생각했다.

그 뒤로 선생님의 산행 그룹에 이따금 동행했다. 고등학생이 된 후에도 가끔 같이 가자는 연락이 왔다. 진학한 단대수업 기한 3년 이하인 단기 대학에 등산 동아리가 있었다. 또래 동료가 생기자 등산에 대한 마음은 더욱 뜨거워졌다.

고산식물에 매료된 것도 그 무렵이다. 아름답고 기품 있는 식물들을 사진에 담고 싶어 카메라에 빠졌다. 여름 내내 야쓰가다케나가노현에서 야마나시현 남북에 걸친 화산 산장에서 아르바이트를 해 장만한 것이 뉴 F-1이다. 독학으로 촬영을 공부하면서 콘테스트나 잡지에 사진을 투고했다.

단대를 졸업하고 현내 제과회사에 취직했다. 유니폼을 입고 전표를 처리하는 나날이기에 더 그랬을까. 산과 사진을 향한 동경은 식을 줄 몰랐다. 언젠가 본격적으로 사진을 배워보고 싶었다. 전문학교 안내 책자를 구해봤지만 입학금도 엄두가 나지 않아 포기했다.

주말 등산도 사진 투고도 계속했지만, 성과라 부를 만한 것은 그 은상뿐이었다. 애초에 작은 콘테스트 입상작이 누군가의 눈에 머무를 리도 없다. 유명한 산악사진가의 제자로 들어가 조수를 하면서 배우는 길도 있을 테지만 실행에 옮길 용기는 없었다. 무엇보다 나 자신이 거기까지 자신의 재능을 믿지 않았다.

스물다섯 살 때, 동료 결혼식장에서 남편과 만났다. 먼저 다가온 것은 저쪽이다. 서툴게 데이트를 신청하는 모습이 내 경계심을 허물었다. 연락처를 교환하고 사귀기 시작했다.

만날 때마다 산 이야기를 해댄 까닭일까. 남편이 "나도 올라가볼까? 산장에도 묵어보고 싶고"라고 말했다. 첫 등산일수록 높은 산을 올라야 한다……라는 경험상 지론에 따라 목적지는 기소고마가다케기소산맥 최고봉으로, 해발 2956미터이다로 정했다. 로프웨이로 한번에 센조지키 권곡까지 오를 수 있어서다.

기분 좋게 정상까지 올라 산장에서 하룻밤 잤는데, 이튿날 아침 남편 안색이 영 안 좋았다. 본인이 끄떡없다기에 예정대로 노가이케를 돌고, 꽃밭도 산책하고 하산했다. 나중에 들었는데, 딱딱한 바닥에서 여럿이 새우잠을 자야 하는 잠자리라 눈을 전혀 붙일 수 없었단다. 그런데도 열심히 마지막까지 보조를 맞춰줬구나 싶어 당시엔 감동했다. 지금이라면 허세와 오기로 뭉쳤다고 웃었겠지만. 그때 남편에게는 분명 '나를 위해서'라는 마음이 있었다고 생각한다.

남편과 산에 오른 것은 이전에도 이후에도 그 한 번뿐이다.

이듬해 봄, 결혼식을 올리고 가정에 들어앉았다. 남편은 등산은 계속해도 된다고 했지만, 갓 시집온 며느리가 시부모님 앞에서 '산에 좀 다녀오겠다'는 말이 나올 리 없다. 한동안 산은 잊어버리고 좋은 며느리가 되려고 씩씩하게 노력하는 사이 마이가 들어섰다.

생명을 잉태한 일은 진심으로 기뻤다. 배내옷이며 기저귀를 준비하면서 배낭과 등산화를 벽장 깊숙이 넣었다. 뉴F-1도 쓸 일이 없어졌지만, 1년에 한 번은 상자에서 꺼내 먼지와 습기가 쌓이지 않게 손질했다. 그럴 때마다 가슴으로 스며들던 고통도 몇 년 지나자 무덤덤해졌다.

내 꿈은 가벼운 화상의 흔적처럼 조용히 사라졌다……

"잠깐 쉬어갈까요?" 선생이 내 눈을 엿보듯 하며 말했다.

걱정 살 만한 얼굴로 걷고 있었을까.

"아뇨." 나는 얼른 입가를 올렸다. "저 때문이면 괜찮습니다."

"뭐 그런 말씀 마시고요. 그보다, 제가 한계라서요." 선생이 장난스러운 표정으로 바지 앞섶을 가렸다.

*

등산로가 꺾어지는 곳에 튀어나온 평평한 바위에 학생과 나란히 앉았다. 나무 사이로 산기슭의 국도와 그 너머 호수가 보인다. 스가누마이리라.

선생이 헐레벌떡 비탈을 내려가 숲속으로 사라졌다.

"재미있는 선생님이시네요." 내가 말했다.

"개그는 사정없이 썰렁합니다."

"이러니저러니 해도 좋은 콤비 같은데요? 연구실, 그만두고 싶은 건 아니잖아요?"

"뭐." 학생이 작은 돌멩이 하나를 손가락으로 튕기며 말했다. "그만두지 않을걸요, 아마. 이 이상 못 따라가면 그것도 좀 모양새가 빠지니까요."

"못 따라가요?"

"저 삼수했거든요. 의대 가려고요. 할아버지, 아버지, 사촌까지 다들 의사예요. 아무리 의사 집안이라도 가끔은 멍청이도 태어나잖아요. 동생이 의대 들어갔으니까 저는 그만 됐나 하고."

"그랬군요." 나는 가만히 말했다.

"적당한 대학 들어가 적당히 취직할 생각이었는데, 4학년이 되면 연구실에 적을 두고 졸업논문을 써야 되잖아요. 어디 편한 연구실 없나 찾다가 저 선생님한테 붙들렸어요. '너 왜 그리 의욕이 없냐?' 하시기에 가볍게 조금 전 얘기를 들려줬더니, 대놓고 좋아하더라고요."

"왜 좋아해요?"

"'너 같은 학생을 기다렸다, 우리 연구실에 들어와서 화산 보는 의사 해라' 하면서."

"화산 보는 의사……."

무슨 말인지 대충 짐작은 가지만.

"이를테면 우리 선생님은 이 닛코 시라네산 홈닥터 같은 거예요. 분화의 역사, 분화 습관을 누구보다 잘 아시죠. '메스로 사람 째는 대신 해머로 산을 쪼개봐, 화산 보는 의사가 돼서 수십만, 수백만 인명을 구하는 거야!' 하고 혼자 막 들떠가지고는."

"호오, 좋은 얘긴데요."

"아뇨아뇨아뇨." 학생이 세차게 고개를 저었다. "그런 감언이설에 속은 사람은 저뿐이거든요. 인기 없는 연구실이라, 아무라도 좋으니까 일손이 필요했을 뿐이라고요."

"그런가요?" 내가 웃었다.

"그래도 뭐, '인명을 구한다'는 말에는 솔직히 저도 약하고요."

"의사 집안 내림이군요."

"거기다." 학생이 작은 돌멩이를 또 하나 튕긴다. "저 선생님이랑 같이 해보는 게 확률이 제일 높잖아요."

"확률? 무슨 확률이요?"

"나중에, 이거 하길 잘했다, 재미있네 하고 생각할 확률이요. 저 선생님, 자기 일이 세계 최고로 재미있다고 진심으로 생각하거든요. 일은 괴로운 거다, 이 악물고 하는 거다 같은 소리 하는 아버지 밑에서 일해봤자 재미있을 리 없잖아요."

"흐음, 흥미로운 관점이네요."

"좋아하는 일만 하면서 사는 어른, 실제로 처음 봤거든요. 그런 사람이 세상에 진짜 있었다니 꽤 충격이었어요."

젊은 사람다운 표현이지만, 어떤 느낌인지 나도 알 것 같았다. 요컨대 이 청년은 선생이 사는 법에 **감염**되고 싶구나. 곁에서 같은 공기를 마시고 싶구나. 그렇게 생각해주는 제자가 있다면 스승으로서는 최고 아닐까.

그에 비하면 부모로서 나는…….

조그맣게 한숨을 쉬면서 깨달았다.

망설임은 이미 없었다. 각오가 부족한 것도 아니다.

나는 마이와 하루히코에게 무엇을 어떻게 전달해야 할지 모를 뿐이다. 그 아이들에게 아무 이해도 받지 못한 채 무책임한 부모로 끝나버리는 게 무서운 것이다.

바로 뒤 등산로를 중장년 무리가 와자지껄 지나간다.

"그나저나 대체 어디 있을까요, 산 좋아하는 여자." 학생이 불쑥 말한다.

"그러게요. 실망이 크죠? 나 같은 아줌마들뿐이라."

"왜 다들 산으로, 산으로 올까요? 애들 교육도 끝났겠다, 뭐 그런 느낌인가요?"

"내 경우는…… 거기 덧붙여, 반려견이 무지개다리를 건너서, 일까요?"

"혹시 그건가요?" 학생이 내 배낭에 달린 키홀더를 가리키며 묻는다. 혀를 내밀고 있는 지로의 사진이 들어 있다. "아까부터 신경 쓰였거든요."

"맞아요. 부적 대신. 곰 마주치지 않게 해달라고."

지로가 죽은 것은 재작년 봄으로, 열다섯 살이었으니 장수한 편이리라.

마이가 초등학교 때 같은 반 친구네서 강아지 세 마리가 태어났는데 꼭 키우고 싶다며, 책임지고 보살피겠대서 하나를 입양했다. 부르면 눈동자를 또르르 움직여 올려다본다고 해서 지로 눈동자를 움직여 쳐다본다는 뜻의 '지로리'에서 따온 말다. 마이가 지은 이름이다. 잡종이지만 황금색 털이 예뻤다. 강아지 때는 마이도 하루히코도 제법 열심히 보살폈다. 몇 년 지나 아이들이 중고생이 되자 특별활동이며 학원으로 바빠졌고, 자연히 아침저녁 산책도 밥 주기도 내 일이 되었다.

지로도 다른 가족과 마찬가지로 내 사랑을 잘게 쪼갰다. 그래도 지로는 누구보다 순수하게 나를 요구해주었다. 솔직한 감정을 주고 받았다. 쪼개져서 생긴 상처를 핥아도 주었다. 마지막에는 심장병으로 입원했던 동물병원에서 데려오는 차 안에서, 내 품에서 죽었다. 처음 맛보는 상실감이었다.

지로와의 산책길에 곧잘 마주쳐 친해진 동네 친구가 등산 동호회 회원이었다. 지로를 떠나보내고 몹시 우울해하는 나를 보고 그녀가 산행을 권했다. 몇 번인가 그룹 산행에 참가하고, 마침내 혼자서도 오르게 되었다. 산길을 걷고 나무 냄새를 맡는 사이 내 안에 잠들어 있던 기억과 감정이 되살아났다. 정상에 서서 심호흡을 할 때마다 나는 나를 되찾았다······.

"선생님하고는 몇 번째 산행이에요?" 내가 학생에게 물었다.

"두 번째요."

"역시, 좋아지지 않나요?"

"돌 지고 올라올 때는 다시는 오나 봐라, 하거든요. 근데 내려가서 배낭 내려놓으면, 또 가도 좋을까······ 뭐 1밀리미터쯤은 생각합니다."

사람의 만남이란 참 신기하다. 인생이라는 경로의 분기점은 처음부터 지도 위에 있는 것이 아니다. 우연한 만남이 멋대로 분기점을 만든다. 이 학생과 선생의 만남도 그렇다. 내가 이 두 사람과 만난 것 또한 그런지 모른다.

작년 여름, 등산을 재개하고 처음 1박 2일로 남알프스에 올랐다.

단독행이다. 가이고마가다케와 센조가다케 사이에 낀 그 산은 이미지는 좀 수수해도 고산식물의 보고로 알려져 있다. 잠들어 있던 뉴 F-1을 30년 만에 꺼낸 것도 그때다.

날씨도 좋아서 기분 좋게 8고메_{전체 등산로의 약 80퍼센트를 오른 지점으로, 고메는 산기슭부터 정상까지를 실제 거리나 높이와는 관계없이 난이도나 목표 등을 기준으로 10단계로 나눈 단위이다}까지 올라갔다. 그날은 그곳의 작은 산장에 묵을 예정이었다. 산장은 삼림한계_{고산이나 고위도 지방에서 저온으로 삼림이 이루어질 수 없는 한계선} 바로 위, 늠름한 바위 봉우리와 눈잣나무가 아름다운 권곡이 올려다보이는 근사한 장소에 서 있었다.

해 질 무렵 산장 근처에 핀 개말나리에 렌즈를 향하고 있는데 "정겨운 카메라네요" 하고 누가 말을 걸었다.

그것이 그 사람과의 만남이다…….

부스럭부스럭 초목을 가르면서 선생이 비탈을 올라왔다. 그 모습을 본 학생이 목소리를 낮춘다.

"아까 그 얘기, 선생님한테는 비밀이에요. 금세 기고만장해지는 타입이라서요."

"알아요."

등산로까지 온 선생이 미심쩍은 눈초리로 학생과 내 얼굴을 번갈아 본다.

"보아하니 그새 내 흉봤구만?"

"그거 말고 뭐, 무슨 화제가 있는데요?" 학생이 태연하게 말했다.

골짜기를 내려가 조릿대숲을 한동안 나아가자 커다란 안내판이 보였다. 조금만 더 가면 등산로 입구다.

완만한 숲길이 차츰 넓어진다. 나를 사이에 두고 선생과 학생, 셋이 나란히 걷는다. 곧 5시 반이라, 나무 틈새로 흘러드는 석양빛이 눈부시다.

아까부터 나는 걸음을 늦추고 싶은 충동에 휩싸여 있다. 혼자였으면 그랬을지도 모른다.

이대로 산을 내려가도 괜찮을까. 아직 아이들한테 할 말을 찾지 못했는데.

바람이 분다. 희미한 습기가 느껴진다. 일기예보에서는 내일부터 장마 날씨가 되돌아온다고 했다. 유달리 세찬 바람 한 자락을 정면에서 맞으며 왼쪽에서 학생이 양손을 펼친다.

"아, 기분 좋다!"

피로한 몸 깊숙한 곳에서 절로 흘러나온 것 같은 목소리였다.

오른쪽에서 선생이 고개를 돌리며 묻는다. "그렇지?"

"네? 뭐가요?" 학생이 내 머리 너머로 되물었다.

선생이 눈가에 주름을 잡으며 말한다. "산이란, 참 좋지?"

순간 발이 멈췄다.

산이란, 참 좋지…….

그런 말을 나는 해본 적이 없다.

왜 나는 지금껏 한 번도 아이들을 산에 데려오지 않았을까. 왜 자신의 인생을 살고 있는 모습을 아이들에게 보여주지 않았을까. 왜 아이들이 지겨워서 고개를 저을 때까지 산의 매력을 들려주지 않았을까. 나의 가장 큰 실패는 분명 그것이다.

선생과 학생이 놀란 얼굴로 나를 보고 있다. "죄송합니다, 아무것도 아니에요"라고 말하면서 잰걸음으로 쫓아간다.

지금부터라도 늦지 않을까. 아니, 늦지 않게 하고 싶다. 설명은 필요 없다. 아이들에게 할 말은, 그것으로 족하다.

결심이 섰다.

스가누마 등산로 입구 주차장에서 등산객들이 신발 끈을 풀고 돌아갈 준비를 하고 있었다.

선생의 자동차는 타이어가 커다란 사륜구동이었다. 학생이 트렁크에 배낭을 내려놓고, 탄산이 당긴다며 자판기를 찾아 찻집 쪽으로 걸어갔다.

나는 배낭에서 스마트폰을 꺼내 선생에게 말했다. "잠시 전화 한 통 해도 될까요?"

"댁에 연락하시게요?"

"아뇨."

조그맣게 대답하고 발신 이력에서 번호를 찾는다. 마음이 또 흔들리기 전에 말해버리고 싶었다. 신호음이 몇 번 울리고 저쪽이 수화기를 들었다. 본인이었다. 두어 마디 나눈 다음 내가 말했다.

"결정했어요. 다음 주라도 그쪽으로 가겠습니다."

저쪽의 물음에 두엇 대답하고, 마지막으로 "잘 부탁드립니다"라고 말하자 통화는 간단히 끝났다. 내가 안도의 미소를 짓는 걸 보고 물어도 괜찮겠다 싶었으리라.

선생이 말했다. "결정하시다니, 뭘요?"

"산장을 삽니다."

"네?" 선생의 눈이 휘둥그레진다. "어, 어느 산이요?"

"남알프스요."

"어쩌다 또, 그런 일이⋯⋯."

그날, 개말나리에 렌즈를 향하고 있던 내게 말을 건 이는 산장 주인이었다. 혼자 와서 오래된 카메라로 사진을 찍는 내게 호기심이 일었던 모양이다.

저녁을 먹고 식당에서 주인과 이야기에 빠졌다. 주인은 일흔다섯 살. 아르바이트 학생을 써가며 줄곧 부부 손으로 운영했는데 부인이 그 전해 세상을 떠났단다. 주인도 오래도록 류머티즘으로 고생하는 터라 슬슬 산장을 처분할 생각이라는 얘기였다.

기본적으로 국립공원 내에 일반인이 새로 산장을 열기는 불가능하다. 기존 산장만 영업을 인정받으니까, 말하자면 기득권익이다. 실제로 북알프스나 남알프스의 산장은 수익이 상당하다. 권리를 사겠다고 나서는 사람이나 회사는 얼마든지 있을 터였다.

내가 그렇게 말하자 주인은 "장삿속뿐인 사람들한테는 아무리 돈을 싸들고 와도 안 내줍니다"라며 고개를 가로젓고 "맡긴다면 그쪽처럼 산 좋아하는 아마추어가 좋죠"라고 덧붙였다. "이런 데서 사진 찍으면서 살 수 있다면야 꿈같은 얘기네요"라고 받아넘기는 나에게 주인은 진지한 얼굴로 말했다.

"뭐, 일단 몇 번 와보세요."

그 말을 곧이곧대로 받아들인 것은 아니다. 그럼에도 그해 안에 두 번, 누가 끌어당기는 것처럼 다시 산을 올라 산장에 묵었다. 여름이 끝날 무렵과 단풍철. 그때마다 산장 인수 얘기로 흘러갔고, 얘기는 차츰 구체적인 윤곽을 갖추어갔다.

나의 어디를 보고 그런 말을 꺼냈는지 주인에게 물은 적이 있다.

"카메라." 주인은 빙긋이 웃으며 말했다. "물건 귀하게 다루는 사람이 아니면 산장은 못 꾸립니다."

그리고 지난달, 네 번째로 방문했다. 이제 내 결심만 남은 걸로 굳어진 플랜은 이러하다. 우선 올여름부터 주인 밑에서 일하면서 경영 노하우를 배운다. 3년 만에 독립하는 것이 목표다. 주인은 은퇴 후에도 산기슭 마을에서 살 예정이니 필요하면 도움도 받을 수 있다. 매수 조건은 빡빡하지 않았다. 형편에 맞춰 계약금을 치르고, 나머지는 해마다 매상의 몇 퍼센트인가를 지불하면 된단다.

영업 기간은 5월 중순부터 10월 하순. 1년의 약 절반으로, 사이타마 집을 비우고 산에 틀어박히게 된다. 남편과 하루히코에게는 자신의 일은 스스로 하라고 하면 된다. 돌봐줄 사람이 필요하다고 시어머니가 주장한다면 그 기간만 딸네서 지내시랄 수밖에. 시누이는 오미야에 살고 있으니 어려울 것이라고는 없다. 물론 가족에게 전하는 것은 지금부터지만…….

이야기를 다 듣고도 선생은 믿기지 않는 표정으로 고개를 설레설레 저었다.

"요 몇 년 동안 들어본 얘기 중에 단연코 제일 부러운 얘기네요."

학생이 돌아왔다. 화려한 디자인의 페트병을 들고 있다.

"어이, 다음에 산에 가자." 선생이 느닷없이 말했다.

"네? 방금 내려왔거든요?"

"돌 캐러 가자는 게 아니야. 이분 산장에 묵자고. 남알프스는 최고거든."

학생이 당최 무슨 소린지, 하는 얼굴로 고개를 갸웃하고 페트병 뚜껑을 비틀었다. 푸슉 하고 경쾌한 소리가 난다. 페트병 주둥이를 물다시피 하고 꿀꺽꿀꺽 들이켠다. 이마에 맺힌 땀이 석양빛에 반짝거린다. 젊은이다운, 좋은 얼굴이다.

나는 상상한다. 하루히코는 내 산장에 와줄까. 쌕쌕 숨을 내쉬며 배낭을 내려놓고, 내가 건넨 물을 달게 들이켜고 저런 얼굴을 보여줄까.

그러면 나는 웃는 얼굴로 말한다. "산이란, 참 좋지?"

뭐 생각보다는, 이라는 대답이라도 돌아오면 이렇게 말해보자. "산장 일 좀 도와보지 않을래?"

마이는 와줄까. 프랑스 남자친구와, 어쩌면 귀여운 금발 아이도 데리고. 산장에서 먹는 카레라이스가 그 아이가 근무하는 고급 호텔의 프랑스 요리 못지않게 맛있다고 생각해줄까.

남편은 와줄까. 산장의 불편한 잠자리에서 하룻밤쯤은 새우잠을 자줄까. 저 옛날처럼, 나를 위해 허세와 오기로 버티면서.

아마 어렵겠지만 우리 집 식탁을 산장에 가져오고 싶다. 식당 한쪽에 놓고 나와 가족 전용 테이블로 삼자.

숱한 상처가 새겨진 그 식탁을 온 가족이 함께 둘러싸는 시간이 또 올까.

新参者の富士

새내기 후지산

설산 저음부터 나는 이 산이 불길했다.
완벽하게 아름다운 자태로
위엄 있게 내려다보며 내 허약함을 웃는 후지산이.

단체 관광객에 섞여 고미다케신사를 참배하고 경내 옆구리에 있는 전망대에 올라보았다. 완만히 경사진 광대한 초록 들판 너머에 야마나카코 후지산 기슭의, 야마나시현 쪽에 있는 담수호와 후지요시다시의 풍경이 한눈에 들어온다.

　"절경인걸. 이게 미즈호 고향이구나." 미키가 또 말했다.

　"그러니까, 아니래도. 이쪽은 야마나시 쪽이라니까. 난 시즈오카. 후지노미야. 반대쪽이라고."

　"또, 또 괜한 경쟁한다." 미키가 짐짓 근엄한 표정을 지으며 말한다. "후지산은 모두의 것이야. 옛날 옛적부터."

　"누가 그런 얘기래? 애초에 내 고향을 보고 싶으면 신칸센을 신후 지역에서 내려야 한다고 했잖아."

　"아니 그러게, 신주쿠에서 오자면 이쪽이 편한걸."

미키는 주눅 드는 기색이라고는 없다.

반년 만에 만나지만, 얘는 변한 게 없다. 어젯밤 갑자기 약속 장소를 신후지역에서 가와구치코역으로 바꾸자고 연락해왔다. 덕분에 이쪽은 40분이나 더 자동차를 달려야 했다.

전망대를 내려와 알록달록한 대형 버스가 가득 들어찬 5고메_{해발} 2300미터에 자리 잡은, 후지산 등반의 기점이 되는 곳 로터리로 돌아온다. 9월로 접어들어 등산 시즌은 이미 끝나가지만 관광객, 특히 외국인이 상상 이상으로 많았다.

"아, 봐봐, 저기!"

미키가 정상 쪽을 가리켰다.

조금 전까지 걸려 있던 구름이 깨끗하게 걷혔다.

"아…… 잘됐네."

"뭐야, 그 여유는." 미키가 입을 삐죽 내밀었다. "이쪽은 인생 첫 후지산이니까 조금 더 흥을 맞춰주라."

"나도 10년 만이거든. 5고메까지 온 거."

그 말에 후지산이 웃은 것처럼 보였다.

후후후. 하기는 무슨 바람이 불었을까, 이렇게 가까이 납시다니. 심지어 배낭까지 메고. 혹시, 올라올 심산이신가?

안 올라가요, 라고 나는 속으로 대답한다. 미키가 등산 기분을 내고 싶어서 6고메까지 트레킹을 따라갈 뿐이다. 후지산이 또 키득키득 웃는다.

안 올라오신다? 뭐 얼마쯤 근성이 필요하긴 하지. 그러게 뭐니 뭐니 해도 이쪽은 일본 최고봉이니까. 후후후…….

산정까지 넣어 셀카를 찍느라 정신없는 미키에게 그만 가자고 재촉했다. 커다란 배낭을 짊어진 무리 뒤를 따라간다. 아마 그쪽이 등산로 입구이리라.

비포장 길이지만 널찍하고 평평하게 정비되어 있다. 양손에 트레킹 폴을 쥔 등산객들. 티셔츠에 샌들을 신은 남녀. 기념품숍 쇼핑백을 든 외국인 관광객. 오가는 사람들의 차림새는 각양각색이다.

산허리를 가로지르는 평탄한 길을 5분쯤 가자, 길 한쪽에 중년 남성이 쭈그리고 앉아 태블릿을 조작하고 있었다. 옆에서 노부부가 화면을 들여다보고 있다.

"그러니까 딱 이 근처가." 남자가 주위 지면을 가리키며 말했다. "**산정**인 셈이죠."

"호오, 여기가요?"

"재미있네."

노부부가 감탄한 얼굴로 마주 보고 고개를 끄덕인다.

"봐, 저거……." 미키가 남자의 발밑을 가리키며 속삭인다. "드론 아냐?"

"그러게." 프로펠러가 붙은 네발 달린 은색 기체가 놓여 있다. "후지산 공중 촬영이라도 하나?"

옆을 지나고 나서 미키가 말했다. "아까 그 사람, '여기가 산정'이라고 하지 않았어?"

"했어. 무슨 뜻일까."

30분쯤 걸어 이즈미가다키 폭포에서 분기점을 오른쪽으로 돌아 나아간다. 길이 좁아지고 갑자기 경사가 가팔라졌다. 숨이 확 가빠진다.

나는 체력이 없다. 어릴 때부터 유난히 약질이었다. 체력을 소모하면 마음까지 바로 거덜 난다. 오죽하면 후지산 턱밑에서 자라면서도 오를 생각을 한 번도 안 해봤을까.

사실 처음부터 나는 이 산이 불편했다. 완벽하게 아름다운 자태로 위엄 있게 내려다보며 내 허약함을 웃는 후지산이.

두통이 찾아왔다. 고산병일까. 쌩쌩하게 앞에서 걷던 미키가 산정 쪽 하늘을 가리키며 소리친다.

"앗, 드론이다! 아까 그 사람 아냐?"

아득한 상공을 날아가는 작은 기계를 향해 "어이" 하고 손을 흔드는 미키를 보면서 새삼 신기한 아이라고 생각했다.

나는 현내 대학을 나와 도쿄의 중견 음료 제조업체에 취직했다. 미키는 입사 동기다.

지금 돌이켜보면 제조업체에 들어간 것부터 문제였다. 처음 발령받은 마케팅부는 그나마 괜찮았지만, 4년째에 영업부로 이동되자 매출 목표 달성을 위한 격무와 압박이 엄청났다. 걸핏하면 컨디션이 무너져 상사의 질책을 받고, 선배에게 싫은 소리를 듣고, 그 스트레스로 또 드러눕는다. 총체적 악순환이다.

급기야 시도 때도 없이 잠이 쏟아지는 증세로 출근이 어려워지더니 결국 가벼운 우울증 진단을 받고 퇴직했다. 이동하고 1년도 버티지 못했다. 원룸을 정리하고 시즈오카로 돌아오는 신칸센 차창 너머에서 후지산이 웃었다.

후후후. 역시…….

퇴직을 결정했을 때 동료들은 무척 염려해주는 얼굴을 하면서 멀어져갔지만, 미키만은 달랐다. "그래? 그럼 다음에 도쿄 왔을 때라도 좋으니까" 하고 식사 약속을 잡으려 했다.

그로부터 3년. 미키와는 수시로 전화며 메일을 주고받고, 가끔 상경하면 꼭 만나서 밥을 먹는다. 저쪽 페이스에 휘둘려 분통이 터질 때도 있지만, 같이 있으면 한없이 편한 것은 분통이 터지면 터진다고 대놓고 말할 수 있기 때문이리라.

쌕쌕 숨을 뱉으며 30분을 더 걸어 어찌어찌 6고메에 닿았다. 야마나카코를 내려다보면서 편의점에서 사온 주먹밥을 먹는 사이 두 통은 사라졌다.

돌아가는 길은 코스를 조금 바꾸어, 도중까지 요시다 등산로를 내려가다가 스타트 지점인 후지 스바루라인 가와구치코에서 5고메까지 약 30킬로미터로, 해발 2000미터 이상의 후지산 유료 산악도로 5고메로 향한다.

이즈미가다키 분기점까지 다 와갈 때 드론 남성을 발견했다. 이번에는 일안 리플렉스로 산길 옆 절벽을 촬영하고 있다.

미키가 발을 멈추었다. 설마, 하는 사이 냉큼 말을 건다.

"뭐 재미있는 일이라도 있나요?"

"네?" 남자가 놀라서 돌아본다. "아아, 용암입니다."

그리고 보니 한쪽으로 쏠린 판자 모양 바위가 몇 장인가 포개져 있다.

"용암이면, 후지산 용암이요?" 미키가 물었다.

"아뇨, 고미다케 화산 용암이에요."

"고미다케? 아까 그 고미다케신사요?"

미키가 타고난 친화력으로 알아낸 바에 따르면 남자는 지역 대학에서 화산을 연구하는 교수다. 드론을 날린 것은 화산의 세세한 지형을 상공에서 촬영하기 위해서였다.

교수는 북쪽 비탈의 5고메 부근을 멀리서 찍은 영상을 태블릿으로 보여주며 설명했다.

"보세요, 여기. 비탈에 불룩하게 작은 어깨 같은 것이 있죠? 고미다케 화산 머리가 튀어나온 겁니다. 지금 우리는 딱 그 위에 있어요. 저기 스바루라인 종점도 신사도, 이 어깨 위에 만들어진 셈입니다."

"그렇구나. 그래서 아까, 여기가 산정이라고 하셨군요?"

수긍한 표정을 짓는 미키 옆에서 이번에는 내가 묻는다.

"말하자면 고미다케 화산은 후지산 중턱에 생긴 작은 화산이라는 얘긴가요?"

"아뇨아뇨, 반댑니다." 교수가 빙그레 웃으며 말했다. "고미다케 화산이 먼저예요. 후지산 밑에는 말이죠, 훨씬 오래된 화산이 몇 개나 묻혀 있어요. 우선 센先고미다케 화산이란 게 있고, 20만 년 전쯤부터 그 위에 고미다케 화산이 생겼어요. 10만 년 전에는 고미다케 산허리에서 고古후지 화산이 분화를 시작합니다. 현재의 후지산이 태어나기 시작한 건 만 몇 천 년 전, 극히 최근입니다."

"최근, 이라고요?"

"서쪽에 바다가 열리고 일본열도 원형이 만들어진 게 1500만 년 전, 일본 알프스의 산맥들이 융기하기 시작한 것이 200~300만 년 전이니까요. 후지산은 따지고 보면 완전히 새내기죠."

들었어요? 나는 산정 쪽을 흘금 쳐다보고 일러준다. 당신, 새내기 래요. 가슴이 약간 후련해졌다.

"그러니까 수만 년 전 구석기인이 이 근처에 있었다면 전혀 다른 경치를 봤을 겁니다. 반대로 말하면 지금의 아름다운 후지는 정말 잠시간의 모습이라는 얘기죠."

미키가 아까 찍은 공중 촬영 동영상을 보여달라고 졸랐다. 화면 구석에 불과 몇 초지만 손을 흔드는 미키와 내 모습이 조그맣게 찍혀 있었다.

나는 말 그대로 팥알만 하게, 피곤해서 어깨를 떨어뜨리기는 했어도 틀림없이 산에 서 있었다. 구석기인이 봤던 '후지산' 꼭대기에.

교수와 헤어져 다시 걷기 시작할 때 미키가 말했다.

"내년 목표, 후지산 등정으로 하자. 미키&미즈호의 공동 목표."

"할 수 있을까?"

"괜찮아. 원래 목표는 달성하거나 말거나 인생에 별 상관없는 걸로 해두는 법이야. 특히 우리 같은 인생 새내기는."

"새내기야? 내년에 서른인데?"

"인생 100세 시대라고. 서른이면 완전 창창하지. 일도 지금부터. 결혼으로 말하면 아직아직아직아직 지금부터거든."

"뭐야, **아직** 풍년이네." 나도 모르게 웃음을 흘린다. "그래도, 정말 그럴지도 모르겠다."

정상을 올려다보며 후지산에게 묻는다.

당신 일본 최고봉이라면서, 이런 친구 있어요?

후지산이 처음으로 쓸쓸한 미소를 지은 것 같아 갑자기 좀 귀여워진다. 이 아름다운 후지가 잠시간의 모습이라면, "아아, 예쁘다" 하고 순순히 감탄하며 바라보는 편이 좋으리라.

목표 지점이 가까워졌다. 다리가 신기할 만큼 가볍다. 난생처음, 언젠가 후지산에 오를 것 같은 예감이 들었다.

원고를 집필하면서 나가야 고이치 씨, 시모조 마사노리 씨, 홋카이도대학의 화석·광물 동아리 '슈마회' 여러분께 귀중한 조언을 얻었습니다.

〈하늘에서 보낸 편지〉에 등장하는 '수도권 눈 결정 프로젝트'는 기상청 기상연구소의 아라키 겐타로 씨를 필두로 한 '간토 눈 결정 프로젝트'(참고문헌 참조)를 모델로 했습니다.

〈덴노지 하이에이터스〉에 필자가 경애하는 블루스 기타리스트 우치다 간타로 씨 성함이 나옵니다만, 당연하지만 우치다 씨는 이 이야기나 등장인물과 일절 관계가 없습니다.

〈외계인의 식당〉에서 언급한 '138억 년 전의 수소' 이야기는 하야노 류고 씨와 이토이 시게사토 씨의 대담 '알고자 하는 일' 5장(참고문헌 참조) 내용에서 아이디어를 얻었습니다.

이 지면을 빌려 깊은 고마움을 전합니다.

감사합니다.

이요하라 신

과학자의 눈으로 보고 소설가의 손으로 쓴
아름답고 다정한 일곱 가지 이야기

이요하라 신은 지구과학을 전공한 연구자라는 다소 이색적인 경력을 지닌 소설가다. 우리나라에는 아직 작품이 거의 소개되지 않았지만, 일본에서는 2010년 데뷔한 이래 문단과 독자 양쪽에서 고루 지지를 받아온 실력파 작가의 한 사람이다.

2021년 오사카 고 작가와 가진 대담에서 본인도 밝혔지만 '연구가 생각대로 잘 진척되지 않아 주춤거리던 시기, 우연히 떠오른 트릭을 소재로 소설을 한 편 썼고, 탈고하고 나니 역시 글이 어느 정도 레벨인지 궁금해져서 에도가와 란포상에 응모'한 게 덜컥 최종후보작에 남아버린 것이 소설가로 방향을 틀게 된 계기였던 듯하다. 그 이래 미스터리 소설을 잇따라 발표하며 꾸준히 독자를 늘려온 그가 근래에 가장 큰 성과를 낸 작품이 이 단편집 《달까지 3킬로미터》이다. 2019년 닛타 지로 문학상을 비롯해 세 개 문학상을 수상했고,

중쇄를 거듭하며 작가 이요하라 신의 이름을 널리 알린 이 소설집은 그간 발표해온 작품들과는 살짝 궤를 달리한다.

주로 과학 지식을 도입한 미스터리나 서스펜스를 지향하던 작가가 '다음 작품'의 방향성을 놓고 고민하던 즈음, 담당 편집자가 '독자들을 놀라게 하는 데 좀 지친 것처럼 보인다, 트릭이나 대반전 같은 것은 잠시 내려두고 일단 보통 소설을 써보면 어떠냐'고 제안했고, 그 결과 탄생한 것이 바로 이 작품집《달까지 3킬로미터》이다.

이런 자세한 사정까지는 모르고 '과학자가 쓴 소설이라…… 흠, 어려운 이야기인가?' 하고 살짝 긴장했던지라 다 읽고 나서는 (좋은 의미로) 조금 허탈했다. '네, 제가 과학 전공이라 그 지식을 좀 버무려봤습니다' 같은 덜거덕거림이 거의 느껴지지 않는 말 그대로 '보통' 소설이었다. 작품마다 등장하는 지식과 정보량이 결코 적지 않은데 전혀 시끄럽지 않다. 잘 들여다보니 그럴 만했다. 자연과학 지식이 글 위에 얹혀 있는 것이 아니라 글과 한 몸이 되어 스토리를 튼튼히 받치고 있다.

각 단편의 주인공은 나름대로 좌절도 겪고 실패도 하고 트라우마도 안고 있거나, 막다른 골목에 몰려 아예 삶을 포기하기 직전이다. 요컨대 소설 주인공으로 그리 드물지도 않은 고만고만하게 깊거나 얕은 상처를 지닌 인물들이고, 그들의 사연 또한 대단히 새롭진 않다. 그러나 그들의 상처를 위로하고 한 번 더 힘을 내보라고 등을 쓰다듬는 것은 가족의 사랑도 친구의 응원도 인생 선배의 진심 어린 조언도 아니라, 달과 눈과 화석과 바닷속 퇴적층과 산과 심지어 눈에 보이지 않는 소립자다. 말하자면 '감성'이 아니라 자연과 과학의 '팩트'다. 그 '팩트'는 필연적으로 누군가의 입을 빌려 주인공에게 전해져야 할 터인데, 그 '누군가'가 하나같이 심상치 않은 개성을 내뿜는 이야기꾼이다. 이를테면 죽을 장소를 찾아 헤매다 잡아탄 택시의, 수상할 만큼 '달'에 대해 잘 아는 수다스러운 운전사(〈달까지 3킬로미터〉), 눈 결정 연구에 너무 진심인 나머지 오해를 부르고 마는 기상 덕후(〈하늘에서 보낸 편지〉), 수몰된 땅 주변을 떠나지 않고 날마다 화석을 캐는 초로의 전직 박물관 관장(〈암모나이트를 찾는 법〉), '누군가의 소중한 기억을 보듯' 바다나 호수 밑에 쌓인 퇴적물을 뒤적거리는, 자칭 과학자치고는 '감성이 풍부'하다는 고古기후 연구자(〈덴노지 하이에이터스〉), 노란빛을 내며 석양녘 하늘을 가로지르는 정체불명의 비행체를 향해 "어이"라고 소리치며 손을 흔드는 다소 엉뚱한 계약직 연구원(〈외계인의 식당〉), '산 바보' 소리를 들어가며 제자와 티격태격하면서 돌이 가득 든 배낭을 지고 화산을 누비는 대학 강사(〈산을 잘게 쪼개다〉). 이 빛나는 조연들의 예사롭지 않은 '말발'이 읽는 이에게 지루할 틈을 주지 않는다.

　과학자의 눈으로 보고 소설가의 손으로 쓴 아름답고 다정한 일곱 가지 이야기가 우리나라 독자들을 찾아가는 것을 기쁘게 생각한다. '138억 년 전 탄생한' 광대한 우주 속의 작디작은 한 점에도 못 미치는 인간. 찰나를 살다 가는 그들의 희로애락과 무관한 곳에서 조용히 움직이는 자연이, 과학이 이토록 무심하게(따사롭게) 인간을 보듬어주는 순간이 있다는 것은 작은 놀라움이다.

'감성 과학 미스터리'라는 수식어가 따라다니는 작품집이지만, 딱히 사건다운 사건도 없고 마지막의 대반전도 없다(작가 자신도 애초에 의도하지 않았을 테지만). 그러므로 '미스터리'라고 말하기에는 이 이야기들은 2퍼센트쯤 부족할지 모른다. 크고 작은 좌절 속에서 멈칫거리던 주인공들은 뜻밖의 장소에서 뜻밖의 위로를 얻고, 그리하여 '아주 작은 긍정적 변화'가 이들에게 일어나리라 예감케 하는 소소한 결말이 있을 뿐이다. 그럼에도 부지런히 책장을 넘기게 되는 것은 '모호한 부분을 가능한 한 도려내고 만인이 알 수 있게 쓰도록 요구받는 학술 논문을 쓰면서' 다져졌다는 작가의 정밀하고 담백한 필력, 개성적인 캐릭터가 만드는 과학과 인간 사이의 정다운 교감 덕분일 것이다.

마지막으로 덧붙여, 〈하늘에서 보낸 편지〉의 일본어판 제목은 〈성육화星六花〉다. 눈 결정 가운데 가장 심플한, 나뭇가지 여섯 개만 뻗은 모양의 결정이다. 주인공이 가장 좋아하는 눈 결정이자 자신의 모습과 포갠다는 점에서 뜻이 깊지만, 일본어로서도 다소 생소한 '성육화'라는 어휘가 지닌 정서를 고스란히 담아낼 우리말(더욱이 제목으로 쓸 만한)을 찾기가 쉽지 않았다. 그래서 본문에 등장하는 눈 연구자 나카야 우키치로 씨의 '눈은 하늘에서 보낸 편지'라는 표현을 활용했고, 이요하라 신 작가의 양해를 얻어 한국어판 제목으로 사용했다.

홍은주

《구름 속에서는 무슨 일이 일어나는가雲の中では何が起こっているのか》
아라키 겐타로, 베레출판, 2014.

《암모나이트학: 절멸 생물의 지·형·미アンモナイト学 絶滅生物の知·形·
美》(국립과학박물관 총서②) 시게타 야스나리, 국립과학박물관 편,
도카이대학출판회, 2001

《표본학: 자연사 표본의 수집과 관리標本学 自然史標本の収集と管理》(국
립과학박물관 총서③) 국립과학박물관 편, 도카이대학출판회,
2003.

《인류와 기후의 10만 년사: 과거에 무슨 일이 일어났나, 앞으로
무슨 일이 일어날까人類と気候の10万年史 過去に何が起きたのか、これから何が起こ
るのか》나카가와 다케시, 고단샤블루백스, 2017.

《우치다 간타로: 블루스 표류기内田勘太郎 ブルース漂流記》우치다 간타
로, 리토뮤직, 2016.

《알고자 하는 일知ろうとすること。》하야노 류고, 이토이 시게사토, 신
초문고, 2014.

《토성의 위성 타이탄에 생명체가 있다! '지구 밖 생명'을 찾는 최
신 연구土星の衛星タイタンに生命体がいる!「地球外生命」を探す最新研究》세키네 야

스히토, 쇼가쿠칸신서, 2013.

《군마현의 산群馬県の山》(분켄 등산 가이드 09) 오타 하이킹클럽, 산과계곡사, 2016.

《간토·고신에쓰의 화산 I 関東·甲信越の火山 I》(필드 가이드 일본의 화산①) 다카하시 마사키, 고바야시 데쓰오 편, 쓰키지쇼칸, 1998.

《가집 웃지 않는 보케歌集 笑わぬ木瓜》요시하라 가즈코, 단카연구사, 2002.

《고리키전·고도 強力伝·孤島》닛타 지로, 신초문고, 1965.

〈태고, 달은 가까웠다 太古、月は近かった〉오에 마사쓰구《살아 있는 지구를 보는 새로운 시선: 지구·생명·환경의 공진화 生きている地球の新しい見方 地球·生命·環境の共進化》제13회〈대학과 과학 大学と科学〉공개 심포지엄 조직위원회 편, 쿠바프로, 1999.

〈닛코 화산군, 닛코 시라네 화산 및 미쓰다케 화산의 지질과 암석 日光火山群、日光白根火山および三ッ岳火山の地質と岩石〉사사키 미노루, 하시노 다케시, 무라카미 히로시, 히로사키대학 이과 보고 40권 1호, 1993.

기상청 기상연구소 간토 눈 결정 프로젝트 https://www.mri-jma.go.jp/Dep/typ/araki/snowcrystals.html

우주항공 연구개발기구 우주스테이션·기보 홍보·정보센터 https://iss.jaxa.jp/iss/

고에너지 가속기 연구기구 https://www.kek.jp/ja/

《산과 계곡 山と溪谷》산과계곡사, 2019년 11월호.

달까지 3킬로미터

1판 1쇄 인쇄 2024년 6월 12일
1판 1쇄 발행 2024년 6월 19일

지은이 이요하라 신 **옮긴이** 홍은주
펴낸이 박강휘
편집 정혜경 **디자인** 정윤수
마케팅 이헌영 **홍보** 박상연

발행처 김영사
주소 경기도 파주시 문발로 197(문발동) 우편번호10881
등록 1979년 5월 17일(제406-2003-036호)
주문 및 문의 전화 031)955-3100 **팩스** 031)955-3111
편집부 전화 02)3668-3289 **팩스** 02)745-4827 **전자우편** literature@gimmyoung.com
비채 블로그 blog.naver.com/viche_books
인스타그램 @drviche @viche_editors **트위터** @vichebook
ISBN 978-89-349-6751-4 03830 책값은 뒤표지에 있습니다.

비채는 김영사의 문학 브랜드입니다.